축구부 이야기 1

* 책은 실제에 바탕을 두고 있지만 새롭게 창작한 것으로 특정 인물이나 특정 기관 등과 무관합니다.

축구부 이야기 1

펴낸날 | 2021년 5월 28일

지은이 | 조두행 · 조성원

편집 | 김동관, 황미혜
일러스트 | 윤재연
디자인 | 석화린
마케팅 | 홍석근

펴낸곳 | 도서출판 평사리 Common Life Books
출판신고 | 제313-2004-172 (2004년 7월 1일)
주 소 | 경기도 고양시 덕양구 중앙로558번길 16-16, 7층
전 화 | 02-706-1970 팩 스 | 02-706-1971
전자우편 | commonlifebooks@gmail.com

ISBN 979-11-6023-267-7 (03810)
ISBN 979-11-6023-266-0 (전3권)

잘못된 책은 바꾸어 드립니다.
책값은 뒤표지에 있습니다.

축구부 이야기 1

조두행 · 조성원 소설

평사리
Common Life Books

머리말

성원이가 축구 선수 생활을 마감한 지 벌써 1년이라는 시간이 지났습니다. 처음 부상 소식을 듣고 별일 없을 것으로 생각한 나의 잘못이었습니다. 선생님들께 말씀을 드리고 빨리 치료를 받아야 했는데 시간이 늦어지면서 부상이 깊어졌고 결국 축구를 그만두어야 했습니다.

처음 축구를 시작할 때는 말리기도 했지만 축구에 푹 빠진 아들의 소원을 외면할 수 없어서 즐기는 정도로 해 보라고 했지만 성원이의 축구 사랑은 남달랐습니다. 유소년 축구팀에서 훌륭한 감독·코치님의 가르침으로 성장할 수 있었고 그래서 매 주말이면 주말리그를 찾아 응원을 가고 방학 때면 대회 참가를 위해 지방으로 내려간 아들을 응원하기 위해 휴가를 대회 일정에 맞추어야 했습니다. 그 더위와 추위에도 동료들과 투지 넘치게 뛰어다니고 승리에 웃고 패배에 울며 성장해 가는 아들을 보는 것은 큰 즐거움이었습니다. 광명유소년FC의 감독·코치님, 그리고 단장님께 감사를 드립니다. 특별히 카카 선생님께도 감사를 드립니다.

성원이가 축구를 그만두었지만 기록은 남겨 두고 싶었습니다. 중학교에 진학하면서 만나게 된 감독님과 코치님들, 그리고 성원이 동료들의 이야기는 성원이와 동료들도 남기고 싶어 하겠지만 학부모님들도 기억하고픈 이야기였기에 기록하고 싶었습니다.

흔히 학원 축구 성공의 3요소를 감독·코치진과 학부모, 그리고 선수들이라고 합니다. 성원이가 운동을 했던 중학교는 그 세 가지 요소를 잘 갖추었고, 특히 감독·코치님들은 훌륭하신 분들이었습니다.

학교 운동부나 사회의 운동부도 훌륭한 선생님의 이야기보다는 문제 있는 선생님들의 이야기가 회자되는 상황에서, 전술적으로도 뛰어나면서 선수들의 인성을 키우고 앞날을 챙겨 주던 감독님은 기존의 내 선입견을 깨고 진심으로 존경하는 대상이 되었습니다. 축구라는 단체 운동은 단체에 속한 선수들의 특성 때문에 항상 말이 많을 수밖에 없지만, 늘 선수들을 배려하고 개개인의 특성을 발휘할 수 있도록 기회를 주는 감독님은 학부모들의 편견을 지웠고 오히려 존경의 대상이었습니다.

감독님은 우승의 순간에도 자신보다 선수들에게 영광을 돌리고 주어지는 상을 코치진에게 배려했습니다. 선수들의 성장을 위해 고통을 이겨 내라고 타이르며 스스로 선수들과 함께 호흡하셨고 또 그들의 진로를 위해 뛰어다녔습니다. 참 훌륭한 감독님이었습니다. 그래서 감독님을 이 책에 끌어들였습니다.

축구를 공부하면서 참 불편한 사실을 알게 되었습니다. 축구에 관련된 전문 서적들이 충분하지 않았고, 선수들이 남긴 책들은 대부분 에세이 형태라 축구의 전술과 작전을 이해할 수 있는 자료를 구하기 어려웠습니다. 그래서 축구 경기를 쫓아다니며 모르는 것을 공부하고 새벽마다 해외 축구를 보거나 또 우리의 프로 축구도 보면서 연구하였고, 그 결과 축구가 즐겨 읽던 삼국지의 전투와 매우 흡사한 것을 알게 되었습니다. 진형(포메이션), 기습, 역습 등 용어조차도 같이 쓰이는 것은 축구라는 운동이 맨몸으로 축구화만 신고 서로 상대의 진에 골을 넣는 과정이 창과 칼을 들고 진을 구축해 상대 진을 정복하는 전투와 매우 흡사했습니다. 그래서 성원이와 동료들이 경기했던 과정을 삼국지의 전투와 비교하게 되었고 감독님의 전술도 그렇게 생각해 보았습니다.

축구를 처음 시작하는 아이들은 기술이나 신체적인 능력을 키우는 것도 중요하지만 전술 학습 역시 중요하다고 생각합니다. 축구의 전술을 이해하지 못하면 아무리 개인 능력이 뛰어나다 하더라도 팀의 승리와 우승에 기여하기 어렵지만 개인 능력이 조금 떨어지더라도 전술적인 이해가 깊으면 팀의 승리와 우승에 기여하게 됩니다. 그런 차원에서 삼국지의 의미 있는 전투를 설명해 축구 전술의 이해를 도와주려 했습니다. 특히 삼국지의 3대 대전인 관도, 적벽, 이릉대전의 전술과 작전은 축구 경기에 그대로 적용되며 결말도 유사합니다. 이 책을 읽는 선수들이나 독자들이 삼국지를 읽으며 단순히 재미만을 느낄 것이 아니라 다양한 전술과 책략을 통해 축구의 전술과 작전의 이해를 넓히기를 바랍니다.

총 3권을 쓸 예정이나 성원이가 시간을 내기가 어렵고 나의 글 쓰는 능력이 모자라 완간 시점을 잡기가 어렵지만, 기왕 시작했으니 앞으로는 개인 능력과 개인 전술도 다루어 보고자 합니다. 축구를 사랑하는 사람들에게 조금의 도움이 되기를 바라며 최선을 다하겠습니다.

이 책은 전병학 감독과 정영길 코치, 그리고 조성택 코치가 성장시킨 중학교 축구부원들이 3년간 함께 훈련하고 경기하며 승리하고 우승한 이야기를 모티브로 하고 있습니다. 재건, 운제, 선오, 재범, 경태, 주선, 성오, 시운, 민한, 재선, 성인, 상만, 종인, 인성 그리고 제원이가 그 축구부원들이며 성원이의 동료들이었습니다. 때로는 충돌도 있고 문제도 있었지만 그러한 것들을 훌륭한 선생님들과 함께 풀어 가며 성장한 과정과 축구를 보는 관점을 이야기하고자 하였습니다. 미숙한 부분이 많이 있지만 아직 시중에 이러한 책이 출간되지 않았기에 먼저 매를 맞는 심정으로 독자들의 매서운 조언을 기대합니다.

전병학 감독님과 정영길 코치님, 그리고 조성택 코치님께 깊은 감사를 드리며 함께한 축구부원들과 학부모님들께도 진심으로 감사를 드립니다. 특히 학부모회장과 총무로 애쓰신 재범 아버지와 재건 어머님께는 특별한 감사를 전합니다. 나의 모자라는 축구 지식을 보완해 준 대학 동기 이상만, 회사에서의 업무로 늦어지는 출간을 독려해 준 퇴직금융인협회 홍석표 회장님과 안기천 사무총장님께도 감사를 드립니다. 축구를 그만두고 힘들 때 성원이에게 힘이 되어 준 부천 범박고등학교의 노혁선 선생님과 박기도 선생님께도 감사를 드립니다.

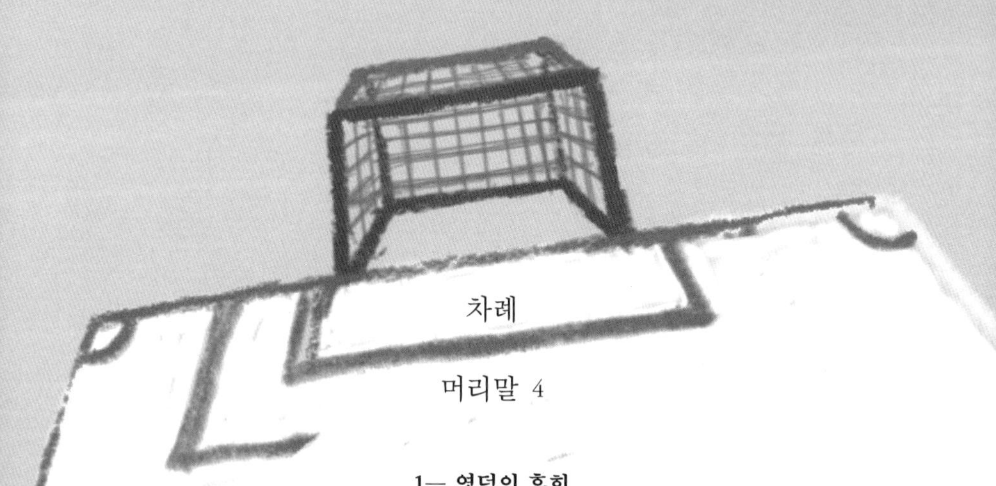

차례

머리말 4

1— 영덕의 후회

축구에 대하여 12

훈련 그리고 동료들 16

영덕 춘계 대회의 시작 29

어이없는 패배 44

2— 변화

무너지는 선배들 66

스리백 76

묵동중 사마준 감독 92

다져지는 팀워크 109

3— 그 여름의 기억

전지훈련 120

다시 찾은 제천 136

관도, 적벽, 그리고 이릉대전 150

예선 통과 196

Knockout stage 206

8강전 214

1

영덕의 후회

축구에 대하여

축구 경기는 본질적으로 전투다.

전투가 모든 방법을 동원해 상대를 이기려 하는 것처럼 축구도 두 팀이 정해진 규칙 아래서 자신들이 갖고 있는 모든 것을 동원해 상대를 이기려 한다는 점에서 전투와 유사하다. 전투를 이기기 위해서는 전투력이 강한 군인이 있어야 하고, 상대를 지략으로 이길 수 있는 전술이 있어야 하며, 반드시 승리한다는 정신력이 있어야 한다. 축구에 있어서도 경기를 이기기 위해서는 개인 능력이 뛰어난 선수가 있어야 하고 상대를 이길 수 있는 전술도 필요하다. 아울러 단체 경기인 만큼 협동 정신과 어떤 상황에서도 승리할 수 있다는 신념이 더해진 정신력이 있어야 경기를 승리할 수 있다.

축구는 각 팀이 11명의 선수를 선발해 숨을 곳이 없는 축구장에서 직접 마주 보며 싸운다. 단, 규칙을 지키면서. 만일 규칙이 없다면 승패에 집착해 상대방에게 많은 비신사적 행동을 하게 될 것이다. 승리를 위해서 선수는 축구 실력을 키우고 감독과 코치는 전술과 작전을 준비하며, 정신 교육으로 협동심을 함양해 특별한 장비 없이 축구화만 신고 경기장에서 승부를 겨룬다.

축구에서 특정 지역이나 역할을 담당하는 선수가 상대에게 계속 제압당하게 되면 팀이 수행하고자 하는 전술이나 작전을 펼치지 못하게 된다. 이럴 때는 그 선수를 교체하는 것으로 대처하기도 하지만 이마저도 실패하면 결국 팀은 패하게 된다. 그래서 선수는 매 경기 자신의 자리에서 상대보다 더 잘하기 위해 최선을 다하게 된다.

축구에서 강한 팀이라고 해서 영원히 강할 수는 없다. 강한 팀을 상대하는 팀은 이기기 위해 끊임없이 연구하고 준비하기 때문이다. 강한 팀의 공격을 막기 위해 수비 전술이 개발되고 강력한 수비를 깨기 위해 공격 전술이 새롭게 탄생한다. 지금까지 명문이라 일컬어지던 수많은 팀들이 최고의 자리를 내주고 힘든 노력과 준비를 통해 다시 정상에 도전하는 걸 우리는 알고 있다. 이를 위해 감독과 코치진 그리고 전술가들이 얼마나 노력을 하였나!

축구에서 진형(포메이션)은 매우 중요한 부분이다. 일반적으로 축구의 진형은 공격진, 미드필더진, 그리고 수비진의 세부분으로 나누어 구분하는데, 이러한 진형에 어떤 선수를 기용하고 어느 위치에서 활동하게 하고 어떻게 세 부분이 유기적으로 돌아가게 할 것인가가 전술의 핵심이 된다. 아무리 뛰어난 한 명의 선수가 있더라도 축구 경기에서 이기기는 매우 힘들다. 그것은 축구가 팀이 치르는 경기이고 진형의 싸움이라는 특징을 갖고 있기 때문이다.(마라도나라는 걸출한 선수가 긴 거리를 드리블하며 상대 수비를 제치고 골을 기록하는 장면을 보고 마라도나의 승리라 하지 않는다. 상대는 마라도나도 막아야 하지만 다른 선수도 막아야 하기에 진형을 구축해 대응한다. 만일 마라도나를 막기 위해 수비가 집중되면 마라도나는 반대편 빈 공간의 동료에게 공을 패스해 득점을 유도할 수 있기에 마라도나가 침투하는 지역에 모는 수비를 집중하지 못하고 좀 더 강화된 수비진을 구축해 대응할 수밖에 없고, 그렇게 대응한 수비진이 뚫려 패배하게 된 것이다. 마라도나가 아무리 뛰어나다 하더라도 혼자서 팀을 상대할 수는 없다.) 그리고 설사 그러한 진형을 구축했다 하더라도 많은 훈련을 통해 진형 내의 유기적인 연결이 이뤄지지 않으면 경기를 우세하게 이끌고 승리하기는 쉽지 않은 것이다.

우리는 축구계의 명감독들을 잘 알고 있다. 근대 축구의 아버지라는 리누스 미헬스부터 요한 크루이프, 알렉스 퍼거슨, 조제 무리뉴, 펩 과르디올라, 아리고 사키, 거스 히딩크, 아르헨 뱅거, 디에고 시메오네, 위르겐 클롭에 이르기까지 각각의 개성이 강한 감독들은 나름의 핵심 전술을 갖고 있고 그러한 전술을 운용하는 특별한 능력을 보유하고 있다. 수비 축구를 대표하는 시메오네 감독부터 전방 압박에 의한 공격 축구의 대가인 과르디올라나 게겐프레싱의 클롭 감독에 이르기까지 명감독들은 자기 나름의 전술을 보유하고 있고 그 전술을 통해 화려한 경력을 쌓았다. 무리뉴 감독과 같이 수비를 우선시하는 실리 축구도 있고 우리가 경험한 히딩크처럼 극단적인 전술(2002 월드컵 이탈리아전에서 0:1로 밀리자 수비수를 공격수로 교체하는 전술을 구사)을 운용하는 감독도 있다. 하지만 이런 감독들이 항상 똑같은 전술을 사용하는 건 아니고 상대에 따라 기본 전술에서 변형을 주어 승리를 쟁취한다.

경기를 이기기 위한 전술과 달리 축구 대회나 리그를 우승하기 위해서는 전략의 개념이 도입된다. 모든 경기를 승리하면 대회나 리그를 우승하게 된다. 하지만 아무리 강한 팀이라도 모든 경기를 승리하는 건 매우 어려운 일이다. 강팀이라 하더라도 때로는 경기 일정이, 때로는 날씨가, 또 때로는 선수의 부상이 처음의 예상과는 다른 상황을 맞게 한다. 그래서 항상 이기는 강한 팀은 존재할 수 없다. 우승을 목표로 한 팀도 강한 팀을 만날 경우 무승부를 목표로 경기를 치르기도 하고 오히려 전략적 패배를 자초하기도 한다. 목표가 우승이기에 한 번의 패배나 무승부는 과정일 뿐이다. 전승으로 우승하는 것도 멋있지만 조금 약한 팀이 뛰어난 전략과 전술을 통해 우승하는 건 더 흥미롭고 의미가 있다.

훈련 그리고 동료들

우리 훈련은 늘 가벼운 달리기로 시작되었다. 몸의 긴장을 풀고 근육과 관절이 원활하게 돌아가도록 먼저 달리기를 하고, 적당히 몸에 열이 올라 근육과 관절이 풀어지면 패스 훈련으로 이어진다. 달리기는 모든 운동의 기본이라고들 하지만 축구의 달리기는 오래 달리기, 단거리 달리기, 장애물 달리기 등 육상에서 개별 경기로 진행하는 모든 종목을 섭렵한다, 오래달리기는 전후반을 꾸준히 뛸 수 있는 기본 체력에 필요하고 단거리 달리기는 순간 속도를 높일 때 필요하다. 장애물 달리기는 상대와의 경합이나 공중 볼을 다투기 위해 필요하다. 그중에서 가장 힘든 것이 30미터 단거리를 점점 속도를 높이며 반복해서 달리는 셔틀 런이다.

서일중학교의 운동장은 정규 축구장의 절반 크기였다. 그래서 전체 축구부원이 훈련을 시작하면 뛸 수 있는 공간이 없었기 때문에 패스 훈련이 시작되면 그나마 좁은 운동장을 반으로 나눠 고학년과 저학년 패스 훈련이 이루어졌다. 입학하고부터 시작된 훈련 중 좁은 지역에서의 패스 훈련은 답답하기까지 했는데 이 훈련이 뒤에 얼마나 가치가 있는가를 알게 되었다.

훈련을 담당하는 조쌤은 조금은 거칠지만 늘 우리에게 형과 같은 존재였고, 멀리서 지시하는 게 아니라 항상 우리 바로 옆에 있으면서 상세하게 훈련을 지도해 주셨다.

"숏패스에서 강도 조절도 못해?"라며 패스한 볼이 바깥으로 튕겨 나간 동료에게 지적을 하고는 시범을 보이기도 하고 원터치패스가 끊어질 때는 심하게 질책하기도 했다. 축구를 좀 하다 보면 패스를 하는 게 얼마나 어려운지를 알게 되고, 또 그 패스를 안전하게 받아 다음 동작을 취하기가 정말 어렵다는 걸 느끼게 된다. 패스 훈련은 축구를 처음 시작한 선수나 국가 대표 선수도 꾸준히 해야 하는 훈련이고, 조금만 훈련을 게을리하면 바로 티가 나고 잘해야 겨우 현상을 유지할 수 있어서 항상 꾸준히 해야만 한다. 축구는 혼자 하는 경기가 아니고 동료들과 호흡을 맞춰 하는 운동이기에 서로를 연결하는 패스는 무엇보다 중요하다.

패스 훈련에 들어가면 나는 끝까지 공을 보면서 차는 습관을 키우기 위해 노력했다. 잔디 위에 정지된 상태의 공을 차는 게 아니라 대부분 구르고 있는 상태에서 차기 때문에 잠깐 공을 보지 않으면 임팩트를 가해야 할 부분을 어긋나 차게 되고, 그럴 경우 공은 내가 원하는 곳으로 가지 않기 때문이었다. 공을 계속 차다 보면 무심코 공을 차게 되는데 이것은 훗날 나쁜 습관으로 발전할 수 있어서 항상 조심해야 했다. 또, 패스를 받을 때 공의 속도를 죽이기 위해 공 받는 발을 뒤로 살짝 빼서 충격을 완화시켜야 하는데 그러지 않고 그냥 뻣뻣한 상태로 받으면 공은 내가 관리할 수 없는 범위로 튕겨 소유가 어렵게 된다.

이런 기술를 염두에 두고 훈련에 임해도 운동장을 반의반으로 줄인 좁은 공간에서 공격수와 수비수 5:5 패스 게임을 하게 되면, 집중을 잠깐 놓쳐도 공을 뺏기고 바깥으로 나갈 수밖에 없었다.

패스는 숏패스와 롱패스로 구분할 수 있는데, 롱패스는 거리를 내기 위해 킥을 하고 숏패스는 공을 가볍게 터치하거나 찬다는 차이가 있다. 숏패스는 가까이 있는 동료에게 공을 보낼 때 사용하고 주로 발의 인사이드를 이용한다. 롱패스는 먼 곳의 동료에게 공을 보내기 위해 주로 엄지발가락 쪽 발등을 이용해 강하게 차는 것이다. 패스 정확도는 당연히 가까운 거리를 안전한 인사이드로 차는 숏패스가 높다. 하지만 꾸준한 훈련에 의해 롱 킥을 정확하게 차는 선수를 보면 감탄이 나올 수밖에 없고, 그런 정확한 롱 킥은 팀이 다양한 작전을 수행할 수 있는 중요한 요소가 된다.(기성용 선수의 롱 킥을 생각해 보라.)

공의 이동 거리에 의해 숏패스와 롱패스로 구분하기도 하지만 기능에 의해서는 두 명 이상인 상대방 사이를 통과시키는 스루 패스와 우리가 흔히 2:1 패스라 부르는 월 패스, 그리고 크로스로 구분할 수 있다.

스루 패스는 동료가 상대팀 선수들 너머에 있을 때 상대 선수들 사이를 통과해 동료에게 전달되는 패스를 의미한다. 스루 패스는 대부분 상대의 페널티 에어리어 근처에서 우리 팀의 공격수에게 공을 연결해 골키퍼와 1:1 상황을 만드는 등 결정적인 기회를 만드는 데 이용된다. 이 경우 낮게 공을 굴리는 형태가 일반적이지만 때로는 로빙패스(공을 공중으로 띄우는 형태의 패스)를 이용하기도 한다. 스루 패스는 개인이 상대의 수비벽을 돌파할 수 없고 동료가 상대 수비수 사이에 있으면서 오프사이드 파울에 해당되지 않은 상태에서 공을 받을 수 있을 때 매우 효과적인 공격 방법이 된다. 스루 패스는 상대방 사이를 통과해야 하기 때문에 상대 수비수의 움직임을 파악하고 그들이 막을 수 없는 공간으로 공을 보내는 정확한 타이밍과 정확성이 요구된다. 역대 최고의 미드필더라 할 수 있는 이니에스타의 예술 같은 스루 패스는 메시를 비롯한 공격수들의 환상적인 골을 만들어 내곤 했다. 상대의 뒷공간으로 침투하는 동료에게 상대 수비를 가르며 스루 패스한 공이 정확하게 전달되어 멋진 슛으로 연결되는 것은 명장면 중의 명장면이 된다.

월 패스에서 월은 영어로 벽을 의미하는데, 내가 패스한 공을 벽의 역할을 하는 동료로부터 다시 돌려받는 형태이기 때문이다. 월 패스를 2:1 패스라 부르는 이유는 수비를 제치기 위해 나와 수비수가 맞붙는 1:1 형태가 아니라 나와 동료 한 명이 상대 수비수 한 명과 맞붙었을 때 내가 동료에게 공을 주고 이동한 후 다시 공을 받는 형태이기에 붙여진 것이다. 개인기가 뛰어난 선수가 상대 수비를 제치는 것도 방법이지만 2:1 패스에 의해 가볍게 상대를 제치고 상대 수비벽을 허무는 것은 매우 중요한 공격 수단이 된다. 월 패스는 가까운 거리에 있는 동료와 협력해 상대의 강력한 수비를 돌파하는 데 사용된다. 상대가 나를 막으려 할 때 내가 동료에게 공을 패스하고 수비수가 동료를 막으러 가면 동료는 앞으로 전진한 내게 가볍게 공을 패스함으로써 쉽게 상대를 돌파하고 상대의 기를 꺾는 월 패스는 보이는 것 외의 효과를 거둘 수 있다.

크로스는 좌우 측면에서 중앙에 있는 동료에게 공을 보내는 형태로, 이 경우 동료에게 공이 전달되면 바로 슈팅으로 연결될 수 있는 장점이 있다. 크로스라는 용어는 가로지른다는 의미를 지니는데, 좌우측에서 공간을 가로질러 중앙으로 공이 전달되기에 붙인 명칭이다. 일반적으로 크로스는 윙어나 윙백, 그리고 풀백이 좌우 사이드라인을 따라 올라와 중앙의 공격 자원에게 공을 띄워 주거나 낮게 전달하는 것으로, 상대의 문전을 가로지르게 되어 이를 기다리고 있는 여러 명의 공격 자원이 공을 터치할 수 있으므로 매우 효과적인 공격 방법이 된다.

물론 패스의 방향에 의해 전진 패스, 횡패스, 백 패스로 구분하기도 하는데, 전진 패스는 전방을 향해 공을 보내는 패스, 횡패스는 좌우로 공을 보내는 패스, 그리고 백 패스는 뒤로 보내는 패스를 말한다.

가로세로 각 10미터의 작은 영역에서 이루어지는 패스 훈련은 동료들의 실력을 그대로 보여 주었다.

공을 부드럽게 컨트롤하는 재범이나 양발을 활용해 재치 있게 패스하는 경태는 포지션이 미드필더라 그런지 돋보이는 패스를 보여 주곤 했다. 민한이의 패스 정확도는 우리 사이에서도 돋보였고 주선이의 크로스도 일품이었다.

패스는 보내는 사람의 정확도와 타이밍도 중요하지만 받는 사람이 문제인 경우도 있다. 속공을 위해 빠른 패스가 진행될 경우 공의 속도를 죽이지 못하면 공은 컨트롤할 수 있는 범위를 벗어나 상대편에게 갈 확률이 높아진다. 그래서 공을 트래핑하는 기술이 필요한데, 이 기술은 유연성을 요구했다. 강하게 오는 공을 머리, 가슴, 무릎 및 발로 부드럽게 멈추게 하는 기술은 그 다음 동작을 위해 필요한 기술이다. 하지만 이게 생각보다 쉽지가 않다. 특히 좁은 지역에 선수들이 밀집해 있을 때 패스를 받게 되면 조금만 공이 멀어져도 상대의 발에 먼저 닿기 때문에 공을 트래핑하는 기술을 잘 익혀야 한다. 그리고 트래핑 이후에 내가 할 움직임을 미리 생각하고 트래핑을 해야 연결 동작이 부드럽게 이어지므로 공을 받을 때 늘 염두에 두어야 한다.

후에 알게 되었지만 이런 좁은 영역에서의 훈련을 고안해 낸 게 스페인 축구였고, 밀집한 상대 수비수 사이에서 스페인 선수들이 만들어 내는 그림 같은 플레이는 여기에 기본을 둔 것이었다. 우리가 그토록 닮아 보고자 했던 이니에스타나 사비의 패스 플레이가 이런 패스 훈련의 결과였다.

패스 훈련이 끝나면 상황에 따라 전술 훈련이 있거나 슈팅 훈련도 있게 된다.

전술 훈련은 제갈 감독님이 지도했고 특히 수비 전술 훈련은 수비수들과 직접 뛰면서 진행하곤 하셨다. 그분의 훈련은 수비수들인 성오와 운제, 선오, 주선이가 쓰러질 때까지 진행되곤 했다. 이 훈련은 선배들과 함께 진행되곤 했는데 우리 학년인 제원이는 선배 학년의 센터백으로 뛰고 있어서 우리 학년 수비수와 함께 훈련하진 않았다.

감독님은 네 명의 수비수, 즉 좌우 풀백과 두 명의 센터백을 두는 포백을 중점적으로 훈련시켰다. 나 역시 초등학교에서 센터백을 보았기에(사연이 많다) 어느 정도 수비 전술을 알고 있다 생각했는데, 감독님의 훈련은 내가 생각하고 있던 것보다 더 정밀하게 지역 방어를 추구하면서도 개인 방어를 보완하는 방식으로 진행되었다. 예컨대 네 명의 풀백이 일자로 지역 방어 형태를 취하고 있는 상황에서 감독님이 주선이 방향으로 공을 몰기 시작하면 포백 전체가 왼쪽으로 이동하고, 왼쪽 풀백인 주선이가 지역을 방어하면 센터백인 운제가 감독님에게 밀착해 대인 방어로 중앙에서 밀어내고, 감독님이 돌파를 하면 선오가 방어한 후 다시 돌아서 내려온 주선이가 운제와 협력 수비로 외곽으로 밀어내는 훈련이었다. 지역을 방어해 감독님이 중앙으로 오지 못하도록 사이드라인에 묶어 두거나 공이 아웃되도록 하고 이 와중에 상대의 공을 탈취할 수도 있다. 이 훈련은 초기에는 더블 볼란치인 수비형 미드필더의 합류가 없는 상태에서 진행되었고, 어느 정도 포백 수비가 자리를 잡으면서 수비형 미드필더와의 협력 수비 훈련으로 진전되었다. 이런 수비 형태는 후에 우리가 강력한 수비를 구사할 수 있는 능력을 갖게 했다.

좌우 풀백인 주선이와 성오는 이 훈련을 할 때마다 거품을 물곤 했다. 우리끼리 이야기할 때는 거친 말로 감독님의 훈련을 비판하기도 했다. 나름 수비에 대해서는 일가견이 있는 주선이와 성오였기에 우리도 충분히 동의하며 같이 비판하기도 했다.

하지만 그런 훈련 방식이 필요한 이유를 후에 알게 되었다. 상대의 어떤 공격도 막아 내려면 수비는 공간을 열지 말아야 한다. 그러기 위해서는 팀원들이 기계적으로 대응해야 하고 빠르게 움직여야 한다. 감독님은 이를 고기 잡는 그물질에 비유하곤 했다.

"상대 공격수를 물고기라 생각해 봐라. 물고기는 살기 위해 그물의 들려진 부분이나 구멍이 난 부분을 찾아 빠져나가려 한다. 그런데 그런 부분이나 구멍을 주지 않으려면 너희들이 더 빠르게 움직여 자리를 잡아야 하고 침착하게 대응해야 한다. 상대 공격수가 빠르면 우리는 이중 삼중의 벽을 쌓고 침투를 막으면서 그 공격수를 사이드라인으로 밀어내 그가 동료들에게 패스하거나 센터링도 올리지 못하도록 해야 한다. 그렇게 한 후 협력해서 상대 선수가 실수를 하도록 유도해 공을 탈취해야 한다. 그래야 완벽한 그물질이 되는 것이다. 너희가 2학년이 되면 전술을 배우게 되고 그때 좀 더 말하겠지만 삼국지의 전투 장면을 생각해 보면 그 답을 명확히 알 수 있다. 적국의 뛰어난 장수가 쳐들어오면 물론 우리의 장수가 나가서 맞서 싸우는 것도 방법이지만, 우리 병사들이 겹겹이 서서 직의 장수를 막으며 불리한 위치로 몰고 가 그가 지치도록 하고 자기편으로부터 고립되도록 해서 항복을 받아 내는 것도 훌륭한 방법이다. 우리의 수비 전술은 바로 이와 같다고 할 수 있다."

우리 서일중학교는 4-2-3-1 포메이션을 기본으로 했다. 포백과 두 명의 수비형 미드필더(더블 볼란치), 한 명의 공격형 미드필더와 두 명의 좌우 윙어, 그리고 최전방 공격수(원톱)로 이루어졌다. 중앙 수비수는 운제와 선오, 좌우 풀백은 주선이와 성오, 수비형 미드필더는 재범이와 경태, 공격형 미드필더는 재선이, 좌우 윙어는 민한이와 시운이, 그리고 원톱인 내가 선발진이었다. 여기에 인성이, 종인이, 상만이, 성인이가 교체 멤버로 있었다.

운제와 나는 초등학교를 마칠 무렵 연습 게임에서 처음 맞부딪혔다. 그때 나는 중앙 수비를 보고 있었고 운제는 공격수를 맡고 있었는데, 운제에 대해 빠르고 강하다는 느낌을 받았다. 지금은 나와 포지션이 역전되어 수비수를 맡고 있지만, 투지만큼은 대단하다.

특히 태권도 선수 출신답게 상대와의 몸싸움에서는 밀리는 법이 없었다. 때로는 너무 강해서 문제를 일으키기도 했지만.

선오는 피지컬이 좋고 투지가 강해 센터백으로 적합했고 나와 함께 카카 선생님께 레슨을 받기도 했다. 초등학교 때는 문제가 좀 있어서 훈련을 제대로 받지 못했고 그래서 어렵게 우리 학교로 오게 되었다는 이야기를 들었다. 늘 초등학교에서 축구를 제대로 배우지 못한 걸 후회하곤 했다.

주선이는 왼쪽 풀백에 최적화된 친구다. 왼발을 잘 쓰고 오버래핑에도 능해서 내가 봐도 정말 잘한다는 생각이 들었다. 공격형 풀백에 맞게 좌측 라인을 타고 올라와 크로스를 올리거나 컷백을 시도하는 것을 보면 특별한 장점을 보유하고 있었다. 특히 오버래핑 후에 갑자기 중앙으로 들어와 슈팅을 하는 경우가 있는데, 상대 수비수들이 방어할 틈도 없이 당하곤 했다.

성오는 저돌적이고 몸을 던지는 수비로 유명했다. 상대 공격수들이 페인팅을 하려고 하면 타이트하게 밀착해 공을 뺐거나 밀어내곤 했다. 주특기가 킥인데 골대로부터 30미터는 성오존이라 불릴 만큼 킥의 정확성과 파워가 뛰어나 프리킥이나 코너킥을 전담했다.

재범이와 경태는 오랫동안 축구를 했고 뛰어난 개인기를 갖고 있었다. 재범이는 공을 소유하면서 공격수들에게 전진 패스를 해 공격의 시발점이 되었고, 경태는 강력한 수비력과 밀고 올라가는 힘으로 둘의 환상적인 조합은 더블 볼란치란 이런 거란 걸 보여 주기에 충분했다. 난 중학교에 와서 그들을 만났지만 초등학교 시절 둘 다 꽤나 이름을 날렸다고 한다.

재선이는 키는 작지만 순발력과 공간을 찾아 들어가는 능력이 탁월했다. 독일 대표팀의 뮐러를 생각나게 할 정도로 공간을 찾아 들어가 리바운드나 패스를 받아 골을 성공시키는 능력이 탁월했다.

민한이는 날렵한 몸매로 왼쪽 윙어를 소화하며 중앙으로 파고 들어오는 플레이가 뛰어났다. 상대 수비수를 속이는 플레이를 잘했는데, 공부도 잘하는 걸로 보아 확실히 머리가 좋았다.

시운이는 타고난 스피드가 있었다. 시운이의 하체를 보면 탄탄한 허벅지 근육이 유별나게 눈에 들어오는데 이 근육이 빠른 스피드의 원동력이었다.

인성이는 1학년 말에 전학을 왔고 신체 조건이 탄탄해 공격수와 센터백을 다 볼 수 있었다.

성인이는 공수 양면에 실력이 있었고, 상만이는 탄탄한 개인기를 갖고 있었다. 종인이 역시 좋은 개인기를 갖고 있었다.

골키퍼인 재건이는 사연이 많았다. 나와 같은 클럽 출신이지만 초등학교를 마칠 때쯤 축구를 시작해서 다시 만나게 되었는데 중학교에 들어와 엄청난 노력으로 주전 골키퍼가 되었다. 난 재건이의 훈련량에 늘 감탄하곤 했다. 특히 골키퍼 전담인 정마량 코치님의 훈련을 다 소화하고도 혼자서 다시 개인 훈련을 하는 재건이를 보면 괴물 같다는 생각이 들곤 했다.

조강유 코치, 조쌤은 미드필더와 공격진의 훈련을 주로 맡았다. 기숙사에서 우리와 같이 생활하고 서일중학교의 선배이기도 해서 우린 조쌤을 형처럼 생각했고 많이 따랐다. 하지만 훈련이 시작되면 그런 건 아무런 의미가 없었다. 조금만 실수를 해도 거친 말들이 쏟아져 나왔고 뛰는 게 미진하다 싶으면 불러 세워서 질타하기도 했다. 처음엔 혼나는 게 겁이 나 열심히 했지만 점차 익숙해지면서 면역력이 생겨 힘들고 지칠 때는 훈련하는 흉내만 낼 때도 있었다. 하지만 그럴 때마다 조쌤의 불호령이 떨어졌고, 우린 다시 정신을 차리고 훈련에 집중했다.

학교에서의 훈련은 운동장이 좁아 부분 전술을 주로 익혔고, 매주 한 번 정규 구장을 빌려 게임을 할 때 이러한 부분 전술을 종합하는 훈련을 할 수밖에 없었다. 축구장의 규모가 초등학교만 한 것은 우리에게 많은 불편을 주었고 연습 경기가 있어서 축구장 시설이 좋은 학교를 가면 다른 건 눈에 들어오지도 않고 넓은 축구장만 탐이 났다.

조쌤은 현대 축구는 공간 점유와 공간을 연결하는 패스라고 말하며 볼을 개인이 소유하기보다는 빠르게 돌리는 훈련을 시켰다. 공을 소유한 상태에서 상대 수비를 드리블로 돌파하는 건 단지 멋있게만 보일 뿐 돌파할 확률도 낮고, 다른 팀원들이 다음 움직임을 가져가는 걸 어렵게 만든다고 했다. 따라서 개인 소유보다는 팀 소유, 즉 좋은 공간을 선점하고 그 공간의 동료에게 빠른 패스로 연결해 수비가 접근하거나 공을 탈취할 기회를 주지 않고 상대 문전으로 쉽게 진입해 마지막 패스로 골을 넣기를 원했다. 조쌤은 개인이 공을 소유하지 못하게 하고 거의 원터치패스로 공을 계속 이동시키는 훈련을 지속적으로 요구했다. 재범이나 경태가 공을 잡은 상태에서 재선이나 양쪽 윙어를 거쳐 나에게 도달하면 내가 슈팅을 하거나 다시 재선이에게 내줘 재선이가 슈팅을 하는데, 공을 소유하지 않고 원터치패스로 빠르게 돌리는 훈련이었다. 윙어를 활용한 부분 전술을 훈련할 때는 시운이나 민한이가 경태나 재범이에게 공을 받은 후 양쪽 코너로 드리블해서 크로스를 올리고 나와 미드필더들이 가세해 골을 넣는 훈련을 했다. 정확하게 하려면 속도가 줄어들게 되는데 조쌤은 계속 속도를 높이라고 주문했고, 그에 맞춰 속도를 높이면 실수가 나오게 되어 또 한바탕 혼나곤 했다. 그렇게 계속된 훈련은 우릴 무척 괴롭혔지만 서로의 발이 맞아 들면서 마음속으로 뿌듯했고 실제 경기에서 많은 효과를 보게 되었다.

영덕 춘계 대회의 시작

겨울바람, 특히 영덕의 겨울바람은 매서웠다. 골키퍼의 골킥이 날아가다 역방향으로 떨어졌고, 어떤 경우에는 가볍게 차올린 공이 바람을 타고 골문으로 날아가 어이없는 골이 만들어지기도 했다.

영덕군 영해면의 언덕 위에 있는 축구 경기장은 바다를 마주하고 있어 항상 바람이 불었고 그 바람은 우리의 불안과 겹쳐 살갗에 돌기를 만들곤 했다. 처음 접하는 바닷가 경기장이고, 바다를 내려다보면 파도가 흰 이빨로 육지를 삼킬 듯 몰려왔다 빠지고 또 몰려왔다 빠지길 쉼 없이 되풀이하고 있었다.

우린 예선 첫 게임을 가볍게 이기고 영명중과의 두 번째 게임을 치를 준비를 하고 있었다. 제갈학 감독님은 늘 그렇듯이 조쌤에게 몸 풀기를 지시하고 진행 중인 경기에 몰두하고 계셨다. 곧이어 코치님이 우리에게 몸을 풀라고 지시했고 우리는 추운 날씨라 위에는 모두 패딩 상의를 입은 상태로 가볍게 달리기를 시작했다.

"날씨 참 무지 춥네." 운제가 숨을 내몰아쉬며 투덜거렸고, "정말 춥다. 몸이 풀리질 않네."라며 선오가 받았다.

나 역시 불어오는 찬바람이 맨살을 얼리는 느낌 때문에 속도를 더 내려 해도 몸은 움츠러들기만 하고 좀처럼 열이 오르질 않았다. 열이 나지 않고 몸이 굳어 있으면 경기 중에 상대방과 부딪히거나 급하게 방향을 바꾸려 할 때 부상을 입기 쉬워 충분히 예열을 해야 하는데, 계속 부는 날 선 바람은 오히려 몸을 냉각시키는 듯했다.

"너희 장난하나? 퍼뜩퍼뜩 속도 올려라. 그렇게 몸이 풀리지 않으면 너희도 다치지만 팀이 죽는다는 거 알지?"

조쌤의 다그침이 계속되었지만 쉽게 몸이 풀리지 않았다. 달리고 스트레칭을 그렇게 해도 오히려 바람을 맞는 부분은 얼음에 몸을 대고 있는 느낌일 정도였다.

영덕 구장은 우리들에게 지난 일 년을 마무리하는 장소였다. 해마다 겨울이면 중등 축구의 최강자를 가리는 춘계 대회가 열리고 200여 개의 팀이 5개 그룹으로 나뉘어 일 년간 갈고 닦은 실력을 겨루는 축구의 성지였다. 200여 개의 팀에 팀별로 서른 몇 명, 그래서 7,000명이 넘는 선수들이 동계 훈련을 마친 뒤 우승 트로피를 바라며 이곳으로 오고, 마지막 힘까지 쏟아 부은 후 때로는 결과에 승복하고 때론 그 결과에 승복하지 못해 다음 대회를 다짐하곤 했다. 하지만 이 대회에 참석할 수 있는 기회는 단 두 번! 그 두 번의 기회에 한 번이라도 우승할 수 있다면 그것은 행운 중의 행운이었다. 30개가 넘는 팀이 한 그룹이 되고 그 그룹에서 우승을 한다는 것은, 그리고 그것이 중학교 재학 중 단 두 번, 저학년 대회 한 번과 고학년 대회 한 번밖에 기회가 없기에 중학교에서 축구를 하는 우리 또래들에게 영덕에서의 춘계 대회는 소중할 수밖에 없었다.

중학교에 입학하고 첫 대회였던 제천 추계 대회에선 어이없이 예선 탈락이라는 결과를 받아들여야 했고, 나와 동료들은 마음을 잡지 못했다. 하지만 제갈 감독님은 제천 대회가 끝난 후 우리 1학년들에게는 특별한 말씀이 없으셨다. 선배들이 강릉에서 개최되었던 금강대기 대회에서 우승을 했기 때문에 번외 경기에서 탈락한 우리는 특별히 문제가 되지 않았던 것 같다. 더구나 2학년 선배들도 준우승을 해서 우리의 예선 탈락은 보이지도 않았던 모양이다.(이런 생각이 잘못된 것임을 알게 된 것은 한참이 지난 후였다. 나름 초등학교에서 실력을 인정받던 우리가 그렇게 어이없이 질 수도 있다는 걸 깨닫게 하고, 그러면서 개인이 아닌 팀의 중요성을 일깨우려는 의도가 있었음을 한참 시간이 지난 후 알게 되었다.)

영명중과의 경기는 몸이 제대로 풀리지 않은 상태로 시작되었다.

나는 경기 시작과 동시에 볼을 경태에게 보내고 상대 센터백 사이로 뛰어 들어가 돌아선 후 공이 경태에게서 선오와 주선이를 거쳐 다시 재범이에게 가는 것을 보았다. 추위에 몸이 덜 풀린 상태라

나는 센터백 사이를 가볍게 움직이면서 공이 오기를 기다렸고, 상대 미드필더 사이에 있던 재선이에게 재범이가 공을 밀어 주는 것을 보고 순간적으로 오른쪽 센터백을 등지면서 "재선아. 여기!" 하고 소리쳤다.

재선이가 나를 보았다.

"간다!"라고 외치면서 재선이는 수비수를 등진 나에게 바로 공을 보냈고 나는 왼손으로 센터백을 막으며 왼발 인사이드로 공의 방향을 살짝 바꾼 후 바로 돌아섰다. 골키퍼는 순간 나를 향해 덮치려 했고 나는 골문 쪽으로 들어오는 경태를 보았다. 오른발 아웃사이드로 가볍게 밀어 주었고 그 공은 경태의 오른발 인사이드에 걸리면서 골문 오른쪽을 파고들었다.

"좋았어." 경태가 가쁜 숨을 내쉬며 오른손 엄지손가락을 치켜세웠다.

시작하자마자 첫 골이 터졌다. 영명중이 몸이 풀리지 않은 상태에서 우리의 빠른 패스에 당황해 하는 틈을 타 이른 시간에 득점을 하게 되었다. 내가 경태와 손을 맞잡자 동료들이 다가와 함께 축하해 주었다. 항상 그렇지만 시작 5분과 끝나기 전 5분은 위험한 시간이다. 시작 5분은 아직 상대에 대해 적응이 되지 않은 상태여서 서로 상대를 살피는 시간이고, 그래서 플레이에 자신이 있는 팀은 이 시간에 상대에게 선빵을 날린다. 그리고 끝나기 5분 전은 지쳐 있는 상황이기에 집중력이 강한 팀은 그 시간을 노리고 마지막 힘을 끌어모아 공격해 골을 넣곤 한다. 흔히들 말하는 극장 골이라는 것이 그렇게 만들어지는 것이다.

하늘은 구름도 없이 파랗기만 했다. 바람이 거세고 추위가 점점 날을 세웠다. 동료들의 입김이 하얗게 뿜어졌다. 하지만 첫 골을 쉽게 얻어 동료들 모두 얼굴에 웃음꽃이 피었다. 감독님과 정 선생님, 그리고 조쌤은 계속 집중하라고 지시하고 있었다.

다시 게임이 진행되었다. 영명중은 우리의 공격력을 파악했는지 내려서기 시작했다. 처음에는 우리와 같은 4-2-3-1 포메이션을 쓰는 듯했으나 어느새 4-4-2의 형태로 바뀌었다. 특히 센터백은 내 옆에 바짝 붙어 마크하기 시작했고 재선이는 센터백과 미드필더 사이에서 공을 받기가 어려워졌다. 네 명의 미드필더와 네 명의 수비수가 일자로 간격을 좁혀 서게 되면 오프사이드를 범하지 않기 위해 공격수들이 그 사이에 갇히게 되고, 그렇게 되면 미드필더진과 좌우의 풀백들과도 연결이 쉽지 않다. 경태와 재범이는 센터백들과 패싱을 하면서 주선이, 성오와도 공을 주고받으며 공간을 벌리기 위해 뒤로 내려서기도 하고 좌우로 공을 부지런히 돌렸지만 내려선 영명 수비진은 틈이 보이지 않았다. 수비 진영으로 내려선 4-4-2는 TV에서 AT마드리드의 게임을 봐서 알지만 여간해서 틈을 비집는 것이 쉽지 않았다. 몇 번이고 공은 돌고 있지만 최전방으로 넘어오질 못하고 있었다. 그 순간 큰 소리가 들렸다.

"야, 성원이 너 뭐해. 앞으로 나와서 재선이하고 같이 공을 받아야지. 재선이가 묶이면 너도 고립되잖아."

조쌤이 나에게 손나팔을 하고 목청 높여 지시를 내렸다.

바람소리가 윙윙거리는 상황에서도 워낙 목소리가 커 충분히 들을 수 있었다. 더구나 난 동료들을 보는 상황이 많은 포워드이기에 우리 진영에 있는 조쌤을 잘 볼 수 있는 위치였다. 알았다는 손짓을 하고 앞으로 뛰어나가자 오른쪽 센터백이 나를 따라 앞으로 나섰고 오른쪽에서 민한이가 하프 라인에서 질주하는 게 보였다. 오른쪽 센터백이 나를 따르자 오른쪽 풀백이 공간을 메우기 위해 페널티에어리어 근처로 이동하면서 오른쪽 코너에 넓은 공간이 생긴 걸 보고 민한이가 뛴 거였다. 나는 오히려 왼쪽으로 뛰려는 자세를 취했다. 주선이가 공을 잡은 상황에서 나와 민한이를 보았고 영명중 수비진이 나와 재선이에게 집중되며 움직이는 걸 본 주선이가 민한이 앞으로 길게 킥을 했다. 이동하던 풀백은 당황했고 돌아서서 공을 향해 뛰었지만 이미 공은 민한이가 받아 크로스할 준비를 하고 있었다. 나와 재선이와 시운이가 센터백과 왼쪽 풀백 사이로 끼어들었고 영명의 미드필더들도 급히 움직이며 따라 들어오려 할 때 민한이의 센터링이 올라왔다. 나는 점프를 했지만 거리상으로 시운이의 머리에 맞을 것이라는 생각이 스쳤다. 센터백들은 나를 견제하기 위해 같이 점프를 했다.

"텅!" 소리와 함께 공이 골문으로 빨려 들어가는 듯했지만 골키퍼가 반사적으로 내민 손에 가까스로 걸렸고, 튕겨진 공은 오른쪽에 자리한 재선이에게 날아가고 있었다. 재선이는 순간 가슴으로 공을 내려찍듯이 떨어뜨렸고 떨어지는 공을 발리로 툭 밀었다. 이미 공간을 보았던지 공은 골문 오른쪽 구석으로 빨려 들어갔다.

"야. 민한아!" 재선이가 소리쳤다.

"좋아. 좋아." 시운이는 자기가 골을 넣지 못했어도 2 : 0이라는 스코어가 좋은지 소리를 질렀다. 시간을 보았다. 전반 20분이 지나고 있었다.

우리는 재범이와 경태를 중심으로 공을 돌리면서 계속 찬스를 노렸지만 영명중에서도 우리의 의도를 간파하고 전원이 하프 라인 밑으로 내려서서 수비에 치중했다. 우린 비집을 수 있는 틈을 찾기 위해 애를 썼지만 전반전은 그렇게 종료되었다.

"성원이와 재선이, 너희 둘은 하루 이틀 축구한 것도 아닌데, 상대방이 너희를 봉쇄하려고 라인 중간에 너희를 밀어 넣은 건데 거기서 그냥 서 있어? 그럴 땐 어떻게 해야 돼?"

자리에 돌아와 파카를 걸쳐 입고 감독님을 중심으로 둘러서자 먼저 나와 재선이를 향해 감독님의 질문이 시작되었다.

"……."

할 말이 없었다. 나와 재선이는 골을 합작했기에 혹시 칭찬이라도 해 주실까 기대를 했는데 꾸지람 비슷한 질문이 날아드니 어안이 벙벙할 뿐이었다.

"어떻게 해야 돼?"

다시 질문이 날아들었지만 답을 찾을 수가 없었다.

"잘 들어. 너희는 앞으로 이런 상황을 자주 맞게 될 거야. 우리가 라인을 높여 상대방을 압박하고 득점을 하게 되면 상대는 수비를 강화하기 위해 수비수를 늘리고 좀처럼 올라오질 않아. 그러면 어떻게 해야 하느냐. 성원이와 재선이 너희가 움직여야 해. 너희가 움직여서 수비수를 계속 끌고 다녀야 시운이나 민한이가 빈 수비 자리에 침투를 하고 공격이 가능한 틈을 벌리는 거야. 무슨 말인지 알아?"

뭔 말인지는 잘 모르겠지만 일단 머리를 끄덕이며 "네, 알겠습니다."라고 답변했다. 재선이도 같이.

감독님은 다시 동료들에게 지시를 내리기 시작했다.

"재범이와 경태, 너희는 공을 돌릴 줄만 알아? 미드필더니까 그냥 공만 배급하고 저쪽이 공격하면 일차 수비만 하면 되는 거야? 미드필더는 공을 배급하기도 하지만 공격에도 적극 가담하는 자리야. 공을 공격수들에게 투입하고 너희는 뒤에서 뒷짐 지고 있던데 둘 중 하나라도 공격에 가세하면 단번에 공격수가 증가하고 상대 수비가 부담을 느낄 거 아냐. 너희가 주력이 좋다면 둘 다 가세해도 좋지만, 그렇지 않다면 역습에 대비해 하나는 남고 하나는 공격에 가담해. 알았냐?"

먼저 경태가 큰 소리로 대답했고 재범이도 대답을 했다.

"민한이와 시운이는 계속 움직여. 가능하면 가운데로 파고들다가 나갔다가를 반복하다 보면 수비수가 방어하다가 느슨해지는 상황이 발생할 거고, 그러면 미드필더에서 공을 뿌릴 거고, 그때 직접 해결하던가 아니면 공격수들과 협업하면 돼. 알았어?"

양쪽 윙어들에게도 지시를 했지만 수비수들에게는 특별한 말씀이 없으셨다. 그러고는 조쌤에게 맡기고 자리를 피하셨다.

"잘들 했어. 감독님이 이미 말씀하셨지만 상대방이 잠글 때는 우리가 움직여야 해. 반대로 생각해 봐. 너희가 수비로 있다면 너희 모두가 공을 소유하고 있는 상대방 선수와 내가 맡은 지역에 와 있는 상대 선수를 보고 움직이겠지. 그런데 그 선수가 너희를 앞에 두고 움직이지 않는다면 너흰 너무 편할 거야. 공이 너희 앞의 선수에게 오면 이미 수비할 준비가 되어 있기 때문에 막아서면 그만이지. 그런데 이 친구가 계속 움직이면 일단 내 영역에선 따라다녀야 하고 공도 봐야 하잖아. 이러면 집중력이 떨어져. 더구나 그놈이 잘 돌아서는 놈이면 이건 미치는 거야. 쫓아다니며 밀착을 하는 게 얼마나 힘든 건지 알아? 야, 선오. 어떻더냐? 움직이는 놈을 밀착 방어하는 게?"

선오가 머리를 흔들며 대답했다.

"아유. 말도 마세요. 저번 게임에서도 내가 그 공격수 막는다고 쫓아다니느라 얼마나 고생했는데. 성질 같아선 몇 대 패고 싶었어요."

웃으며 대답했지만 저번 게임이 생각나는지 주먹을 쥐었다. 맞다. 저번 게임에서 신대중의 공격수는 키가 180은 넘는 것 같은데 스피드는 떨어지지만 끊임없이 전후좌우로 움직여 선오가 대인 방어를 하느라 고생을 했고, 경태도 공이 올라오면 선오와 합동 수비를 하기 위해 내려가야 했다.

"그래. 그런데 신대중 공격수가 스피드가 좋았다면 어땠을까? 막을 수 있을까? 축구에서 서 있는 공격수는 나무토막이야. 수비수 하나면 충분해. 그런데 움직이는 공격수는 둘이서도 힘들어. 거기에 스피드마저 있으면 정말 골치 아픈 거야. 성원이와 재선이 알아듣겠어? 특히 성원이 너는 센터백을 끌고 다녀야 해. 네가 움직일 때마다 상대 수비수가 따라 움직이는 거 못 봤어?"

맞다. 상대 센터백과 풀백들은 내가 이동하는 방향으로 전체가 늘 움직였다. 그건 미드필더 사이에 있던 재선이가 움직일 때도 마찬가지였다. 미드필더들이 같이 움직였다. 물론 공이 있는 곳으로 전체가 움직였지만 공이 두 미드필더 사이에서 움직일 경우 재선이와 내가 움직일 때마다 수비수 두어 명이 따르는 것을 느꼈다.

"그랬습니다."

내가 가볍게 말을 잇자 조쌤이 다시 설명을 시작했다.

"너희가 전술 훈련에서 배운 것은 상대방이 없는 훈련이 대부분이지만 여긴 실전이야. 상대가 배운 대로 나오면 늘 이기겠지. 하지만 상대방도 이기기 위해 준비한 팀이야. 그런 팀을 이기려면 많이 생각해야 해. 어떻게 상대를 속이고 공간을 만들지를. 무조건 뛰라는 것도 아니야. 상대방을 속여서 우리가 유리한 공간을 확보하기 위해 뛰라는 거야. 성원이와 재선이가 수비와 미드필더 둘씩을 달고 어느 쪽으론가 이동하면 그만큼 공간이 생기고 그럴 때 윙어나 미드필더가 파고드는 거야. 그러면 찬스는 나게 돼 있어. 뭔 말인지 알겠냐?"

"네." 우린 일제히 대답을 했다.

"자, 좀 쉬고 몸들 계속 풀고 있어."

조쌤의 설명이 끝나고 난 목이 말라 물을 마셨다. 안 그래도 추운데 머리끝이 쭈뼛 서는 느낌이 들었다. 벌써 땀이 식고 추위가 느껴져 파카의 지퍼를 목까지 올렸다. 그리고 비닐 천막으로 들어가 난로 앞에 섰다. 동료들도 모여들었다.

"성원아. 뭔 말인지 알겠냐?" 재선이가 물었다.

"대충은 알아듣겠는데 한번 해 보지 뭐."

재범이가 다가서면서 말했다.

"성원아, 이따가 내가 신호하면 재선이 앞으로 더 나와. 그럼 내가 너한테 주고 이대일로 받아서 바로 재선이에게 줄게. 그때 네가 다시 들어가면 수비가 흔들릴 것도 같아. 한번 해 보자."

나와 재선이가 머리를 끄덕였다.

재범이의 제안은 일리가 있다고 생각했다. 감독님이나 조쌤도 움직임을 말했지만 실제로 어떻게 할 것인가에 대해서는 구체적이진 않았다. 하지만 재범이 말처럼 그렇게 움직이면 무언가 가능할 것도 같다는 생각이 들었고 일단 해 보기로 했다.

난로의 열기가 몸의 전면을 따뜻하게 데울 즈음 휘슬이 울렸고, "빨리들 나와." 하고 조쌤이 소리쳤다.

영명중은 전반과 같이 하프 라인을 넘을 생각이 없는 것 같았다. 공을 돌리면서 우리의 공간을 살피고 우리에게는 침투의 여지를 주지 않으려 버티고 있었다. 순간 '저러면 그냥 지는 건데'라는 생각이 스쳤고 어쩌면 영명이 곧 반격을 할 거란 생각이 들었다.

재범이와 경태는 하프 라인을 넘어가 있었고 선오와 운제가 하프 라인에 서 있었다. 운동장 절반에 20명의 선수가 서 있는 상태는 어디를 보아도 공간이 없다는 의미다. 그 공간에서 공이 돌고 뺏고 뺏기고를 되풀이하고 있었다.

영명의 미드필더 중 8번은 개인기가 좋았다. 특히 공을 소유하는 기술이 특별했고 패스도 좋았다. 영명이 공을 돌릴 때 대부분 8번을 거쳤고 매번 실수 없이 공을 안전하게 소유하고 좋은 공간으로 보냈다.

"경태! 8번에 붙어." 조쌤의 외침이 들렸다. 내가 느낄 정도니 조쌤이나 감독님도 당연히 인지하셨을 테고, 그러니 작전 지시가 떨어졌다. 경태가 8번에게 붙으면서 순간 영명이 주춤하는 느낌을 받았다. 패스가 어색한 느낌. 동시에 "압박해!"라는 감독님의 지시가 떨어졌다.

순간 재선이가 공이 있는 7번에게로 붙기 시작했고 나는 풀백을 향해 뛰었다. 우리 수비를 제외하곤 여섯 명이 일제히 공을 소유한 7번 미드필더를 에워싸는 형태를 취했고 각각 상대 선수를 마크했다. 경태 역시 7번이었기에 양쪽의 7번이 공을 소유하기 위해 맞붙었고 영명 7번은 압박을 이기지 못해 돌아서며 골키퍼를 향해 공을 밀었다. 순간 민한이가 뛰기 시작했다. 영명 7번은 압박에 부담감이 있었는지 공을 정확하게 임팩트하지 못하고 약하게 미는 수준이었다. 골키퍼와 옆에서 뛰어드는 민한이의 다툼을 나도 뛰면서 지켜보았다. 마치 TV의 슬로모션을 보는 느낌이었다. 슬라이딩하는 민한, 공을 향해 두 팔을 뻗으며 덮쳐 오는 골키퍼!

모두 그 둘을 보고 있는 상황에서 골키퍼의 손이 공을 가슴으로 끌어당기고 민한이의 발이 공이 있던 자리를 스쳐 지나는 것을 보았다. 아까웠다.

민한이도 아쉬웠는지 아니면 다쳤는지 넘어져서 한동안 일어서지 못하다가 몸을 천천히 움직였다. 얼핏 스코어보드를 보았다.

2 : 0.

그리고 후반도 20분이 지나고 있었다.

다시 감독님의 표정을 보았다. 늘 그렇듯이 무표정하게 지켜보고 계셨다. 이윽고 조쌤이 "빨리 위치 잡아. 바람이 우리 방향이니 뒤로 물러 서!" 하고 소리쳤다.

골키퍼의 킥이 바람을 타고 뻗어 나가는 게 보였다. 선오와 운제가 주춤거리며 뒤로 물러섰고 경태와 재범이, 그리고 주선이와 성오도 우리 지역으로 물러서는 중인데 영명의 왼쪽 윙어가 달리기 시작했다. 그러자 중앙 공격수도 속도를 냈다.

"역습이다. 빨리 위치 잡아!" 조쌤이 소리쳤고 나를 제외한 재선이와 민한이, 시운이도 수비에 가담하기 위해 뛰어 내려갔다.

하지만 영명 왼쪽 윙어의 속도는 대단했다. 마치 육상 단거리 선수처럼 빨랐다. 공은 영명 왼쪽 윙어 앞에 떨어졌고 튀는 공을 가슴으로 트래핑한 다음 급히 막아서는 운제의 왼쪽으로 돌아 재건이와 일대일이 되었다. 그러고는 바로 골대 오른쪽으로 슈팅을 했고 재건이의 손끝을 지난 공이 골문 안에 꽂혔다. 순식간에 벌어진 상황이라 나도 어안이 벙벙했지만 동료들도 멍하니 서 있었다.

얼마 지나지 않아 종료 휘슬이 울렸고 게임은 2:1로 우리가 이겼다. 조 1위로 16강 토너먼트에 진출했다.

돌아오는 버스 안은 침묵이 이어졌다. 게임을 마치고 서둘러서 짐을 챙겨 버스에 오르느라 감독님과 조쌤의 표정을 제대로 보지 못했지만 분명 화가 났을 거라는 생각이 들었다. 전반 초반의 기세라면 우리가 세 골 차 이상으로 이기는 게 정상인데 겨우 한 골 차로 이겼으니 할 말이 없었다. 더구나 우리가 실점한 순간은 이해가 되지 않았다.

"바람이 정말 세더라. 공이 떨어지질 않고 계속 날아와." 옆에 앉은 성오가 낮게 속삭였다.

"나도 전력을 다해 뛰고 운제와 선오도 빠르게 복귀하는데 내 앞의 웡어는 바람을 등져서 그런지 엄청 빠르더라. 우린 돌아서 뛰는데 웡어는 이미 탄력이 붙었어."

"그래도 그렇지. 우린 세 명이 있었잖아." 내가 말했다.

"워낙 빨랐어." 성오는 다시 조용히 말했다.

졸음이 왔다.

어이없는 패배

우리 학년은 하루를 쉬었다. 하지만 선배들이 경기를 치르고 있어서 선배들 엔트리에 들어 있던 나는 쉴 수가 없었다. 경태와 재범이, 재건이와 시운이, 그리고 제원이와 나는 쉬지를 못하고 선배들 경기에 대기 선수로 몸을 풀어야 했다. 선배들도 승리했고 8강에 진출했다.

다음 날 아침을 먹으면서도 온통 조금 있다 치를 게임 생각뿐이었다.

"성원아. 뭘 그리 생각해?" 상만이였다.

나와 같은 클럽에서 축구를 했고 중학교도 같이 온 동료다.

"응. 오늘 게임 어떻게 풀까 생각하고 있었어."

"오늘 맞붙을 재연중학교는 강팀은 아니잖아. 평소 하던 대로 하면 되지."

"그렇지. 하던 대로 하면 되지. 그런데 영명하고 할 때도 일방적인 게임을 하고도 이대일로 겨우 이겼잖아."

"하긴 그래. 여하튼 잘해. 그래야 나도 좀 뛰어 보지."

상만이는 개인기가 좋지만 아직 선발로 나서지는 못하고 있었다. 나는 머리만 끄덕였다.

오전 10시 게임이어서 아침식사가 끝나자 바로 집합하라는 지시가 있었다. 조쌤은 별 걱정을 하지 않는 표정이었다.

경기장은 언덕의 정상 부근에 있었다. 영명과 경기를 한 구장은 오늘 뛸 구장보다 아래에 있었는데, 정상에 부근은 바람이 더 강했다. 저 멀리 동해가 보였고 하얗게 파도가 일고 있었다.

"오늘은 꼭 이겨야 해." 나 스스로 다짐을 했다.

몸을 풀기 시작했다. 영명과의 경기에서 뛰었던 선발진이 이번에도 그대로였다. 날씨가 추워 파카를 걸치고 가벼운 달리기가 시작되었다. 바다에서 바람이 강하게 불어왔다.

러닝이 끝나고 스트레칭을 한 후 롱 킥 훈련을 했다. 축구장 양 사이드에 늘어서서 반대편 사이드까지 공을 보내는 훈련이었다. 나는 성오와 짝이 되어 훈련을 시작했다. 내가 공을 찰 때는 바람을 등지고 있어서 공이 가볍게 멀리 날아갔지만 성오가 나를 향해 공을 찰 때는 맞바람의 영향으로 제대로 날아오질 못했다. 심할 때는 공이 중간쯤에서 거꾸로 가기도 했다.

'시합 중에 바람을 조심해야겠구나.' 혼잣말을 했다.

패스 게임이 시작되었다. 학교에서 늘 하던 훈련이라 익숙했지만 하면 할수록 어려운 게 패스였다. 이젠 동료들의 습관도 다들 알고 대응하는 방법도 꿰뚫고 있어서 공을 뺏기지 않고 패스하는 게 쉽지 않았다. 특히 조쌤이 강조하는 원터치패스는 어렵다. 동료가 내게 공을 보내는 순간 앞과 좌우를 살펴 다시 패스할 동료를 찾고 공이 도달하면 가볍게 밀어 줘야 하는데, 순간 동료가 보이지 않거나 틈이 없으면 당황하게 되고 공을 소유하게 된다. 당연히 조쌤이 지적을 하고 서두르다 보면 공을 뺏기는 경우가 발생했다.

많은 시간이 지났다고 생각되지만 실제 10여 분의 훈련 시간이다. 좁은 공간이고 계속 움직여야 해서 훈련 강도가 높았다. 조금씩 땀이 나기 시작했다. 훈련을 마치고 비닐 천막으로 들어갔다.

제갈 감독님이 팔짱을 끼고 우릴 지켜보고 계셨다. 작전 지시가 시작되었다.

"상대방의 양쪽 윙어가 빠르다. 오늘은 성오와 주선이가 오버래핑을 자제하고 양쪽 윙어에 대한 수비를 강화해라. 경태와 재범이도 양쪽 윙어가 공을 잡으면 바로 수비에 가담해서 중앙으로 들어오지 못하게 해라. 그리고 공이 우리 소유가 되면 제대로 빌드업을 하도록!"

감독님의 지시는 늘 단순하고 명확했다. 거의 대부분 작전판을 사용하지 않고 구두로 간결하게 지시했다. 그렇게 하는 지시는 우리가 소화해 내기도 쉬웠다. 이것저것 지시를 하면 할 게 많아서 혼란스러운데, 우리가 보통 하던 거에 특별히 신경 쓸 것만 지시하면 실행하기가 수월했다.

감독님의 지시가 끝나고 조쌤이 나섰다.

"오늘 바람이 세게 부니 수비는 특히 조심해라. 잘못 예측하면 어이없이 실점할 수 있다. 재건이는 바람 방향도 계속 읽고 있어야 한다. 슈팅한 공이 바람에 따라 휘어져 들어올 수 있으니까. 우리가 공격할 때 롱패스는 가급적 하지 마라. 바람에 따라 정확도가 떨어지니 잔 패스로 돌파한다. 성원이와 재선이는 틈이 보이면 바로 때려라. 알았나?"

"네." 우리는 힘주어 대답을 했고 파카를 벗었다.

상대방이 바람을 등진 쪽을 선택했다. 갑작스레 불안감이 엄습했다. 상대방이 두려운 게 아니라 바람이 불안했다. 상대방을 향해 운제가 두 손으로 나팔을 만들어 악을 썼다. 뒤이어 선오도 악을 썼다. 재연은 둥글게 원을 그리고 파이팅을 외칠 준비를 했고 우리도 어깨를 걸었다. "빨리 좀 하지!"라고 운제가 큰 소리로 말했다. 우린 경기를 시작하기 전 파이팅을 할 때 항상 상대보다 늦게 하는 전통이 있었다. 언제부턴지는 모르지만 선배들이 그렇게 했기에 우리도 기다리고 있다가 상대가 먼저 파이팅을 하면 나중에 파이팅을 했다. 재연의 화이팅 소리가 들렸다.

"오늘 꼭 이기자." 운제가 소리쳤고 동시에 "화이팅!"이라고 우리가 외쳤다.

휘슬이 울리고 나는 공을 재범이에게 보냈다. 재범이는 다시 선오에게 선오는 운제에게 가볍게 패스가 이어졌다. 그리고 운제가 앞으로 볼을 몰고 나오면서 경태를 보았고 패스를 시도했다. 가볍게 공을 찾는지 공은 빠르게 가지를 못했고 상대 윙어가 빠르게 뛰어오면서 가로챘다. 경태가 바로 뛰었으나 가속이 붙은 윙어를 잡지는 못했다. 성오가 앞을 막아섰다. 그러자 윙어는 방향을 중앙으로 틀어 속도를 더했고 이어 운제가 방어에 나섰지만 운제를 제치고 재건이와 일대일이 되었다. 나는 상대 센터백 사이에 있다가 중앙으로 이동하면서 우리가 돌파당하는 것을 보았다. 우리 수비 라인은 바람을 맞고 있었고 상대 윙어는 빨랐다. 슈팅하는 것이 보였다. 오른쪽 구석으로 공이 빠르게 날았고 재건이가 다이빙했다.

"골이다!" 재연중 부모님들의 환호성이 들렸다.

0 : 1

시작하고 몇 분도 채 지나지 않아 상대에게 골을 내주었다. 뛰는 것을 멈추고 동료들을 둘러보았다. 운제와 성오는 머리를 숙이고 있었고 재건이가 공을 선오에게 건네주었다. 경태와 재범이가 천천히 내가 있는 방향으로 걸어왔다. 선오가 나에게 공을 강하게 찼다. 나는 하프 라인에 공을 놓고 동료들을 보았다. 순간 감독님과 조쌤의 지시가 떠올랐다.

양쪽 윙어와 바람!

두 분이 말씀하신 내용이 그대로 적용된 결과였다. 운제가 패스한 공이 뻗어 나가지 못한 것은 바람 때문이었고 상대 윙어의 속도도 빨랐다. 알고 있으면서도 당한 것이다.

휘슬이 울렸다. 나는 공을 경태에게 보내고 몸을 돌려 전방으로 뛰었다.

"성원아. 그만 가. 공을 때려도 너한테 가지 않아. 하프 라인서부터 빌드업 해."

조쌤의 지시가 떨어졌다. 돌아보니 동료들의 짧은 패스가 이어지고 있었다. 재연중 선수들은 우리 쪽으로 다가가지 않고 수비에 치중하는 모습을 보이고 있었다. '벌써 지키는 건가? 아니면 역습 전술인가?' 하는 생각이 스쳤다.

"성원아, 여기!" 주선이가 오버래핑을 시도하며 민한이 뒤를 돌아 코너 방향의 공간으로 뛰어들고 있었다. 나는 공을 그 방향으로 강하게 밀었다. 주선이가 구석에서 공을 받고 라인을 타고 들어오려 하자 풀백이 바로 막아서려 뛰었다.

"재선아. 들어가." 나는 주선이의 공을 받아 주기 위해 앞으로 나가면서 바로 재선이에게 앞으로 가라고 했다. 주선이가 내게 패스했고 나는 오는 공을 그대로 센터백 사이로 돌진하는 재선이에게 보냈다. 공이 재선이에게 닿으려는 순간 센터백이 태클을 시도했고 공은 튕겨져 나왔다. 상대 미드필더가 공을 잡았고 바로 오른쪽 윙어에게 패스가 이어졌다.

"주선아. 막아." 재범이가 상대 윙어에게 뛰어가면서 주선이에게 소리쳤다. 상대 윙어는 전진하지 않고 다시 리턴패스를 했고 미드필더는 다시 수비수에게로 계속 공을 돌리고 있었다.

스코어보드를 보니 20분이 경과하고 있었다. 무언가를 해야겠다는 생각은 드는데 무얼 해야 할지 생각이 나지 않았다.

"선오 남기고 라인 올려." 조쌤의 지시가 떨어지자 동료들이 일제히 올라왔고 "압박해!" 다시 지시가 나왔다.

나는 7번 미드필더에게 재선이는 8번 미드필더에게 붙고 공이 돌지 못하게 차단했다. 경태와 재범이도 공격수에게 붙고 중앙을 차단하자 공은 재연의 왼쪽 풀백에게 갔고 시운이와 성오가 달려들었다. 풀백은 당황했는지 공을 골키퍼에게 보내려 방향을 틀었고 그 순간 시운이가 발끝으로 밀어 공을 잡았다. 풀백이 붙으려 하자 바로 성오에게 공을 주고 시운이는 중앙으로 들어왔다. 나와 재선이, 시운이가 중앙에 있고 그 밑을 경태와 재범이가 받친 상황에서 성오가 센터링을 올렸다. 바람을 맞은 공은 슬쩍 휘어지면서 내가 헤더하기 좋게 날아들었고 나는 지체 없이 점프해 이마로 공을 찍었다. 느낌이 좋았다.

하지만 공은 골키퍼 정면으로 향했고 골키퍼는 자리 이동도 없이 가슴으로 공을 감싸 안았다. 멍한 느낌이 들었다.

"아 정말!" 나보다 재선이가 더 아쉬워했다.

골키퍼가 바로 킥을 하려 해 나는 순간적으로 골키퍼 앞을 막아섰다. 지금 바로 킥을 하면 바람을 타고 선오 혼자 있는 우리 진영으로 공이 날아간다. 상대 윙어들이 뛰기 시작하면 우리가 불리한 상황이 될 것이라 생각해 막아선 것이다. 동료들이 급히 우리 진영으로 돌아가 자리를 잡았다. 나도 하프 라인까지 나왔다.

골키퍼가 찬 공은 바람을 타고 거의 선오 앞까지 날아왔다. 선오가 비켜서면서 재건이가 공을 잡았다. 재건이는 바람이 강해 킥을 해도 앞으로 멀리 나가지 않을 거라는 걸 알기에 주선이에게 공을 던져 주었다. 강한 바람 사이로 눈발이 날리기 시작했다.

재연중의 윙어는 여전히 빨랐다. 특히 왼쪽 윙어는 육상 단거리 선수를 생각나게 할 만큼 빠르고 체격도 좋았다. 성오가 수비를 하기에 부담스러워 했고 결국 스피드가 좋은 시운이가 오른쪽 풀백으로 가고 경태가 시운이 자리인 윙어, 성오가 미드필더로 이동했다. 감독님은 경기 중간에 수시로 우리의 포지션을 변경해 운영하곤 했는데, 처음 이런 지시를 따를 때는 감을 잡지 못해 힘들었지만 지금은 어느 정도 익숙해져 있었다. 차츰 축구 이론을 이해하면서 이러한 방법이 교체 인원을 최소화하면서 우리에게 다양한 경험을 쌓게 하고 상대방에게 혼란을 주는 효과가 있다는 것을 알게 되었다.

우리는 수비 라인을 올리고 재연중 진영에서 계속 공방을 이어갔다. 바람을 정면으로 맞으며 움직이는 우리에게 바람에 날리는 눈발은 앞을 보는 것도 힘들게 했다. 얼굴을 비스듬히 옆으로 돌리고 곁눈으로 전방을 봐야 했고, 앞으로 달릴 때는 시야를 방해했다.

계속되는 압박에 동료들의 체력이 떨어졌는지 강도가 약해졌다는 느낌이 들었고 재연중의 움직임이 상대적으로 빨라졌다. 순간 재연중의 왼쪽 윙어가 뛰기 시작했고 미드필더가 왼쪽 윙어에게 길게 패스했다. 시운이와 성오가 나섰지만 윙어의 속도와 바람과 눈발 탓인지 막지 못했고 운제와 일대일 상황에서 오른쪽에서 뛰어드는 윙어에게 길게 패스가 이어졌다. 선오가 바로 따라붙어 오른쪽 윙어가 공을 잡기 전에 태클을 시도했고, 공은 선오의 발을 맞고 골라인 아웃이 되어 코너킥을 허용했다. 바람은 지칠 줄 모르고 점점 더 거세지고 있었다.

재연중의 미드필더가 오른쪽 코너에 공을 놓고 뒤로 물러서자 공이 바람에 밀렸다. 다시 공을 원위치에 가져다 놓은 상대 키커는 바람이 잦아질 때까지 공을 누르고 있다가 잠시 바람이 죽자 뒤로 물러나 킥을 준비했다.

나를 비롯한 동료들 전원이 수비에 가담했고 재연중도 한 명의 센터백을 제외하곤 모두 우리 진영으로 넘어와 있었다. 양 팀 선수 대부분이 페널티 에어리어 안에 몰려 있어서 정신이 없었다.

“다 자기 포지션 상대방 잡아.” 운제가 수비 담당을 알렸고 각자 자기와 같은 위치에 있는 상대 선수를 밀착 마크했다.

그 순간 재연중 키커가 킥을 했고 공은 페널티 에어리어 앞쪽을 향해 떠오르더니 강한 바람에 휘어져 우리 골문을 향해 떨어지는 게 보였다. 높은 위치에서 바람에 밀려 떨어지는 공!

우리 대부분이 점프를 하고 재건이도 공을 향해 점프를 했지만 공은 재건이의 손끝과 크로스바 사이의 틈으로 들어갔다.

"골이다!" 아마도 재연 부모님들의 환호성일 것이다.

그렇다. 골이다. 두 번째 골!

0 : 2

우리가 그렇게 공격을 해도 들어가지 않는 골이 어이없이 또 들어갔다. 재건이가 다시 공을 잡아 재범이를 향해 차 주었다. 귀에서 윙 소리가 들렸다.

센터서클에서 스코어보드를 보니 시간이 2분 남아 있었다. 2분. 마음이 급해졌고 바로 재범이에게 공을 밀어 주고 앞으로 뛰었다.

"다 올라가. 시운이 앞으로!"

다급했던지 감독님이 자리에서 일어나 손으로 나팔을 만들어 지시하자 시운이가 공을 몰며 올라왔고 성오가 상대 미드필더를 어깨로 밀면서 기다리고 있었다. 시운이가 공을 성오에게 주자 미드필더가 공을 뺏기 위해 달라붙었고 성오는 오버래핑하는 시운이에게 가볍게 리턴패스를 했다. 중앙에는 재선이, 민한이, 경태와 내가 공이 올라오길 기다리고 있었다. 재연중의 왼쪽 풀백이 달려들었지만 시운이는 오른발로 공을 올렸고 나는 나를 막고 있던 센터백과 동시에 점프를 했다. 분명히 정확하게 떴다고 생각했지만 공은 바람의 영향으로 살짝 휘면서 뒤에 있던 재선이의 가슴에 닿았고 순간 나는 센터백을 어깨로 밀면서 공간을 벌렸다. 재선이가 가슴으로 트래핑한 공이 바닥에 닿으려는 순간 가볍게 발리로 킥을 하는 것이 슬로우 모션처럼 보였다.

"골!" 누군가의 짧은 외침. 그래, 골이었다. 그렇게 들어가지 않던 공이 이번에는 시원하게 상대편 골문 안으로 들어갔다.

재선이가 내 옆에 있었기에 나는 먼저 손을 내밀었다. 재선이가 손을 잡았고 이어 여러 동료들이 다가와 축하를 해 주었다.

1 : 2

이길 수 있다는 생각이 다시 들었다. 늘 그렇지만 2 : 0은 패배감이 짙은 스코어고 2 : 1은 다시 해볼 수 있는 스코어다. 같은 한 골 차이지만 1 : 0과 2 : 1은 다른 느낌이다. 아마도 2 : 1은 우리도 한골을 넣었기 때문에 좀 더 가능성을 느끼는 스코어인 것 같다.

하프 타임의 선수 대기실 텐트 안은 바람도 없고 난로도 있어 따뜻했다. 풀어진 긴장이 더 느슨해지는 느낌이 들었다.

"다들 잘 들어. 역시 바람을 감안하지 않았어. 물론 우리가 골을 넣을 때도 바람이 돕기는 했지만. 축구는 야외 운동이기 때문에 항상 자연을 이용할 줄 알아야 해. 비 온다고 축구를 중단하지 않잖아. 눈이 오건 비가 오건 바람이 불건 축구는 하는 거야. 다만 누가 그 자연 조건을 잘 이용하느냐에 따라 승부가 결정되는 거지. 후반엔 우리가 바람을 등지니까 훨씬 쉬울 거다. 다만 양쪽 윙어는 바짝 수비해야 해. 주선이가 잘 막았지만 시운이 쪽은 좀 더 거칠게 해. 성원이와 재선이는 찬스만 나면 슈팅해. 바람이 도울 거니까."

제갈 감독님의 지시는 명확했고 우리가 무엇을 해야 하는지 단순하게 지적해 주셨다. 실제 경기장에서 뛸 때 많은 지시가 나오면 오히려 헷갈려서 아무것도 할 수 없는 상황이 오고 좋은 플레이를 할 수 없었다.

난로의 따뜻함에 얼굴이 화끈거렸고 조금 뒤로 물러나려 하니 뒤에서 선오가 어깨를 툭 쳤다.

"후반에 마음껏 때려. 아까는 진짜 바람 때문에 어떻게 할 수가 없었어. 윙어를 잡으려고 움직이는데 공이 벌써 내 앞으로 지나가더라. 바람이 장난이 아니야. 이제는 바람이 우리 편이잖아. 수비는 나한테 맡기고 그냥 밀어붙여."

선오는 나보다 얼굴 하나가 더 있을 정도로 키가 컸다. 180센티미터가 넘으니 동료 중에서 가장 컸고 발도 빨랐다. 초등학교 졸업 전에 카카 선생님에게서 함께 피지컬 훈련을 받으며 가까워졌고 아버지와 선오 아버지가 친하셔서 가족 모임도 가끔 해 형제 같은 느낌이 드는 친구다. 계속 센터백을 봐서 그런지 선오의 수비는 상대방을 누르는 힘이 있었다. 그런 선오가 바람을 이기지는 못했던 모양이다.

그냥 편하게 선오에게 등을 기대고 반쯤 누웠다.

"경태, 재범이. 후반엔 앞으로 계속 공을 뿌려. 돌리지 말고. 어차피 바람이 우리 편이니까 공 잡으면 지체 없이 앞으로 뿌려. 시운이와 민한이도 가능하면 중앙으로 집중하고 성오와 주선이도 하프 라인 넘어 공을 잡을 때는 즉시 전방으로 넣는다. 일단 빨리 한 골을 만회하고 우리 플레이를 한다. 알았나?"

조쌤의 지시는 후반 시작과 함께 닥공(닥치고 공격)을 주문하고 있었다. 하긴 우리도 시작과 함께 골을 먹었으니, 이젠 바람이 우리 편이니 노려볼 만하다는 생각이 들었다. 갈증이 나 물병을 찾아 들고 물을 마시며 시운이를 보니 씩 하고 웃었다. 언제 봐도 늘 멋진 친구였다. 좀 쉬었더니 몸이 회복되는 느낌이 들었다. 다른 동료들도 자리를 털고 일어나면서 서로 말을 나누기도 하고 기지개를 켜면서 하품을 하기도 했다.

휘슬 소리가 들렸다. 우리 전체가 텐트를 나가려 하자 조쌤이 다시 주문을 했다.

"가능한 만회골을 빨리 넣어야 한다. 알았지!"

"네."

바깥으로 나오자 바람소리는 여전히 윙윙거렸고 추위가 몰려왔다. 뒤에 있는 관중석에서 부모님들의 응원 소리가 들렸다.

"이길 수 있어. 힘들 내!"

"한 골 금방이야. 바람도 이젠 우리 편이야."

"세 골만 넣자."

부모님들의 응원에 가슴이 뭉클해졌지만 내색하지 않고 아버지를 보면서 웃었다. 아버지는 오른손 엄지손가락을 치켜세우며 다른 말씀은 없으셨다. 감독님은 팔짱을 끼고 말없이 우릴 보고 계셨다.

늘 그랬듯이.

센터서클 밖에서 경기 시작을 기다리면서 등 뒤의 바람을 느꼈다. 전반전에 느꼈던 바람에 대한 저항감이 사라지고 오히려 바람이 더 불기를 빌었다.

후반전이 시작되고 나는 재연중의 센터백 사이에서 움직였다. 재선이도 나와 몇 걸음 간격을 두고 여차하면 바로 뛰어들 준비를 하고 있었고 전체적으로 수비 라인을 하프 라인까지 올렸다. 상대 선수들도 전반전과 뒤바뀐 상황을 충분히 이해하는지 중앙 공격수마저 미드필더와 같은 위치까지 내려가 수비에 가담하고 있었다.

재연중은 4-4-2의 형태로 전환했고 양쪽 윙어마저 전진하지 않아 거의 4-6 포메이션에 가까운 느낌이 들었다. 4-6 또는 6-4. 이렇게 되자 공간이 보이질 않았고 동료들과 재연중 선수들이 재연중 진영에 몰리면서 공을 돌리기 어려운 상황이 되었다.

선오와 운제가 몇 번 공을 돌리다가 경태나 재범이에게 전진시키면 바로 재연중 선수들이 둘 이상 달라붙었고, 이를 피하려고 다시 선오와 운제에게 공을 리턴하는 과정이 몇 차례 되풀이되었다.

"성오! 더 올라가. 주선이도. 미드필더를 밀어내."

감독님의 묵직한 작전 지시가 떨어졌다. 아마도 허리 라인이 전진하질 못하니 인원을 추가해 허리를 두텁게 하고 밀고 올라가자는 의미 같았다.

"저러면 양쪽이 너무 비는데." 혼자 중얼거렸지만 이미 동료들은 가로 40여 미터 세로 50여 미터의 공간에 상대 선수들과 밀집했다. 선오와 운제를 빼고 그 좁은 공간에서 열여덟 명의 선수들이 하나의 공을 쫓아 뛰었다.

정신을 차려야 했다. 우리가 학교에서 그렇게 연습했던 그 상황, 바로 그 상황이 온 것이다. 밀집한 상황에서 공을 뺏기지 않고 동료들에게 전달해야 하고 또 내게 온 공을 원터치로 좋은 공간에 있는 동료에게 보내야 했다. 훈련에서의 상대방은 우리 동료였지만 지금의 상대방은 승리를 지키기 위해 어떤 일이든지 하려는 선수들이었고 우리와 비슷한 수준의 실력을 갖고 있는 선수들이었다.

"움직임과 공간!"

바로 재선이를 부르고 재선이 방향으로 움직이는 척하면서 오른쪽으로 돌았다. 왼쪽에 있던 센터백이 나를 뒤쫓았고 재선이가 그 공간을 보았다. 공을 소유하고 있던 재범이가 동시에 그 공간을 보았고 즉시 공을 재선이에게 보냈다. 재선이가 공을 쫓으며 골키퍼와 일대일 상황을 만들었고 가볍게 슈팅했다.

실패였다. 골키퍼가 양다리를 벌리며 슬라이딩을 하던 중에 왼발 끝에 공이 걸려 골라인 아웃이 되고 말았다. 이어서 경태가 코너킥을 준비하고 그 좁은 페널티 에어리어 안에 거의 대부분의 선수들이 밀집했다. 선오까지 올라와 높이를 보강했고 치열한 몸싸움이 벌어졌다. 나는 오히려 뒤로 물러나 리바운드되는 공을 노리기로 했다. 경태가 코너킥한 공을 선오가 점프해 헤더했다. "아~!" 긴 탄성이 들렸고 공은 크로스바를 스치며 골라인 바깥으로 넘어가고 말았다.

계속되는 공방전은 우리가 계속 밀고 있지만 상대의 악착같은 수비로 인해 상대 진영 중앙에서 공이 돌기만 했다. 나는 재선이와 위치를 바꾸기도 하고 측면으로 이동하기도 하면서 계속 슈팅 기회를 노리며 상대 수비를 끌고 다녔다.

주선이와 시운이는 성오·재범이와 같은 라인까지 올라와 공격에 가담하고 있었다. 경태와 민한이는 공을 잡기만 하면 중앙으로 밀고 들어왔고 그때마다 수비들과 격렬한 몸싸움이 벌어졌다.

바람이라는 동료는 계속 우리 편이었다. 재연중은 밀집 수비를 유지하면서 한 번씩 양쪽 윙어를 이용한 역습을 시도했지만 바람을 안고 뛰다 보니 속도가 나질 않았고 운제와 선오가 잘 방어했다.

문제는 공격진에게 있었다. 나와 재선이가 계속 공간을 만들기 위해 움직이고 조금만 틈이 있으면 뚫기 위해 달려들었지만 상대도 필사적이었다.

"내려와서 공 돌려."

감독님의 지시가 떨어졌다. 어떤 의미인지 바로 파악이 되었고 동료들도 의미를 이해했는지 슬그머니 뒤로 물러서기 시작했다. 재범이가 선오에게 공을 보내고 선오와 운제가 숏패스를 하며 우리가 내려오기를 기다리고 있었다. 아니 재연중이 따라 내려오기를 기다리고 있었다. 감독님은 우리의 압박이 통하지 않자 공간을 넓게 쓰면서 우리 축구를 시도하라는 주문이었다.

"성원! 재범이와 바꿔."

"운제! 포워드로 올라가. 성오! 운제 자리로."

감독님의 지시가 계속 이어졌다. 상대가 우리의 패턴을 읽었다고 판단되면 감독님은 우리 포지션에 변화를 주어 패턴의 변경을 꾀하거나 상대방의 실수를 유도했다. 물론 상대방의 공격이 강할 경우 나도 수비수로 내려가는 경우도 있었다. 상대가 빠르면 내가 그쪽 수비수로 가기도 했다.

지금은 감독님이 터프한 공격으로 방향을 유도하는 것 같다. 이렇게 위치를 바꾸면 투 톱(재범이와 운제)과 양 윙어, 그리고 나와 재선이가 미드필더를 서는 4-2-4의 형태로 전환된다. 물론 4-2-3-1에서 원톱이 내려선 모습이지만 전체적으로 간격을 좁히면서 뒷공간을 내줄 수는 있으나 공격력을 강화하게 된다. 좌우 풀백이 조금 전진하면 2-4-4의 포메이션으로 변형될 수 있어 공격수의 숫자가 늘어나게 된다. 몇 번 이렇게 뛴 경험이 있어서 우리는 가볍게 공을 돌리며 위치를 잡고 상대가 올라오기를 기다렸다.

좀처럼 상대가 전진하질 않고 하프 라인을 넘지 않아서 조바심이 난 나는 주선이가 패스한 공을 툭툭 치면서 앞으로 나갔다. 내가 전진하자 우리 전체 대형이 움직였고 하프 라인에서 좌우를 보자 기다렸다는 듯이 경태가 우측 코너 방향으로 질주하기 시작했다. 나는 즉시 오른발 인스텝으로 길게 킥을 했다. 바람을 탄 공은 코너 근처까지 갔고 기다리던 경태가 가슴으로 트래핑해 그대로 센터링을 할 수 있는 상황을 만들었다. 우리 공격수들은 상대 페널티 에어리어로 뛰어들었다. 한 번의 롱패스가 기회를 만들었다. 어쩌면 감독님은 이런 상황을 기다렸을 것이다.

나와 재선이도 경태가 올린 공을 보며 공격에 가담했다. 공은 재연중 센터백의 머리를 맞고 좌측으로 밀렸다. 언제 올라왔는지 주선이가 공을 잡아 페널티 에어리어 바깥 중앙에 있던 내게 패스를 했고 난 주저 없이 슈팅을 했다. 하지만 슈팅한 공이 센터백의 발을 맞고 튕겨 나오자 속이 상한 듯 재선이가 소릴 질렀다. 숨 가쁘게 달려와 슈팅한 나도 맥이 풀리는 느낌이 왔다.

1 : 2. 스코어보드는 아직 바뀌지 못하고 시간은 이제 10여 분 남았다. 이렇게 몰아붙이는 상황에 골이 들어가지 않으면 묘한 느낌이 들곤 한다. 마치 무언가가 가슴을 누르는 먹먹함! 이 느낌이 들면 힘이 빠지고 뛰기가 힘들어진다. 다른 동료들도 골이 터지지 않자 힘이 빠지는 모습을 보이고 있었다.

조쌤이 일어서는 것이 보였다.

“더 밀어! 밀라고!” 두 손으로 나팔을 만들고 강한 톤으로 지시를 내렸다. 동료들의 입에선 하얀 입김이 거칠게 쏟아지고 얼굴은 땀으로 번들거리고 있었고 나 역시 거친 숨을 내쉬면서도 계속 공세를 늦추지 않았다. 이어지는 공격에서 연이어 두 번이나 골포스트를 맞혔고 골키퍼는 신들린 듯이 막아냈다.

"삐익~."

후반전 종료 휘슬이 울렸다. 동료들과 나는 한참을 그냥 서 있었다. 제주에서 동계 훈련을 하면서 동료들과 여름에 하지 못했던 걸 꼭 해 보자고, 우승하자고 다짐했는데 결과는 16강에서 끝나고 말았다.

재연중은 선수들과 부모님들이 어우러져 환성을 지르며 승리를 만끽하고 있었고 우리 부모님들은 우리를 향해 가볍게 격려의 박수를 보내고 있었다.

"이젠 뭘 해야지?" 스스로에게 물었다. 답을 찾지 못했다.

버스 안에서 누구도 말을 하지 않았다. 나는 차창 밖을 보면서 지난 경기를 다시 생각했다. 분명 이길 수 있었던 경기였고 이겼어야 할 경기였다. 후반 전 내내 재연중 진영에서만 공이 놀았고 우리 공격도 잘 이뤄진 것 같은데 왜 골을 넣지 못했을까?

나도 골을 넣지 못했지만 골포스트를 맞고, 크로스바를 맞고, 골키퍼에게 안겨 준 슈팅이 도대체 몇 갠데…….

내가 넣을 수 있는 걸 넣지 못한 게 마음에 걸렸다. 헤더는 분명히 제대로 맞았고 종료 10분 전의 내 슈팅도 센터백의 선방에 막혔지만 제대로 임팩트가 된 것이었는데.

숙소로 돌아오자 조쌤이 우리에게 짐을 싸서 부모님과 같이 집으로 올라가고 선배들 경기 엔트리에 들어 있는 재건이, 시운이, 제원이와 나는 잔류하라고 말했다. 잔류하게 된 네 명을 제외하고 동료들은 각자 방으로 들어가 짐을 꾸리기 시작했고 잔류 인원은 바깥에서 점심을 먹기 위해 대기했다. 얼마 후 점심식사를 마치고 남게 된 우리 네 명은 한 방을 배정받아 다시 짐을 정리했다. 나는 너무 지쳐 있어서 방바닥에 누웠고 동료들도 같이 드러누웠다. 그러다 깜빡 잠이 들었다.

오후 3시가 지났다. 낮잠을 자서 그런지 힘든 게 조금은 풀린 것 같아 일어나 있던 재건이에게 산책을 가자고 했다. 숙소가 언덕 위에 있어서 창문을 열면 바다가 바로 보이고 숙소 문을 열고 나와 조금만 내려가면 바다였다.

"오늘 골을 황당하게 먹었지?"

"……."

"오늘은 바람이 골을 넣은 것 같아. 충분히 막을 수 있었어."

"그래도 골은 먹은 거야."

"그런가? 하지만 문제는 우리가 그렇게 밀어붙이면서도 골을 넣지 못한 게 더 문제지. 한 골을 더 넣기만 했어도 승부차기로 가고 그럼 네가 잘 막았을 거잖아."

"승부차기는 알 수가 없지. 어쨌든 우리가 졌어."

바닷바람이 강하게 불었다. 우린 하얀 파도가 치는 바다를 한참 바라보았다.

선배들은 쉽지 않은 경기를 어렵게 이겨 나갔다. 결승까지 올라가 힘겹게 상대를 1:0으로 꺾고 우승해 각 그룹 우승팀들이 최고의 팀을 가리는 왕중왕전에 진출하게 되었다. 여기서도 결승에 올라 마산 중앙중과 겨뤘으나 2:1로 아깝게 패하고 말았다. 나는 결승전 마지막에 잠깐 경기장을 밟아 볼 수 있었다.

2

변화

무너지는 선배들

춘계 대회를 마치고 집으로 온 후 5일간의 휴가가 주어졌다. 제주에서의 동계 훈련과 영덕에서의 춘계 대회로 인해 집을 떠난 지 거의 두 달 만에 집에서 쉴 수가 있었다. 이즈음 나는 오른발 통증으로 꽤나 고생을 했고 부모님과 한의원을 다니며 침을 맞고 물리치료도 받았다. 완전히 회복되지는 않았지만 어느 정도는 통증이 회복되었다.

개학 직전에 축구부는 다시 소집되었고 훈련이 시작되었다. 선배들 중 부상자가 많아 우리 학년에서 선배들 게임에 올려뛰기를 하는 숫자가 점점 늘어 5, 6명이 항상 같이 몸을 풀곤 했다. 곧 주말리그와 소년체전 서울시 예선이 시작될 예정이었다.

3월 중순 주말 리그가 시작되었다. 첫 게임에서 제원이와 시운이는 주전으로 전반부터 선배들과 경기에 임했고 후반에는 나도 경기를 뛰게 되었다. 가볍게 우리가 승리했다. 상대팀이 약해서인지 상대 3학년이 강하다는 느낌보다 해볼 만한 느낌이 들었고 자신감도 붙었다. 그리고 그 다음 주 수요일에 소년체전 예선이 시작되었다. 상대팀이 강하지 않아 쉽게 이길 수 있었다.

주말 리그 두 번째 경기 상대는 대봉중이었다. 대봉중은 우리와 같은 4-2-3-1 포메이션으로 나왔다. 나는 선배들과 같이 몸을 풀고 재범이, 경태와 함께 대기석에서 경기를 관찰할 수 있었다. 경기 초반은 우리의 우세로 진행되었다. 우리가 춘계 대회 그룹 우승팀인 걸 아는지 대봉중은 수비에 치중하며 좀처럼 올라오지 않았다.

전반 중반 즈음 대봉중이 수비 라인을 위로 올리는 게 보였다. 대봉중 감독님이 계속 수비를 올리고 좌우 윙어에게 돌파를 주문하는 외침이 우리에게도 들렸다. 대봉중 왼쪽 윙어는 간헐적인 돌파와 미드필더가 우리 뒷공간으로 찔러 주는 패스를 활용하는 플레이가 돋보였다. 시운이가 빠른 주력으로 막아섰지만 계속 공간이 열렸다. 좋지 않은 느낌이 들었다. 아버지는 우리 수비 라인에 대해 스피드가 느려 문제가 있다고 지적하시곤 했다. 높이와 몸싸움은 능하지만 상대가 빠르게 뒷공간을 파고드는 스타일이면 당할 수 있다고 하시면서 나에게도 만약 수비를 보게 된다면 조심해야 한다고 말씀하셨다.

전반 30분 즈음 결국 대봉중에 선제골을 내주고 말았다. 대봉중 미드필더가 뒷공간을 파고드는 왼쪽 윙어를 보면서 길게 패스한 공은 우리 센터백과 미드필더 사이의 공간에 떨어졌고, 곧바로 대봉중 윙어가 컨트롤한 후 골문 오른쪽으로 슈팅해 성공시켰다. 우리 센터백이 좀 더 빨리 움직였어야 했고 미드필더도 빠르게 내려와 대봉중 윙어를 막아섰어야 했다. 하지만 우리 수비는 움직임이 둔하다는 느낌이 계속 들었다. 반면에 대봉중은 윙어와 미드필더가 하프 라인 아래에서 수비를 탄탄히 한 후 우리가 공격하느라 공수 간의 간격이 벌어지면 빠르게 역습을 했다. 첫 골을 먹은 후에도 위험한 상황이 몇 번 거듭된 후 전반전이 종료되었다.

선배들은 별로 말이 없었다. 감독님은 미드필더진에게 수비에 적극 가담하라는 주문을 했고 양쪽 풀백에게 오버래핑을 자제하고 상대 윙어를 견제하라는 지시를 내렸다. 이윽고 감독님이 자리를 비키자 조쌤이 나섰다.

“너희 뭐하는 거야. 너희들이 춘계 우승했다고 그냥 게임하면 이길 것 같아. 너희들이 잘해서 이겼어? 상대가 못해서 이겼지. 왜 패스를 안 해? 니들이 개인기가 좋으면 얼마나 좋다고. 하여간 후반전에 개인 돌파하면 바로 뺀다. 알아서 해!”

나 역시 선배들의 경기 운영에서 이해할 수 없는 것이 팀플레이를 하지 않는 것이었다. 이런 현상은 춘계 대회 때도 있었지만 우리는 우승을 하지 못했고 선배들은 우승을 했기에 뭐라 말할 수 없었다. 하지만 오늘 조쌤은 이 부분을 명확히 지적하고 있었다. 사실

전반에도 몇 번 좋은 기회가 있었다. 수비형 미드필더부터 빌드업해서 좌우 윙어나 공격형 미드필더에게 공이 전달될 경우 나머지 공격수는 오프사이드를 피해 상대 수비수를 넘어가지 않는 라인에서 공을 기다리거나 뛰어들 준비를 한다. 그리고 공이 전방으로 뿌려지거나 크로스가 되면 바로 공격하기 위해 덤벼들게 된다. 하지만 전반 내내 전방의 침투 패스나 윙어에 의한 크로스는 볼 수 없었다. 선배들은 거의 대부분 개인 돌파를 시도했고, 지역 방어를 하면서 두 명이 대인 방어에 나서는 대봉중 선수에게 번번이 공을 뺏겼다. 물론 지켜보는 부모님들은 아쉬움의 탄성을 질렀지만 내가 보기에 그런 플레이는 힘만 들지 우리 팀에게 전혀 도움이 되지 않았다. 축구를 하면서 결과만을 놓고 이야기하면 어쩔 수 없지만 축구는 팀플레이다. 아버지가 늘 강조하시듯 잘하는 선수 하나가 한 경기를 이기게 할 수 있지만 우승하기 위해서는 팀플레이를 해야 한다. 2014년 월드컵 준결승에서 믿을 수 없는 경기가 있었다.

준결승에서 만난 독일과 브라질!

완벽한 팀플레이로 차근차근 빌드업을 해 나가는 독일이 개인기에 의존하는 브라질을 7 : 1, 무려 7 : 1이라는 스코어로 제치고 우승을 했었다.(결승에서는 아르헨티나를 상대로 1 : 0으로 승리해 우승했다.) 독일과 브라질의 경기를 몇 번 다시 보았지만 수비 라인부터 미드필더를 거쳐 빌드업하는 과정은 교과서였고, 정교한 패스로 상대 수비를 붕괴시키고 마지막 찬스에서도 자기보다 좋은 위치에 있는 동료에게 슈팅 찬스를 내주는 이타적 플레이는 영화 같았다. 이때 보았던 크루스와 외질의 플레이는 내가 미드필더로 뛸 때마다 교과서로 삼았다.

후반전이 시작되었다. 후반전이 시작되기 전 조쌤이 다시 팀플레이를 주문했기에 나름 후반전은 우리가 잘할 것으로 기대했지만, 우리는 한 골을 넣고 곧이어 대봉중에게 한 골을 더 내줘 2:1로 패배했다. 이런 경기는 이번이 마지막이기를 바랐다.

경기 후 토요일 저녁을 집에서 보내고 일요일 저녁에 기숙사로 들어가야 했다. 화요일에 동산중과의 소년체전 예선전이 있었다. 저녁식사 후 야간 훈련이 있었다.

동산중과의 경기는 쉽게 이겼다. 동산중은 열심히 했지만 우리와는 차이가 있었다.

목요일에 문리중과의 예선 두 번째 경기가 있기 전에 조쌤이 우릴 소집했다.

"오늘 만일 개인플레이를 하면 바로 끄집어낸다. 문리중은 체력으로 밀고 나올 거니까 숏패스로 빠르게 풀어 간다. 개인 돌파를 하게 되면 문리중의 수비에 걸리고 역습이 시작되면 문리중 주력이 우리보다 빠르다. 특히 양 풀백의 오버래핑이 빨라 얻어맞을 수 있다. 절대 개인플레이 하지 말고 숏패스로 풀어라."

제원이는 주전 센터백이어서 매 경기 쉬지 않고 출전했고 시운이와 나도 출전 기회가 계속 늘어나고 있었다. 오늘은 제원이만 선발로 출전하고 나와 시운이, 재범이, 경태는 몸을 풀었다. 물론 재건이는 항시 대기 상태였다.

경기가 시작되었다. 문리중의 포메이션은 우리와 같은 4-2-3-1로 보였다. 그중 원톱과 공격형 미드필더의 피지컬이 유별나게 강해 보였다. 그리고 수비형 미드필더와 센터백도 다부진 몸을 가졌고 스피드도 있었다.

선배들은 여전히 수비 라인을 높이며 밀고 올라갔지만 번번이 상대 수비에 막혔고 오히려 공이 우리 진영에서 노는 빈도가 늘어났다. 위험했다. 그 느낌을 받는 순간 다부진 체격의 공격형 미드필더가 전진하면서 우리 센터백 사이로 파고드는 원톱에게 공을 밀었고, 오른쪽에 있던 제원이가 태클로 걷어 내려 했지만 공격수는 가볍게 스텝오버를 하며 제치고 왼발로 골문 왼쪽으로 밀어 넣었다.

우리 반대편 문리중 부모님들의 환호성이 터졌다.

0 : 1

우리 골키퍼인 대성이 형이 다이빙을 했지만 골은 왼쪽 구석으로 들어갔다. 걱정과 위험이 현실이 되었다.

문리중은 거칠었다. 전방에서부터 압박이 이뤄졌고 공을 뺏기면 선배들의 옷을 잡아서 파울 선언을 받더라도 수비가 대비할 시간을 벌었다. 철저하게 압박하고 우리가 역습하면 강하게 받아쳤다.

전반 종료 직전 다시 한 골을 먹었다. 이번에는 공격형 미드필더에게 당했다. 오른쪽 윙어가 올려준 공을 중앙 원톱이 헤더로 뛰어들던 미드필더에게 내려줘 발리로 가볍게 밀어 넣은 골이었다.

0 : 2

수비가 무너지고 있었다. 우리는 패스 플레이를 했지만 정확도가 떨어졌고 체력에서 밀리고 있었다. 휘슬이 울리고 전반전이 끝났다.

"미드필더가 일차 저지를 해야지 멍하니 상대가 뛰어드는데 보고 있어? 그리고 센터백이 상대 원톱이 뜨는데 같이 안 뜨고 뭐하는 거니? 왜들 정신 줄 놓고 있어?"

조쌤이 질책하면서 선배들의 상태를 보았다. 모두 고개를 숙이고 말이 없었다.

"문리중은 중앙이 강하다. 특히 공격형 미드필더를 차단하지 않고는 우리가 이기기 어렵다. 수비 시엔 2선과 3선 사이를 좁히고 가둬라. 그리고 미드필더는 양 윙어에게 패스 후 라인을 올려 공격 인원을 늘린다."

감독님은 여간해서 특정 선수를 언급하지 않는데 문리중 공격형 미드필더를 지적하며 집중 수비할 것과 중앙 공격보다 좌우에서 중앙으로 파고드는 공격을 주문하셨다.

후반전이 시작되면서 문리중 부모님들은 신이 났다. 문리중의 응원 소리가 높았지만 우리 부모님들은 아무 소리도 내지 않았다. 여전히 문리중의 수비는 강했고 선배들은 수비를 뚫기 위해 애를 썼다. 우리의 첫 골은 프리킥으로 만들어졌다.

훈련 때 우리가 자주 하던 세트 플레이가 성공했다. 페널티 에어리어 오른쪽에서 우리 미드필더가 공을 몰고 들어가려 하자 상대 수비가 저지하는 과정에서 발을 걸어 좋은 기회를 잡게 되었다. 이럴 경우 우리가 훈련한 것은 거리가 조금 멀 경우에는 왼발로 직접 슈팅을 하고, 거리가 가까워 수비벽을 넘기기 어렵다 판단될 때는 두 선수 중 첫 번째 선수가 킥을 하는 척하면서 수비벽 오른쪽으로 빠지고 바로 두 번째 키커가 오른쪽으로 빠진 선수에게 공을 패스해 슈팅을 하게 하는 세트 플레이였다. 멋지게 성공했다.

1 : 2

선배들이 탄력을 받기 시작했다. 어두운 표정들이 펴지면서 부모님들의 파이팅 외침도 나왔다. 하지만 오래가지 않았다. 문리중의 압박은 체력이 받쳐 주는지 지치지 않고 계속되었고, 선배들은 체력이 고갈되는 게 눈에 보였다. 나도 경험해 보았지만 체력이 떨어지면 집중력도 같이 떨어져 공수 전환이 느려지는 등 현저한 차이가 난다. 선수 교체가 있을 것 같은 느낌이 들었다. 전 같았으면 감독님은 당연히 교체를 할 텐데 이상하리만치 감독님도 조쌤도 교체 사인이 없었다. 정마랑 코치님은 아예 코치석 기둥을 잡고 다른 곳을 주시하고 있었다.

경기는 우리가 계속 밀렸고 2 : 1로 끝났다. 대충 짐을 정리해 바깥으로 나오자 부모님들이 수고했다고 말씀은 하시지만 웃음기가 사라진 표정들이셨고 우리 역시 굳은 표정으로 버스에 올랐다.

소년체전 예선 탈락!

얼마 전 주말 리그에서 대봉중에 패하고 일주일도 되지 않아 또 한 번의 패배! 지금까지 서일중에 없었던 일이 일어나고 있었다. 작년엔 3학년 선배들은 일 년 내내 패배가 거의 없었다. 내가 중학교에 입학한 후 선배들은 참가한 대회마다 우승을 했고 소년체전도 준결승에서 아쉽게 물러섰다. 하지만 주말 리그도 전승이었고 추계 대회도 우승해 패배를 거의 몰랐는데 올해는 춘계 대회 이후 벌써 두 번째 패배였다. 소년체전은 예선 탈락이고.

숙소에 돌아와 저녁을 먹고 잠시 바깥으로 산책을 나갔다.

"성원아. 어디 가니?" 운제였다.

"응. 산책하려고."

"같이 가자."

"그래."

"오늘 선배들 좀 이상하지 않았니?"

"……."

"내가 보기엔 선배들끼리 발이 전혀 맞지 않아. 패스가 연결되지 않고 계속 끊겨. 그러니 역습을 당하지."

"그렇기도 하지만 그보다는 선배들이 적극적으로 뛰려고 하지 않는 것 같아."

"그래. 계속 템포가 늦었어. 특히 수비와 미드필더 그리고 공격진 간의 간격이 계속 벌어져 문리중이 공간에서 마음대로 했잖아."

"응. 뛰질 않으니 공간이 계속 벌어지고, 공격에선 연결이 되지 않고 수비는 틈이 생긴 거지. 운제 너도 보고 있었구나."

어쩌면 대기석에 있는 우리보다 관중석에서 내려다보면 더 잘 보였을 것이다. 운제가 제기한 문제에 대해 공감하면서 산책을 마쳤다.

선배들의 부상이 우리에겐 기회가 되었다. 선배 골키퍼의 부상으로 재건이가 주전 골키퍼가 되었고 몇몇 선배의 부상 이탈로 자연스레 2학년인 우리 동료들이 주말 리그와 연습 경기에 뛸 기회가 많아졌다. 그 와중에 작은 소동이 있었다. 센터백을 보던 선배가 팀 이탈을 한 것이다. 직접 원인을 듣지 않아서 알 수 없지만 그로 인해 전방 공격수인 선배가 센터백으로 자리를 옮겼고 수비 라인은 계속 문제를 일으켰다. 무엇보다 수비의 중요성을 강조하던 제갈 감독님은 직접 수비 훈련을 담당하셨다.

주말 리그 숭신중과의 경기에서도 2 : 0으로 패했다.

대기석에서 본 우리 수비진은 너무 허술했다. 거기에 더해 미드필더들의 수비 협력은 거의 이뤄지지 않았다. 2 : 0이 선방했다는 생각이 들 정도였다.

스리백

"성원이, 너 전에 센터백 봤다고 했지."

"네."

감독님께서 방으로 불러서 들어가자 갑작스레 물었고 답변을 했지만 말씀하시는 의도를 이해할 수 없었다.

"조 선생 들어오라고 해."

"네."

조쌤을 찾으러 나가 감독님의 말씀을 전달하고 같이 방으로 들어갔다.

"스리백을 써야겠어."

"네?"

조쌤이 당황했다.

이제까지 서일중에서 스리백을 쓴 적은 없었다. 그런데 갑작스레 감독님이 스리백을 말씀하시니 조쌤이 놀랄 만도 했다.

"성원이가 전에 센터백을 봤고 그때도 스위퍼를 해 봤으니 개념 다시 세워 주고 스리백 훈련 시켜."

조쌤이 뭐라 말할 겨를도 없이 지시가 떨어졌다. 난 순간 당황할 수밖에 없었다. 조쌤이 나를 찌르며 바깥으로 나가자는 신호를 해 같이 나왔다. 조쌤도 감독님께 축구를 배워 감독님의 말씀이라면 절대 토를 달지 않았다. 조쌤이 상황판을 펴며 수비 라인을 불렀다.

"스리백에 대해 아는 사람?"

"……."

"그렇지. 너희야 그냥 하라면 하지 뭔 생각이 있겠냐. 그런데 감독님이 수비를 스리백으로 전환하라고 하시니 설명을 하겠다."

설명이 시작되었다.

"스리백은 3-4-3 또는 3-5-2 포메이션을 전제로 한다. 세 명의 센터백을 두고 좌우에 풀백이 아닌 윙백을 둔다. 둘 또는 세 명의 미드필더가 있게 된다. 스리백은 두 명의 스토퍼와 한 명의 스위퍼로 구성되는데, 기존의 센터백은 그대로 스토퍼 역할을 맡고 대인 방어에 집중한다. 즉, 상대방 주력 공격수를 맨투맨 마크하며 스위퍼는 두 스토퍼 밑에 있으면서 스토퍼가 뚫렸을 때 방어한다. 하지만 스위퍼는 상황에 따라 앞으로 전진해 공격 시에는 수비형 미드필더가 될 수도 있고 좀 더 전진할 수도 있다. 하지만 상대가 공격을 시작하면 즉시 스토퍼 아래로 내려와 최종 수비를 담당한다. 물론 필요에 따라 좌우 윙백이 전진한 상태에서 역습을 당하면 그 공간도 스위퍼가 해결한다. 스위퍼는 필요가 있는 곳에 있어야 하고 공격에도 기여를 한다. 그래서 자유인, 즉 리베로라고도 한다. 물론 이런 리베로는 이제까지 독일의 베켄바워와 홍명보 선수를 제외하곤 그다지 기억에 남는 사람이 없다. 너희는 2002년 월드컵을 보지 못해서 홍명보 선수를 감독으로 기억하지만 홍명보 선수의 플레이는 시간이 나면 꼭 봐라. 특히 성원이 너."

조쌤은 잠깐 숨을 돌리고 다시 말을 이었다.

"양쪽 풀백은 윙백이 된다. 윙백은 풀백의 역할도 맡지만 윙어의 역할도 맡는다. 그래서 윙백이라 한다. 윙백은 터치라인을 따라 양 끝을 오가며 공수에 가담하는데 때론 터치라인이 아니라 중앙 공격에도 가담한다. 우리가 스리백을 쓰게 되면 아마 3-5-2의 포메이션을 쓰게 될 것이다. 수비를 강화하는 형태다. 알아들었나? 이렇게 되면 원톱은 없어지고 세 명의 미드필더와 두 명의 공격수가 있게 된다. 스위퍼와 윙백이 얼마나 뛰느냐에 따라 오히려 공격적인 형태로 변할 수도 있다. 하지만 기대는 안 한다. 수비만이라도 탄탄하게 하라는 지시인 것 같다."

한 번에 너무 많은 전술적 이해를 요하는 지시가 떨어졌다. 나도 그렇지만 좌우 풀백들은 영문을 모른 채 당황한 표정을 지었다. 특히 시운이. 나 또한 당황스럽기는 마찬가지였다. 초등학교 때는 그냥 시키는 대로 했지 이렇게 구체적인 지시는 없었다.

"어쩌면 3-4-3을 쓸 수도 있다. 이렇게 되면 공격수들의 수비 가담이 높아져야 한다. 세 명의 미드필더가 있는 것과 두 명의 미드필더가 있는 것의 차이는 너희가 더 잘 알 거고, 두 명의 미드필더를 보완하기 위해선 앞의 세 명의 공격수가 공을 빼앗겨 역습이 이뤄지면 바로 수비에 가담해 공을 탈취해야 한다. 아니면 역습을 방해라도 해야 한다. 소위 말하는 전방 압박이 이뤄지게 된다. 전체적으로 자신의 포지션도 중요하지만 상황에 따라 자리를 이동하고 그 자리를 다른 선수가 보완하기 때문에 체력의 소모가 많아진다. 하지만 그렇게 해야 한다. 지금 우리 수비가 약하기 때문에 내려진 조치니 잘 준비해야 한다."

긴 설명이 끝났다. 설명은 이해했지만 구체적으로 어떻게 움직이란 건지 머릿속에 그려지지 않았다.

초등학교 클럽 축구는 그저 감독님이나 코치님이 시키는 대로 하면 됐다. 하지만 지금은 이렇게 전술을 논하고 있다. 처음부터 이론을 겸해 축구를 배웠으면 좋았을 텐데 하는 생각이 들었다.

훈련이 시작되고 나는 선배들과 수비 훈련을 시작했다. 포백 시스템은 전형적인 지역 방어 수비인 반면, 스리백은 대인 방어 개념이기에 차이가 많았다. 제원이와 선배 센터백이 앞에 서고 내가 뒤에 있는 스리백에서 선배 공격수가 돌아서려 하면 앞의 센터백이 몸싸움으로 가로막고, 그래도 뚫리면 내가 나서서 진입을 저지하는 사이 앞의 센터백이 돌아서 합세해 밖으로 밀어내거나 공을 탈취하는 훈련이 계속되었다. 이 훈련을 마치면 좌우의 윙백이 내려오지 못한 상황에서 공간 침투를 당한 상황을 가정한 훈련이 이어졌다. 먼저 앞의 센터백과 스토퍼가 이동해 상대편 공격수를 막고 내가 스토퍼의 공간을 담당해 공격을 지연시키며 윙백이 내려와 수비를 두텁게 하는 훈련이 이어졌다.

스위퍼에 대해 전에 아버지께 설명을 들은 기억이 났다.

"스위퍼는 수비 전체를 조율하는 포지션이다. 수비수들에게 어떻게 하라고 지시하고 그 후방을 책임져야 하고, 공격을 할 때는 공격 숫자를 늘리기 위해 일정 부분 공격 라인까지 올라가기도 한단다. 제일 중요한 임무는 수비를 책임지는 것이다. 스위퍼가 뚫리면 골키퍼와 1 : 1이다."

아버지의 말씀을 따르자면 나는 선배에게도 수비에 대해 요구를 해야 한다. 물론 제원이와 시운이는 동료라 문제없지만 선배들의 경우 기분 나쁘게 받아들일 수도 있을 거란 생각이 들었다. 하지만 지금은 그보다 수비를 잘하는 게 더 중요하다는 생각이 앞섰다. 금요일 저녁까지 이 훈련은 계속되었다.

동부중과의 주말 리그 경기는 처음 스리백을 가동하는 거라 무척 긴장되었다. 버스를 타고 동부중학교로 가는 중에도 어떻게 수비를 잘할 수 있을까만 생각했다. 머릿속에 상황이 계속 떠오르면서 수비가 이동하고 내가 움직이고 공을 걷어내고 공격에 참여하고 다시 윙백 자리를 대체하는 상황이 그려졌다. 이런 이미지 트레이닝은 상당히 도움이 되었다. 내가 가정한 상황이 실제 발생하면 난 그때 이미지로 그렸던 나의 대응 방안을 그대로 실행에 옮기기만 하면 되었기 때문에 난 이미지 트레이닝을 여러모로 활용했다.

가벼운 러닝으로 몸을 풀면서 주변을 둘러보았다. 부모님들이 꽤 많이 오셨고 앞 경기가 끝나지 않아서 많지 않은 관중석이 꽉 차 있었고 운동장 가에는 봄꽃들이 제법 피어 있었다.

봄이었다. 앞 경기의 전반전이 끝나고 경기장이 비자 공을 갖고 안으로 들어가 패스와 롱 킥으로 경기의 감을 잡았고 슈팅 훈련도 이어졌다. 수비 라인은 제원이, 시운이, 나와 선배 둘로 구성이 되어 2학년이 오히려 숫자가 많아졌고 선배 골키퍼의 부상으로 재건이가 골키퍼 장갑을 끼게 되어 전체 6명 중 4명이 2학년이었다. 이런 구성은 2학년인 나로선 말은 못하지만 상당한 압박이 되었다. 물론 동료들도 압박감을 느낀다고 이야기했다. 그것은 실수할 경우 선배들로부터의 질책이 기다리기 때문이다.

앞 경기가 거의 종료될 무렵 선수 확인이 시작되어 등록증을 목에 걸고 심판 앞에 도열했다. 심판은 우리 얼굴과 등록증의 사진을 보며 확인해 나갔고 나는 습관처럼 상대 팀 선수들의 면면을 확인했다. 동부중 선수들은 체격이 크진 않았지만 다부지다는 느낌이 들었고 한번 해볼 만한 상대라고 느꼈다. 골키퍼는 유독 키가 컸다. 앞 경기가 끝났다.

경기장 안으로 들어가면서 몸을 풀고 있는 동료들을 보았다. 재범이와 경태, 운제와 재선이도 몸을 풀고 있었다. 공수가 정해지고 우리 진영 가운데서 스크럼을 짠 후 동부중이 먼저 파이팅을 외치자 주장 선배가 오늘은 꼭 이기자고 말했고 우린 파이팅으로 응답했다.

시작하기 전 난 자리를 잡았다. 골키퍼엔 재건이, 그 앞 스위퍼엔 나, 내 앞의 스토퍼는 제원이와 선배, 양 윙백은 선배와 시운이, 가운데 미드필더에 선배 둘, 그리고 윙어 둘을 포함한 세 명의 선배 공격수가 자리를 잡고 휘슬이 울리기를 기다렸다.

주말 리그 성적을 놓고 보면 동부중은 그리 강한 팀은 아니고 중간 정도의 그룹이었다. 전반 초반은 선배들의 패스 플레이도 잘 돌았고 양쪽 윙 플레이도 좋았다. 특히 시운이와 오른쪽 윙어를 맡은 선배는 오버래핑과 공격 가담에서 박수를 받을 만했다. 둘 다 빠른 발을 갖고 있어서, 시운이가 공을 선배에게 보내고 선배가 잠깐 공을 소유한 사이 시운이가 오버래핑을 시도하면 선배가 상대 수비를 등지고 버티다가 시운이에게 패스하고 시운이가 빠른 발로 코너 부분까지 드리블할 즈음 선배는 페널티 에어리어 안까지 침투해 시운이의 센터링을 받는 연결 플레이는 상대 수비들을 괴롭혔다. 중앙에서도 미드필더와 공격수들의 패스 플레이가 부드럽게 연결되면서 오늘만큼은 충분히 이길 수 있다는 느낌이 들었다. 가끔 동부중이 역습을 해 왔지만 굳이 내가 나서지 않아도 스토퍼와 윙백이 잘 커버해 주었다. 공을 잡을 기회가 전반 중반까지 거의 없었다.

상대의 약한 모습이 문제였다.

"수비 라인 올려." 조쌤의 지시가 떨어졌다.

우리가 수비 라인을 올려 나는 센터서클의 밑까지 올라섰고 스토퍼는 하프 라인을 밟았다. 선배들의 공격이 계속되었고 상대 수비는 걷어 내느라 정신이 없었다. 하지만 그 와중에 선배들의 플레이에서 패스가 줄어들고 공을 잡기만 하면 드리블로 돌파를 시도하는 모습이 자주 나타났다. 그러다 보니 종종 공을 뺏기게 되고 오히려 동부중이 역습으로 밀고 올라오는 상황이 발생하곤 했다. 그래도 우리가 수비를 탄탄히 하고 버티고 있었기에 내 뒤로 공이 간 것은 상대 수비수와 미드필더가 길게 걷어 낸 공뿐이었다. 전반은 그렇게 끝이 났다.

"너희들 처음엔 협력 플레이가 좀 되던데 뒤로 갈수록 어렵게 공을 차. 쉽게 차! 연결 몇 번이면 수리 라인을 가볍게 뚫을 텐데 뭘 죽기 살기로 드리블하려고 해. 후반엔 연결 플레이에 집중해."

감독님께서 말씀하시고 자리를 비키셨다.

"너, 너. 너희 연결 안 해? 네가 잘하면 얼마나 한다고. 제발 연결 좀 해라. 상대가 아무리 강팀이 아니라도 일단 골을 넣어야 이기는 거잖아. 후반엔 네가 상대 수비를 끌고 좌우 윙어에게 공을 내주면서 협력해라." 조쌤의 지시였다.

내가 느낀 것과 감독·코치님이 느낀 게 같았다. 처음의 협력 플레이가 지속되었으면 아마 지금쯤 우리가 한두 골은 앞서지 않았을까? 충분히 그랬을 것이다. 중앙 공격수는 공을 받아 돌아서서 슈팅으로 골을 결정짓기도 하지만 상대 수비벽이 강할 때는 등지는 플레이를 통해 미드필더와의 리턴패스로 후방에서의 슈팅을 유도하기도 하고 윙어에게 공을 내주어 골을 노리기도 한다. 상대 수비벽에 막혀 돌아서지 못하면서 계속 돌파를 시도하는 건 그만큼의 기회를 상실하는 것이다.

우리가 공격을 실패해 공을 뺏기게 되면 우리 전체가 빠르게 수비로 전환되어야 하고 전방 압박을 해야 하기에 체력 소모가 늘어난다. 그래서 일단 공격이 진행되면 가능한 슈팅을 하거나 골라인 또는 터치라인 아웃을 유도해 여유 있게 수비로 전환할 수 있도록 하는 게 효과적이다. 이럼에도 전반 후반에 효과적이지 못한 드리블로 계속 공을 뺏겨 우리가 수비로 급히 전환하고 공격수나 미드필더가 압박을 하느라 힘만 들게 했으니 감독님이나 조쌤의 질책이 당연하다고 생각했다.

잠시 휴식을 취한 뒤 후반전이 시작되었다. 우리는 교체 없이 그대로였지만 동부중은 두 명을 교체했다. 축구를 하면서 내가 교체되는 상황을 생각해 보면 몇 가지 이유가 있다. 내가 지쳐 있거나 부상당한 경우와 컨디션이 엉망인 경우 외에 전술적인 변화를 주기 위해 교체를 한다. 선수의 문제가 아닌 팀의 문제로 교체를 하는 건 전술 변화를 수반하는 것이므로 항상 주의해야 했다.

교체된 선수는 미드필더와 오른쪽 윙어였다. 난 후방에서 상대팀을 계속 관찰하고 있기에 상대팀 선수의 변화는 바로 확인할 수 있었고 순간 동부중이 역습을 노릴 수도 있겠다는 생각이 들었다. 전반 내내 우리의 공격을 잘 방어했는데 그 선수가 지친 것 같지도 않고 부상도 아니며 잘하고 있는데 교체를 한다는 건 확실한 전술적 변화가 있다는 신호였다. 저 상황에서의 변화는 공격으로의 전환, 그렇지만 완전한 공세로의 전환이 아닌 역습 전략이란 의미였다. 역습이다!

제원이와 선배에게 역습을 대비하자고 말하고 윙백에게도 역습을 고려해 뛰는 선수를 살피라고 소리쳤다. 나 역시 마음속으로 몇 번이고 주의하자를 되뇌었다. 수비는 아무리 잘해도 본전이다. 수비가 잘하면 무승부 이상을 바라보지만 수비가 못하면 패배다.

초등학교 때 스위퍼를 보면서 진주 MBC배 대회를 우승할 때 최소 실점으로 우승했고 거의 박빙으로 승부가 결정되었다. 한 점 차의 승부는 마지막 순간까지 수비에 집중해야 하고 그렇게 하지 않으면 단 한 번의 실수로 무너지게 된다. 특히 결승에서 1 : 0으로 리드하다 종료가 얼마 안 남았을 때 상대 돌파를 앞의 스토퍼와 내가 서로 미루다가 골을 내주고 연장과 승부차기까지 가서 겨우 우승한 기억은 간혹 내가 수비를 담당할 때 늘 명심하는 기억이다.

후반전도 비슷한 양상으로 흘러갔다.

수비 라인을 올리고 전반과 같이 내가 센터서클의 끝에 서고 스토퍼가 하프 라인을 막아서며 일방적인 공격을 펼쳤다. 그렇게 공격이 계속되고 있었지만 묘하게 후반에 교체된 오른쪽 윙어가 하프라인에서 선배 윙백과 나란히 서는 것이 보였다. 변화다. 분명히 역습이다. 하프 라인 아래에 있다는 건 오프사이드 파울을 피하기 위함이고 상대 선수 중 누구든 롱 킥으로 우리 뒷공간으로 공을 보내면 틀림없이 그 오른쪽 윙어가 스타트할 것 같았다,

"형. 그쪽 조심해." 선배가 나를 보았고 머리를 끄덕였다.

계속 내려서 있던 윙어가 올라와 자기와 나란히 있으니 선배도 변화를 눈치챈 것 같았다. 그 순간, 상대 수비가 킥을 했고 그 방향이 상대 오른쪽 윙어, 우리 왼편으로 날아오는 것이 보였다. 그리고 그 윙어가 달리기 시작했고 우리 윙백이 돌아서 같이 뛰는데 따르질 못하고 간격이 벌어졌다.

"제원아. 붙어!"라고 말하며 나 역시 왼쪽으로 이동을 하는데 상대 중앙 공격수와 미드필더가 동시에 뛰어드는 것이 보였다. 우리 미드필더들도 뒤돌아 뛰는데 상대방이 더 빠르게 느껴졌고, 순간적으로 우리 세 명의 센터백과 상대 공격수 세 명이 맞붙는 위험한 상황이 전개되었다. 급했다.

"시운아, 빨리 붙어! 형, 바로 앞에 잡아!"

시운이가 뛰어 들어오면서 중앙 공격수에게 따라붙었고 선배 스토퍼는 미드필더를 향해 돌진했다. 순간, 윙어는 센터링을 시도했고 공은 나와 제원이의 중간 지점이자 상대 미드필더의 왼쪽 공간

으로 날아들었다.

"형. 뒤 좀!" 이렇게 외치며 앞으로 뛰어나가 바운드되는 공을 향해 헤더하기 위해 몸을 던졌고 공은 내 머리를 맞고 하프 라인 방향으로 튀었다. 그리고 깜빡 생각이 끊어졌다.

차가운 기운을 느끼며 정신을 차렸을 때는 동료들과 조쌤이 나를 내려다보고 있었다. 아직 정신이 멍한 상태인데 조쌤이 뭐라 말을 하는 것 같았다. 목소리가 들리지가 않아 눈만 껌뻑이는데 천천히 소리가 들렸다.

"정신 들어?"

"야, 정신 차려!"

"괜찮아?"

조쌤과 선배들이 말을 해 왔고 난 머리를 흔들어 보고 누운 상태에서 몸도 움직여 본 후에 고개를 끄덕였다.

"뛸 수 있겠어?"

"네."

아마도 내가 헤더하기 위해 몸을 날린 순간 상대 미드필더와 부딪힌 것 같았다. 오른쪽 어깨 부분이 뻐근했고 머리는 아직 띵했지만 일어서서 조쌤과 같이 바깥으로 걸어 나왔다. 몸을 이리저리 흔드는데 뛸 수 있을 것 같아 감독님께 웃어 보였더니 머리를 끄덕이셨다. 심판의 입장 지시를 받고 다시 내 위치로 뛰어갔다.

제원이가 날 보며 엄지손가락을 들어 보였다. 내가 막긴 막은 모양이었다. 공방은 계속되었다. 그 와중에 재범이가 몸을 푸는 게 보였다. 아마도 감독님은 패스 플레이가 잘 돌아가지 않는다고 판단하신 것 같았다. 교체가 되었다. 재범이가 들어온 후 패턴에 변화가 생겼다. 뒤로 좀 내려선 재범이는 풀백과 공격수와 계속 리턴패스를 주고받았다. '아마도 감독님이 지시한 것을 재범이가 선배들에게 알렸겠지.' 곧이어 상대 수비수들이 쏠리기 시작했다. 패스를 통해 우리는 가볍게 움직이지만 상대는 공이 있는 방향을 집중 수비하기 위해 전체가 계속 움직이지 않으면 안 되기 때문에 반대편에는 항상 공간이 생기게 된다. 나는 가장 후선에 있었기에 그 공간을 가장 잘 볼 수 있었고 그래서 손으로 나팔을 만들어 공간에 대해 소리를 질렀다.

"왼쪽. 왼쪽. 재범아, 왼쪽 비었어."

잠깐이지만 재범이가 오른쪽 윙어와 공을 주고받자 상대 수비진이 오른쪽으로 쏠렸고 왼쪽의 큰 공간에 우리 왼쪽 윙어와 윙백이 동시에 진입했다. 재범이가 내 소리를 들었는지 길게 왼쪽으로 패스를 했다. 순간 윙어는 상대 수비수를 커버하기 위해 뛰었고 윙백이 공을 키핑한 후 윙어가 커버한 상대 오른쪽 풀백을 제외한 수비수 두 명이 덤벼들자 가운데로 뛰어드는 공격수 앞쪽에 공을 밀었다. 우리 공격수 선배가 거의 슬라이딩을 하듯이 발바닥으로 공을 밀었고 공은 골키퍼가 덮치기 전에 골문 안으로 빨려 들어갔다. 골이었다. 골!

1:0

동부중의 반격은 강했다. 한 골로 패하나 두 골로 패하나 같다는 생각을 한 것인지 수비 위주로 운영하던 경기에서 공세로 전환하기 시작했다. 역습을 통해 우리를 위협했던 동부의 윙어는 미드필더에 의한 빌드업을 생략하고 수비진에서 바로 우리 진영으로 올린 공을 잡아 드리블로 빠르게 중앙으로 치고 들어오거나, 우리 수비수와 미드필더에게 막히면 쇄도하는 중앙 공격수나 미드필더에게 공을 내주었다. 그때마다 내 앞의 스토퍼가 전진해 공을 뺏거나 상대 공격수를 미드필더와 스토퍼가 가두어 결국 공을 뒤로 다시 빼게 하고 우리가 전진하는 것이 반복되었다. 순간, 제원이가 공을 탈취해 앞으로 보내려고 할 때 나는 "제원아. 내게로!" 하고 짧게 외치고 앞으로 뛰었다. 상대 공격진이 공을 뺏기자 바로 수비로 전환해 내려가는 걸 봤기에 제원이에게 공을 받아 밀고 올라갈 생각이었다.

제원이는 이미 옆을 지나 올라가는 나에게 공을 주었고 나는 빠른 속도로 공을 몰고 하프 라인 근처까지 올라갔다. 돌아서서 수비 형태를 취하던 상대 공격수와 미드필더의 황당한 표정을 보면서(아마도 스위퍼인 내가 공격으로 올라오는 것이 이상하다 생각되었으리라) 시운이에게 "더 앞으로."라며 오버래핑을 주문하는 척했다. 그러자 상대 선수들이 시운이가 있는 방향으로 몸의 방향을 바꾸려 했고, 순간 나는 튕겨져 올라가는 재범이를 향해 상대편 두 미드필더 사이로 패스했다. 우리의 약속이었다. 시운이의 유인 플레이에 이은 재범이의 돌진, 그리고 선배 공격수가 센터백과 어깨싸움을 하며 공간을 벌렸고 거기에 선배 미드필더가 들어가면서 재범이가 원터치로 건네준 공을 왼발로 가볍게 밀너 넣었다. 골, 두 번째 골이 터졌다.

2:0

완벽했다. 나로부터 시작된 패스가 재범이와 선배를 거쳐 간단하게 골인된 것이다. 앞으로 달려가 신난 선배들과 재범이를 맞았고 다른 선배와 동료들도 몰려와 축하했다. 아주 쉽게, 그렇지만 상대방을 속이며 우리에게 유리한 공간을 연속으로 활용해 골을 만들었기에 더 기뻤다.

이런 축구를 하고 싶었다. 거칠게 몸싸움을 하는 것도 중요하고 개인기로 상대를 돌파하는 것도 중요하지만 상대방의 허점을 이용하고 우리에게 유리한 공간을 만들어 간결하게 골을 만드는 축구! 나는 그런 축구를 하고 싶었다.

동부중과의 경기는 2:0으로 끝났다. 동부중의 반격이 있었지만 우리도 라인을 내려 수비를 강화했고, 몇 번의 공방이 있었지만 잘 마칠 수 있었다. 경기를 마치고 동부중 감독님께 인사하기 위해 우리 선수들과 함께 가는 중에 두 번째 골을 넣은 선배가 어깨를 치면서 잘했다는 말을 했고 나도 멋진 골이었다고 선배를 치켜세웠다.

부모님들께서도 오랜만에 좋은 경기를 봤다고 칭찬하셨고 감독님과 정 선생님, 조쌤도 특별한 말씀이 없으신 걸 보면 잘못하진 않았던 것 같다. 스트레칭을 하고 바로 버스에 올랐다. 초등학교 이후 처음 스리백의 스위퍼를 맡아 큰 실수 없이 경기를 마쳤다는 안도감이 그제야 실감나기 시작했다. 늘 그렇듯이 오늘 경기를 다시 생각해 보았다. 만일 전과 같이 포백이었다면 그 역습을 막아 낼 수 있었을까? 아니 내가 없었다면 분명 두 명의 센터백 말고 미드필더가 간격을 벌리지 않고 있다가 역습 시에 바로 1차 방어를 통해 공격을 둔화시키고 우리의 수비 라인을 정비해 막을 수 있었겠지. 그런데 왜 전 게임에서는 계속 뚫렸을까?

묵동중 사마준 감독

다음 주말 리그는 묵동중과의 경기였다. 묵동중은 춘계 대회에서 아쉽게 그룹 4강에 머물렀지만 전년 우승팀이었고 주말 리그도 전승을 하고 있었다. 우리와는 라이벌 중에서도 라이벌이었다. 묵동중의 사마준 감독님은 우리 제갈학 감독님에 버금가는 실력과 지도력을 갖고 있어서 항상 비교의 대상이 되곤 했다. 두 분 다 현재의 학교에서 20년 넘게 감독직을 수행했고 많은 대회에서 좋은 결과를 내 존경의 대상이었다. 지금 현재 프로에서 뛰고 있는 선수들 중 꽤 많은 선수들이 우리와 묵동의 선배들이고 두 분 감독님이 키웠다. 더구나 묵동중엔 나와 절친인 재원이가 있었다. 재원이는 초등학교 클럽에서 골키퍼를 했고 지금도 여전히 잘하고 있다. 그때는 내가 스위퍼로 재원이 바로 앞에서 뛰었는데 지금은 상대 선수가 되어 경기를 하게 된다. 물론 재원이가 뛸지는 미지수였다. 3학년 골키퍼가 잘하고 있기 때문에 아마도 후보로 대기하게 될 가능성이 많았다.

내가 알고 있는 묵동중은 왼쪽 윙어의 스피드가 좋고 미드필더가 강한 팀이었다. 왼쪽 윙의 돌파 후 중앙으로 공을 넣어 주면 미드필더와 공격수가 합세해 골을 결정짓는다. 다른 팀들도 이 과정을 잘 알면서도 스피드와 공격력을 이겨 내지 못하고 패했다. 이제 우리가 맞붙어야 한다.

수요일에 연습 게임이 있었고 다시 스리백이 가동되었다. 부평서중과의 경기였고 상당히 힘들었다. 하지만 1 : 0으로 우리가 이겼고 이로 인해 축구부 전체가 어느 정도 자신감을 가질 수 있었다.

토요일 아침. 산책을 하며 재범이가 물었다.

"오늘도 스리백이겠지?"

"아마도."

"다시 한 번 할까?"

"해야지. 그런데 내가 올라갈 공간이 있을지 모르겠다."

"있을 거야. 묵동이라고 공간이 없겠냐. 어쩌면 공격이 강하니 수비가 약할 수도 있어. 해 보자."

"하여간 내가 올라가면 빠르게 침투하고 선배들한테 신호해서 잘해."

"알았어."

동부중과의 경기에서 시도해 성공했던 약속된 플레이를 다시 하기로 하고 산책을 마쳤다. 날씨는 더워지고 있고 이미 오월이었다.

몸을 풀기 시작했다. 가벼운 러닝만으로 땀이 나기 시작했고 몸은 예열이 되었다. 경기장 가에서 근육을 이완시켜 주는 스트레칭을 하고 이어서 관절을 풀어 주고 잔발로 뛰기가 이어졌다. 이어서 20미터 이어달리기와 점프 훈련까지 마쳐 몸은 뛸 준비가 되었다. 앞 경기의 전반이 끝나고 경기장 안으로 들어가 짝을 지어 롱 킥을 하고 다시 집합해 패싱 게임을 했다. 끝으로 슈팅 연습까지 마치고 감독님 앞에 빙 둘러섰다.

"오늘은 포백으로 한다. 성원이가 왼쪽 백을 보고."

멍한 느낌은 나만이 아닌 것 같았다. 이제까지 스리백을 준비한 것은 묵동중과의 경기에 대비한 것이라 생각해 열심히 했는데 갑작스레 포백으로 전환하라는 감독님의 지시였고 난 해 보지 않았던 왼쪽 풀백을 봐야 했다. 감독님은 왜 이런 결정을 하셨을까? 이해할 수 없었지만 포지션이 결정되었으니 따라야만 했다. 구체적인 작전 지시는 조쌤이 담당했다. 어느 정도 알고 있는 눈치였다.

"묵동은 중앙 공격보다 양쪽 윙어에 의한 공격이 강하다. 중앙 공격은 미드필더가 막고 좌우 윙어는 풀백이 커버한다. 시운이와 성원이는 가능한 한 오버래핑을 자제하고 내려서서 윙어를 막는다. 공격 시에도 깊숙하게 들어가지 않고 센터링 후 빨리 자리로 돌아온다. 나머진 그대로다. 질문?"

"……."

수비를 단단히 하라는 주문이었다. 그만큼 묵동중의 공격력은 날카로우니까. 하지만 처음 풀백을 서야 하는데 잘할 수 있을까, 괜히 실수라도 하면 선배들이나 동기들에게 미안하고 감독님이나 코치님께도 잘못 평가받을 수 있는데 하는 걱정이 앞서면서도 다행히 내가 맡아야 할 상대 오른쪽 윙어는 왼쪽 윙어보다는 빠르지 않다고 전에 재원이가 알려 준 말이 떠올랐다. 그렇지만 한 학년 위인 3학년을 상대하는 게 쉽지 않으리란 생각도 들었다. 머릿속으로 계속 어떻게 할 것인가를 고민하고 있는데 조쌤이 말했다.

"성원아. 너를 넣는 건 오버래핑을 자제하고 수비에 집중하라는 의미야. 선배들이 수비에 구멍을 내니 너로 대체한 거야. 그리고 묵동 원톱이 파워가 떨어져 스리백보다 포백이 낫겠다는 게 감독님 판단이다. 그러니 침착하게 수비해라."

"네."

대답은 했지만 자신이 없었다. 아니 어떻게 해야 할지 그림이 그려지질 않았다. 화장실을 갔다 오면서 동료들을 보았다. 여유가 있었다. 지금의 심정은 나도 저 동료들과 같았으면 하는 생각이지만 어쩔 수 없었다. 저기 위에서 아버지의 모습이 보였다. 가볍게 손을 흔드셨고 나도 손을 흔들어 인사했다.

등록증을 목에 걸고 선수 확인을 기다렸다. 정오 전이지만 이미 날씨는 여름 같은 더위가 느껴지고 있었고 구름조차 없이 햇볕이 내리쬐고 있었다. '잘해야 한다. 묵동만은 꼭 이기고 싶다.'

앞 경기가 끝나고 우리와 묵동이 하프 라인을 따라 걸어 들어갔고 심판진과 인사를 나눈 후 순서를 정해 진영을 잡고 작전 회의를 위해 둥글게 머리를 맞댔다. '이제 시작이구나.'

선배들이 결의에 차 꼭 이기자고 했고 우린 파이팅을 외쳤다. 이윽고 각자의 자리를 찾아 이동했고 휘슬이 울리기를 기다리는데 '잘할 수 있을까?' 불안감이 엄습했다.

아버지는 승리에 대한 간절함을 늘 말씀하셨다. 이기고자 하는 마음이 모여야 이기는 것인데 누가 더 간절하게 승리를 염원하느냐가 관건이라고 하셨다. 나 하나만의 염원이 아니라 팀원 전체와 우리를 지지하는 모든 사람들의 간절한 염원이 모여야 승리하는 거라 말씀하셨다.

지금 우리는 정말 간절하게 승리를 염원하고 있을까? 그렇게 간절하게 승리를 염원한다는 건 어떤 의미일까? 그리고 그것은 어떻게 표출될까?

미리 말하는 거지만 난 한참 후에 아버지 말씀의 의미를 깨달았다. 간절함은 자기희생이란 걸! 내가 잘해서 이기려 하는 게 아니라 팀을 위해, 그리고 팀플레이를 위해 모두가 자기를 희생하려 할 때 그것이 간절함이고 그러한 희생이 모여지는 게 염원임을!

묵동중의 선축으로 시작된 경기는 일진일퇴를 거듭했다. 묵동중 좌우 윙어의 스피드는 나와 시운이를 무척 힘들게 했다. 결국 거친 몸싸움이 나오게 되고 파울로 인한 프리킥 상황이 자주 발생하게 되었다. 그때마다 프리킥에 의한 중앙 공격을 막기 위해 몸을 던져야 했다. 그렇다고 우리가 공격을 안 한 건 아니었다. 우리도 미드필드에서부터 빌드업에 의해 공격이 진행되었고 몇 번의 찬스를 만들 수 있었다. 하지만 골은 좀처럼 나오지 않았다.

한창 공방전이 진행되던 중 선배 미드필더가 왼쪽 코너로 공을 보냈고 우리 팀에서 가장 빠른 기선이 형이 공을 받아 골라인을 탔다. 묵동 센터백이 막아서는 순간 기선이 형은 공을 밀고 들어오는 공격수에게 내주었다. 발끝에 가볍게 맞은 공은 골키퍼의 다이빙을 뒤로 하고 골문으로 빨려 들어갔다.

1:0

"골이다. 골!" 나도 모르게 소리쳤고 앞으로 뛰어나갔다. 골키퍼를 제외하고 우리는 묵동 진영으로 달려가 선배들과 스크럼을 짜 환호했고 부모님들도 우리에게 박수를 보내 주셨다. 가슴이 세게 뛰었다. 승리가 다가오는 느낌이었다. 태양은 뜨겁게 달아오르고 있었지만 더위도 두렵지 않았다.

묵동중의 반격은 매서웠다. 우린 4-2-3-1 포메이션을 취하고 있었는데 공격형 미드필더와 좌우 윙어까지 내려서면서 수비에 전력을 다했다. 특히 나와 시운이의 좌우 윙어에 대한 방어는 필사적이었다. 거의 그림자처럼 그들을 따라붙었고 상대의 활동을 방해했다. 거친 말도 오갔다. 알고 있었을 것이다. 나와 시운이의 등번호가 20번 대인 건 본인들보다 한 학년 아래라는 걸. 그리고 재원이가 알려 주었겠지. 그래서인지 공을 뺏기거나 몸싸움에서 밀리면 혼잣말로 거친 소리를 쏟아냈다. 개의치 않았다. 아니 오히려 즐겼다. 조쌤 말처럼 상대방이 거친 말을 내뱉는 건 멘탈 싸움에서 졌다는 신호라는 걸 믿기에.

이번엔 우리가 중앙을 허물기 시작했다. 중앙의 수비형 미드필더가 전진한 상태에서 제원이가 앞으로 보낸 공을 공격형 미드필더가 내려와 받자 상대 미드필더도 따라 내려왔고, 순간 우리 수비형 미드필더 둘이 전방으로 침투했다. 우리 공격형 미드필더는 돌아서서 공을 중앙 공격수에게 보냈고 공을 잡은 중앙 공격수는 올라오는 수비형 미드필더에게 원터치로 보냈다. 이를 받은 수비형 미드필더는 그대로 공을 몰아 페널티 에어리어로 진입했다. 그 순간 상대 센터백이 공을 뺏기 위해 발을 내밀다가 공을 터치하지 못하고 발목을 걷어차고 말았다. 휘슬이 울렸다. 페널티킥이었다. 나도 모르게 불끈 주먹이 쥐어졌다. 관중석의 부모님들도 모두 일어섰다. 모두가 환호했다. 한 분을 제외하고. 감독님은 여전히 팔짱을 끼고 아무 일 없는 듯이 우리를 지켜보고만 계셨다.

페널티킥은 성공했고 우리는 승리를 예감했다.

2 : 0

전반은 그렇게 종료되었다. 땀을 닦으며 걸어 나오자 동료들이 물수건을 건네주었고 물수건으로 얼굴을 덮자 시원함이 느껴졌다.

"성원아. 멋졌어." 경태였다.

"……."

아무 말도 하고 싶지 않고 그냥 주저앉아 쉬고 싶을 뿐이었다. 주위를 둘러보니 그늘은 없고 관중석에 기대어 앉을 수 있을 것 같아 자리를 옮겼다. 누군가 물을 던져 줘 들이키자 정신까지 맑아지는 느낌이 들었다. 거칠었던 숨도 가라앉고 몸이 늘어졌다.

감독님이 말없이 서 계신 게 보였다. 오늘은 전반 내내 지시가 없었다. 감독님은 경기 중에 우리의 포지션을 바꾸기도 하고 수비 간격이나 수비 라인에 대해 지시를 하시곤 했지만 오늘은 별 말씀이 없으셨다. 궁금했지만 질문할 내용도 아니어서 그냥 있었지만 이상한 느낌이 들었다. 잠시 더 쉬고 있는데 조쌤이 우릴 불러 모았다.

"고생들 했다. 후반엔 묵동이 거세게 나올 거다. 우린 전반과 같이 간다. 성원이하고 시운이 버틸 만해? 아니 버텨야 해. 너희를 대체할 멤버가 없어. 그리고 미드필더는 좀 더 앞에서 공격을 차단해. 우리가 밀리기 시작하면 묵동이 바로 올라설 거고 그럼 어찌될지 아무도 몰라. 알았나? 물 충분하게 마셔 둬."

우리는 경기 때 흘리는 땀이 아마도 한 바가지는 될 거라고 농담을 하곤 했지만 실제로 경기를 뛰고 나면 최소 1킬로그램 이상은 체중이 빠진다. 특히 한여름 더위에 뛰면 탈수증이 오기도 한다. 그럴 때는 밥도 먹지 못하고 컨디션이 완전히 망가진다. 그래서 우린 목이 마르지 않아도 습관적으로 물을 마셔 체내에 수분을 보충하곤 했다.

조쌤의 지시를 듣고 화장실로 향했다. 소변이 급한 건 아니지만 난 경기 시작 전에 화장실을 다녀오는 습관이 있었다. 오늘은 경기 후 물을 많이 마셨더니 소변이 급했다. 가는 길에 아버지를 보았다. 웃고 계셨다.

후반전은 우리의 선축으로 시작되었다. 묵동중도 우리도 교체 없이 전반전 선수 그대로 출전했다.

중앙에서의 공방은 치열했다. 양 팀이 4-2-3-1 포메이션을 쓰고 있어서 중앙에 각각 5명씩 10명이 뒤엉켜 싸우고 어느 한쪽으로 밀리면 수비수 4명이 가세해 공을 뺏고 뺏기는 공방전은 조금의 빈틈만 있으면 골을 먹을 수 있어 긴장을 놓을 수 없었다. 나는 상대 오른쪽 윙어를 방어하느라 진이 빠지고 있었는데, 순간 상대 왼쪽 윙어가 시운이를 제치고 코너로 향해 뛰었고 돌아선 시운이가 추격했지만 워낙 빨라 거리가 생겼다. 선배 센터백이 막기 위해 나섰는데 센터링을 할 듯하더니 골라인을 타고 그대로 밀고 들어왔다. 급하게 제원이와 내가 중앙으로 이동하는데 상대 윙어가 공을 제원이 앞으로 밀었고 어느 사이엔가 뛰어 들어온 중앙 공격수가 그대로 슈팅을 시도했다. 재건이가 다이빙을 했지만 늦었다. 속도가 있는 패스를 방향만 돌렸으니 공이 빠르게 골문을 파고들었다.

2 : 1

시운이가 미안한지 머리를 숙이고 있었다. 하지만 시운이도 지금 빠른 윙어를 잡기 위해 최선을 다하고 있는 상황이고 실수를 한 것도 아니었다. 공격하는 입장에서는 수비를 제쳐야 하고 수비는 공격을 막아야 한다. 공격을 막는 방법은 공을 탈취하는 것과 자기가 맡은 지역 바깥으로 공격수를 밀어내는 두 가지 방법이 있는데 둘 다 결코 쉬운 게 아니다. 공을 뺏기 위해 상대 공격수에게 붙으려 할 때 좌우로 공격수가 빠지면 수비가 역동작에 걸려 그대로 공간을 내주게 된다. 특히 최종 수비 라인에서 방어에 실패할 경우 골키퍼와 1:1 상황이 되고 이는 실점과 바로 연결이 된다.

묵동중의 공격을 막기 위해 정신없이 뛰었지만 실점 후에 잠깐의 여유가 있을 때 묵동중의 공격 패턴이 조금 바뀐 걸 알 수 있었다. 묵동중의 패스 속도가 빨라졌고 간결해졌다. 좀 전에 우리가 골을 먹는 과정도 묵동 미드필더와 수비진이 몇 번 공을 돌리다 우리가 왼쪽으로 쏠렸을 때 반대편의 묵동중 왼쪽 윙어가 튕겨 나왔고 거기로 패스, 시운이를 제치고 중앙 공격수에게 패스 그리고 슈팅. 우리의 첫 골과 비슷한 패턴이었지만 묵동중의 속도가 빨랐고 정확했다. 우리는 패스를 받으면 일단 소유하려 했고 그 다음 패스할 곳을 찾았지만, 묵동중은 거의 원터치패스로 속도를 높였다. 우리가 아무리 빨리 뛰어도 공보다 빠를 수 없는데 묵동중은 소유 없이 공을 돌리니 도저히 쫓을 수가 없을 거라는 생각이 들었다. 그 생각은 적중했다.

묵동중은 계속 움직이고 있었다. 공을 소유한 사람이 뛰는 게 아니라 공이 없는 선수들이 계속 움직이고 있었고, 순간 상대 선수를 놓치면 공이 그에게로 갔고 또 그를 방어하려 쫓으면 이미 다른 선수에게 원터치로 가고 있었다. 우리도 패스 수준이 높다고 자부했는데 후반에 보여 준 묵동중의 패스 플레이는 우리보다 한 수 위였다. 이런 상황에서의 수비는 완벽한 지역 방어를 통해 침투하는 상대를 밀어내야 한다. 만일 상대를 밀어내지 못하면 공은 그에게 전달되고 다시 뛰어드는 누군가에게 패스되면 골키퍼와 1:1이 된다. 그것은 바로 골로 연결된다.

묵동의 수비형 미드필더가 하프 라인까지 둘이 공을 주고받으며 올라와 중앙 공격수에게 패스하고, 중앙 공격수는 공격형 미드필더에게 리턴하고 이 공을 다시 뛰어드는 수비형 미드필더에게 슬쩍 밀어 줘 커버 플레이를 하려는 순간 슈팅이 이뤄졌다. 우리의 두 번째 골과 유사했지만 더 간결하고 단순했다. 하지만 우리 미드필더와 센터백이 막을 수 있는 여유를 주지 않고 빠르게 전개되어 막을 수가 없었다.

2:2

우리는 공을 잡은 개인이 뛰려 했지만 묵동중은 공을 가지지 않은 선수가 슬금슬금 우리 선수 사이의 공간으로 들어오고 그 선수들에게 패스된 공이 또 다른 공간에 있는 선수에게 패스되어져 마치 우리를 농락하듯 공이 돌고 있었다.

“내려서! 빨리!”

감독님의 지시였다. 원톱을 제외한 우리 팀 대부분의 선수들이 내려서자 공간이 줄어들었다. 촘촘하게 서 있는 우리를 향해 상대 공격수의 숫자는 항상 부족할 수밖에 없었다. 적어도 두 명 이상의 수비가 자기 진영에 남아 있기 때문에 우리의 숫자가 많고, 수비 라인과 미드필더의 간격을 좁히면 상대 공격수가 그 안에 갇히기 때문에 침투 패스가 어려워진다. 그 상태에서 몸싸움을 통해 공을 받거나 공을 받은 후 돌아서는 것을 방해하고 밀어내면 수비가 되는 것이다. 물론 그 과정에서 공을 빼앗아 공세로 전환하지만.

감독님이 수비 훈련을 주관할 때 항상 강조하는 게 간격이었다. 나도 초등학교 때 스위퍼를 보면서 배운 게 간격의 유지였다. 하지만 왜 그래야 하는지 잘 이해를 하지 못하다가 내가 공격수가 되어 수비를 당하다 보니 그 간격이 이해가 되었다. 한 명의 수비수는 돌파할 수 있을지 모르지만 그 뒤에 바로 또 다른 수비수가 있다면 넘어서기가 거의 불가능하다. 즉, 수비의 간격이 전후좌우로 촘촘하면 개인이 이를 뚫는다는 건 거의 불가능하다. 삼국지의 뛰어난 장수들도 1 : 1의 싸움과 넓은 장소에서 다수와의 싸움은 잘할 수 있지만 좁은 공간에서 밀집된 병사들이 포위를 하면 생포되곤 했다. 그렇기에 감독님은 허술한 수비를 보완하기 위해 내려서라는 지시를 내렸을 것이다.

우리가 수비를 단단히 하자 묵동중은 우리를 끌어내기 위해 공을 자기 진영으로 가져갔고 그러면 우리는 앞뒤 간격을 유지하면서 전진해 역습을 노렸다. 묵동중은 우리가 올라가면 발 빠른 양쪽 윙어가 좌우 공간을 파고들었고 공은 둘 중 하나에게 길게 연결되었다. 그러면 올라가던 시운이와 나는 그들을 막기 위해 먼저 나서야 했고 우리 미드필더가 뒤를 받치고 센터백이 또 막아섰다.

시간이 10여 분이 남은 상황에서 조쌤이 소리쳤다.

"올려. 다시 밀어!"

우리 미드필더들이 공을 돌리자 공격하라는 지시가 떨어졌고 우린 일제히 앞으로 나가면서 공의 방향을 보았다. 왼쪽의 기선이 형에게로 공이 갔고 기선이 형이 왼쪽을 파고들다 상대 풀백에게 공을 빼앗겼다.

"압박해!"

이번엔 감독님이셨다. 우리가 일제히 공격에 나서면 우리 진영은 센터백을 제외하고 모두 상대방 진영으로 침투하는데, 상대에게 빠른 공격수가 있을 경우 공을 빼앗기게 되면 심각한 위험을 초래한다. 그래서 이 경우에는 바로 상대방을 압박해 우리가 수비할 수 있는 시간을 벌면서 가능하면 공을 빼앗아 역습하는 게 안전하고 효과적이라고 감독님께 배웠다. 지금이 그 순간이었다. 나와 수비형 미드필더 선배가 공을 가진 상대 풀백을 압박해 들어갔고 상대 풀백은 공을 뺏기지 않으려고 골키퍼 방향으로 백 패스를 시도했다. 하지만 빠져나오던 기선이 형이 중간에서 공을 가로채 중앙으로 돌진했다. 센터백이 급하게 막아서려 했지만 이미 기선이 형은 슛을 하고 있었다.

"아!" 나도 모르게 짧은 탄식이 나왔다. 강하게 골키퍼 정면으로 날아간 공을 골키퍼가 잡았던 것이다.

하지만 문제는 여기에 있었다. 기선이 형이 공을 잡았을 때 우리 공격수 두 명이 상대 센터백이 빠진 공간으로 쇄도하고 있었고 공이 그 방향으로 패스가 되었다면 우측이 완전히 비어 있어서 쉽게 골이 날 수 있었다. 만일 공간을 보았다면, 그리고 쇄도하던 둘을 보았다면 어땠을까?

물론 가정이다. 기선이형도 윙어이기에 당연히 공격의 욕심을 낼 수 있지만 잠깐 공간을 보았다면 그리 했을까?

축구는 골을 넣어야 승리하는 경기이기에 골 욕심은 당연하지만 더 좋은 찬스가 있다면 그것을 활용하는 게 맞지 않을까? 잠깐 사이에 생각이 스쳤다.

묵동중 골키퍼의 킥은 우리 진영 가운데까지 날아왔다. 내려선 우리와 올라선 묵동 간의 몸싸움 끝에 공이 묵동중 미드필더에게 갔고 그 공은 왼쪽 윙어에게 연결되었다. 저번과 똑같았다. 그 윙어는 원터치로 중앙으로 보냈고 이번엔 묵동중에서 세 명이 쇄도하고 있었다. 재건이가 전진해 첫 번째 슈팅을 다이빙하며 걷어 냈지만 그 공은 다시 묵동중에게 잡혔고 재건이가 일어서기도 전에 반대편으로 슈팅되었다. 막을 수 없었다.

2:3

시간이 얼마 남지 않았다.

"빨리 올라가. 라인 올려!"

조쌤이 크게 외쳤고 우리는 그 지시에 맞춰 하프 라인까지 수비 라인을 올리고 공격을 서둘렀다. 빌드업은 생략되고 계속 전방으로 공을 보냈지만 대부분 수비에게 걸려 공격은 멈춰졌다. 그렇게 패했다.

제갈 감독님은 말없이 묵동중 선수들의 인사를 받았고 우리 역시 묵동중 감독님께 인사를 드렸다. 감독님은 수고했다는 위로(?)의 말을 우리에게 건네셨다.

건네주는 물수건과 물병을 받으면서 감독님과 정 선생님, 조쌤의 표정을 보았다. 한결같이 굳어 있었고 말이 없었다.

"재건아. 잘 막았어. 넌 잘한 거야."

재건이가 풀죽은 얼굴을 하고 있어서 등을 두드리며 말했지만 좀처럼 얼굴을 들지 않았다.

묵동중 부모님들의 환호와 우리 부모님들의 침묵. 우리가 인사를 드리러 갔을 때 수고했다는 말씀들은 하셨지만 그 마음을 읽을 수 있었다. 전반의 2:0에서 2:3으로의 역전을 받아들이기 힘드셨을 게다. 저쪽에서 재원이가 웃으며 나에게 손을 흔들었다. 어쩔 수 없이 같이 손을 흔들어 주었지만 씁쓸했다. 스트레칭을 하고 버스에 올랐다. 버스 안에서 누구도 말을 하지 않았다.

늦은 점심을 먹고 숙소를 나오자 부모님들이 기다리고 계셨고 아버지도 계셨다. 그래도 아버지는 웃으며 나를 맞으셨다.

“성원아. 고생 많았지. 열심히 했으면 결과에 승복하는 거야. 아마도 묵동중이 너희보다 더 준비를 잘한 것 같다.”

“…….”

‘우리보다 어떻게 준비를 더 잘할 수 있을까’라는 생각이 들면서 아버지의 말씀에 답을 하지 않았다. 아버지와 함께 집으로 오는데 참기 어려운 졸음이 쏟아져 내내 잠을 잤다.

“오늘 경기가 힘들었다며?”

형이 음식을 씹으며 내게 말하자 아버지가 말씀하셨다.

“힘들었지. 성원이 체력으로는 한계까지 갔을 걸?”

“아이들이 운동하는데 어떻게 했기에 체력의 한계가 와요?”

어머니가 아버지를 바라보며 말씀하시자 아버지는 이렇게 대답하셨다.

“오늘 묵동 아이들이 단단히 준비를 했어. 경기 시작부터 마칠 때까지 전술적인 변화가 하나도 없었어. 자기네들이 준비한 것을 그대로 밀고 나간 거야. 전반에 2실점한 건 어쩌면 서일의 운일 수 있어. 그렇게 실점을 하고 난 후 오히려 묵동은 더 단단해지고 경기력이 오르던데? 그리고 중요한 것은 아이들이 팀플레이를 하는데 간절함이 보여. 개인보다는 팀을 위해 헌신하고자 하는 플레이가 간절함의 표시일 거야.”

아버지가 계속 말씀하셨지만 난 잘 이해할 수 없었다. 그리고 무얼 보셨기에 간절함이 보인다는 걸까? 우리라고 승리를 간절히 바라지 않았을까? 경기를 하다 보면 경기 그 자체에 몰두하게 되고 그러면 반사적인 행동을 하는 경우가 많아진다. 그런데 아버지는 간절함을 보았다니 도대체 무슨 말인지 이해할 수 없었다. 그리고 개인보다 팀을 위해 헌신한다는 건 우리 모두가 그렇게 하고 있는데 왜 묵동중에 대해 그렇게 칭찬을 하는 걸까?

선배 센터백이 복귀했다. 마음의 갈등이 있었다고 들었다. 하긴 중요한 게임에서 센터백의 수비 실수로 인해 몇 번의 패배가 이어지면서 마음의 부담이 되었을 거라는 생각에 동조를 하면서도 그로 인해 우리 전체가 흔들리는 걸 생각하지 않고 혼자 이탈한 건 오히려 문제가 있다고 생각했다. 내가 갑작스레 센터백을 대신하고 거의 한 달을 내 포지션에서 벗어난 것도 결국 선배의 이탈 때문이고 우리 팀이 다시 리빌딩의 과정을 거쳐야 하는 것도 선배 책임이라고 생각했다.

다져지는 팀워크

6월에 있었던 서울시장기 대회에서는 16강에서 탈락하고 말았다. 우리 모두가 작년 2015년 선배들의 화려했던 성적을 기억하고 있었기에 소년체전과 서울시장기에서의 성적은 받아들이기 어려웠고, 동료들 중에서는 선배들에 대한 좋지 않은 말들도 오갔다. 거기에 더해 주말 리그까지 중위권에 머물자 선배들에 대한 불평은 늘어 갔다. 선배들과의 연습 경기가 가끔 있을 때면 우린 이기기 위해 애를 썼다. 정말 지기 싫었다.

7월이 되자 이미 한여름이었다. 매일 진행되는 훈련은 체력 훈련에 모든 게 맞추어졌다. 감독님은 동계나 하계 훈련을 가기 전에는 거의 체력 훈련에 집중했다. 그 작은 운동장에 피지컬 트레이닝을 위한 여러 가지 도구들이 자리를 잡고 우린 똑같은 코스를 매일 반복하는 훈련을 하루도 쉬지 않고 뛰고 또 뛰었다. 훈련을 마치면 거의 탈진한 상태가 되어 숙소로 갔고 샤워를 한 후 저녁을 먹으면 머리만 기대도 잠이 올 정도가 되었다.

방학이 시작되면 바로 하계 전지훈련이 시작되기 때문에 7월 중순을 넘어서면서 훈련의 강도는 점점 거세지고 있었다.

그 작은 운동장에 50명에 가까운 축구부원이 숨을 헐떡이며 뛰어다니면 주위는 온통 땀 냄새로 덮일 정도였다. 가벼운 러닝으로 몸을 풀고 난 뒤 콘을 이용한 왕복 달리기, 콘을 이용한 회전 운동, 점프, 푸시업과 시트업이 반복되는 근력 운동 등은 한 번의 코스를 돌 때마다 입에서 단내가 날 정도였다. 하루 두 시간 이 코스를 돌면 온몸의 수분이 땀으로 다 빠져나가는 느낌이었다. 체력 훈련이 계속되는 기간에는 거의 공을 만지지 못하고 훈련이 끝나면 잠깐 만져볼 수 있을 뿐이었다.

"확률이 별로 없는 중거리 슛을 왜 때려야 할까? 누구 설명할 사람?"

뜬금없이 조쌤이 질문을 던졌다. 저녁식사를 하고 둘러앉은 우리에게 조쌤이 질문을 던졌고 우린 어리둥절한 상태에서 조쌤을 바라보았다.

"설명할 사람 없어?"

"그야 뭐 상대방 수비가 막지 않으면 때리는 거죠." 운제였다.

"공간만 있으면 슈팅하는 거죠." 경태였다.

"……."

"오늘은 다른 이야기를 좀 하자. 지금까지 너희가 공 차는 걸 보면 너휜 너희의 공을 차고 있구나 하는 느낌을 받는다. 물론 자기만의 색깔을 갖고 하는 축구가 맞다. 하지만 축구는 늘 상대가 있는 운동이다. 개인 운동이라면 자기만의 색깔로 하는 게 맞지만 상대가 있는 운동이면 상대에 맞게 우리의 색깔이 변해야 한다. 오늘은 그 이야기를 좀 하고 싶다."

조쌤의 설명은 계속되었다.

"상대편에 아주 빠른 선수가 있다면 우린 그를 어떻게 수비해야 할까? 아마도 너희들 중 한 사람 빠른 수비수가 전담해야 할 것이다. 그래도 그를 막을 수가 없다면 두 명이 그를 에워싸듯 방어해야 할 것이다. 그렇게 수비하다 보면 우린 한 명의 공간을 내주어야 하고 그 공간은 상대방이 점유하려 들겠지. 그런데 두 명의 빠른 윙어가 있다면 어떻게 될까? 아마도 우린 양쪽 풀백과 수비형 미드필더 네 명이 동원되어야 그들의 공간을 막을 수 있을 거다. 상대 미드필더가 공을 갖고 있는 상태에서 양쪽 윙어가 전진하면 우린 그들을 막기 위해 네 명의 수비가 그쪽에 집중하게 되고 상대적으로 중앙이 비게 된다. 그럴 경우 어떻게 해야 할까?"

"공격형 미드필더와 윙어가 내려와 줘야 합니다." 재선였다.

"물론 그러겠지. 그걸로 충분한가? 상대는 서너 명이 중앙으로 몰려오고 있는데?"

"……."

"센터백 두 명과 윙어 둘, 미드필더 하나가 상대 공격수 서너 명과 거의 일대일 상태가 된다? 그럼 뚫리면 바로 골키퍼네?"

조쌤이 다시 물었다.

"다시 묻겠다. 양쪽 윙어를 대인 마크하는 게 맞을까?"

"……."

"우리의 포메이션은 포백, 즉 두 명의 센터백과 좌우 풀백으로 구성되어지고 이러한 수비 유형은 지역 방어를 전제로 한다. 상대 미드필더가 공을 갖고 전진하는 동시에 양쪽 윙어가 전진하면 어느 방향으로 공이 갈지 몰라 양쪽을 다 막아서려고 수비가 이동하게 되는데, 이게 상대방이 원하는 게 아닐까?"

조쌤은 답변을 기다리지 않고 계속 말을 이었다.

"우린 상대 미드필더가 공을 윙에게 보낸다고 가정을 하고 수비 동작을 취하기 때문에 필요 이상의 인원이 수비에 나서게 된다. 그런데 만일 상대 미드필더가 공을 보내지 못하게 한다면 그러한 수비 인원이 필요할까?"

"……."

오늘 조쌤은 우리가 전에 들어보지 못한 말을 하고 있었다.

"미드필더가 달리고 있는 윙어에게 공을 보내려면 롱패스뿐이다. 그때는 한사람이 공의 낙하지점을 잡아 상대 윙어와 경합하고 뺏든지 밀어내면 된다. 지역 방어다. 윙어의 문제는 그가 공을 드리블해 우리 지역으로 들어왔을 때다. 속도가 있으니 한 명으로 막을 수 없어서 둘이 나서게 되지만 그래도 반대편의 우리는 여유가 있어 중앙으로 이동해 수비 숫자를 늘릴 수 있다. 다시 말하면 윙어가 빨리 뛰어도 공을 갖고 있는 상태와 갖고 있지 않은 상태는 다르다. 그런데 우리 수비는 윙어가 뛰기만 하면 두 명이 붙으려 한다. 그것이 문제다."

조쌤이 우리를 잠시 둘러보았다.

"중거리 슛은 골을 넣기 위해서도 하지만 밀집된 상대 수비를 끌어내기 위해서도 한다. 무슨 말이냐 하면, 상대 수비가 골대 앞에 밀집해 우리가 뚫고 들어가기 어렵다면 상대를 속이기 위해 중거리 슛을 한다. 들어가도 좋지만 슈팅을 한다는 것만으로 상대는 우리가 중거리 슈팅 모션만 취해도 이를 막기 위해 앞으로 나오게 된다. 그건 수비벽이 허물어진다는 걸 의미한다. 그때 우리는 상대를 속여 슈팅을 하지 않고 반대로 그 허물어진 벽을 깨고 패스하고 돌진한다. 결국 중거리 슛은 상대방을 기만하는 전술이 된다."

조쌤은 상대의 전술에 대한 방어와 묵동중과의 경기에서 무엇이 문제였는지에 대해서도 덧붙여 설명했다.

"상대 윙어 둘이 같이 뛰는 건 우리의 수비를 흔들기 위함이다. 그렇다고 방어를 안 할 수도 없다. 이럴 때는 오히려 윙어보다 공을 소유한 미드필더가 롱패스를 하지 못하도록 전방에서 압박하는 게 더 효율적이다. 중앙 공격수와 미드필더 또는 윙어가 공을 소유한 미드필더를 압박하면 롱 킥을 할 수 없다. 롱 킥을 하려면 동작이

커야 하는데 압박을 받고 있는 상황에서 그렇게 하기는 쉽지 않다. 결과로 수비를 할 때 어떻게 해야 할 것인가는 상대의 전술에 따라 바뀌어야 한다. 전에 우리가 목동과 경기할 때 우리 수비의 문제는 수비 라인에 있기보다는 미드필더와 공격 라인에 있었다고 본다. 전방 압박을 주문했음에도 상대 미드필더를 압박하지 못해 양쪽 윙어에게 공을 자유롭게 보낼 수 있게 한 것이 우리의 패인이었다. 다시 말하면 우리는 상대에 따라 수비 방법을 바꿔야 했는데 그러질 못해 목동이 자유롭게 좌우로 공을 보낼 수 있게 해 주었다. 물론 전방 압박이 최고의 방법은 아니다. 그건 많은 체력을 필요로 하기 때문이다. 하지만 할 수만 있다면 전방 압박으로 상대의 길목을 막고 거기에 더해 공을 탈취할 수 있다면 그것이 최고의 방법인 건 확실하다."

설명이 끝났다. 조쌤이 자리를 털고 일어서자 감독님이 그 뒤에서 빙긋이 웃고 계셨다.

산책을 하려 바깥으로 나설 때 선오가 따라 나섰다.

"조쌤이 하는 말 의미를 알겠냐?"

"대충 알긴 하겠는데 정확히는 모르겠어."

"성원이 너는 공격수니까 전방 압박을 해야 하잖아."

"그건 그런데 그러다 내가 놓치면?"

"그럼 미드필더나 윙어가 또 막으면 되지."

"미드필더나 윙어는 압박할 다른 상대가 있잖아."

"그렇지. 그럼 네가 돌아서서 따라붙으면 되지. 안 그래?"

"그러면 늦잖아. 나를 돌파하면 나는 돌아서서 뛰는 것이고 상대는 이미 속도를 내고 있는데?"

"그럼 우리 쪽의 누군가가 막아서겠지. 그때는 우리 미드필더나 누군가가 막아설 거야."

선오와 걸으면서 조쌤의 말을 다시 생각했다.

잠자리에 들면서도 생각은 계속되었다.

전방 압박을 하라는 지시를 받으면 공을 소유하고 있는 상대방에게 접근해 가로막는 것이 전부였는데, 그러다 재수 좋으면 공을 탈취하는 거고. 그런데 오늘 조쌤은 전방 압박이 상대의 패스를 차단한다는 걸 알려 주었다. 생각해 보니 그런 경우가 꽤 있었다. 내가 압박을 하게 되면 상대가 당황해 엉뚱한 곳으로 공을 차기도 하고 앞으로 전진하지 못하고 돌아서서 골키퍼에게 공을 보내기도 한게 생각났다. 그런 생각을 하다 잠이 들었다.

지독한 체력 훈련을 버티는 건 그 결과를 알기 때문이다. 훈련이 끝나면 어지간한 더위에 뛰어도 호흡이 편하다. 경기를 하기 전에 몸을 푸는 건 근육의 긴장도 풀고 호흡을 열기 위함인데 체력 훈련이 끝나면 근육도 근육이지만 호흡이 쉽게 열리고 편해진다. 그걸 알기에 그 고통스러운 훈련을 견디는 것이다.

자체 연습 게임이 시작되었다. 학교의 좁은 운동장에서 3학년과 2학년이 맞붙으면 공간이 좁아 롱패스도 불가능하다. 오직 가능한 건 숏패스와 개인 돌파뿐이었다.

“공 잡고 땅 쳐다보지 마!”

조쌤의 일갈이다. 저 말은 드리블하지 말라는 뜻이었다. 드리블을 생각하고 있으면 공만 보고 바로 드리블을 하게 된다. 그런데 패스를 전제로 하면 공이 내게로 올 때 앞과 좌우를 둘러본다. 나보다 더 좋은 위치에 있는 우리 선수를 찾거나 아니면 리턴패스 혹은 2:1 패스를 통한 돌파를 위해 우리 선수와 공간을 보는 것이다. 나는 클럽에서 처음 축구를 할 때 공을 받기 전 앞과 좌우를 보는 훈련을 많이 했고 이미 그런 습관이 몸에 익어 있었다. 드리블을 하지 말라는 건 의미 없는 드리블을 하지 말라는 것이다. 좋은 패스로 공간을 창출하거나 결정적인 기여를 할 수 없는 상황이라면 당연히 수비를 뚫기 위해 드리블을 해야 한다. 한 명의 수비수만 제치면 골키퍼와 1:1 상황이 오는데 우리 팀 선수가 더 좋은 공간에 없다면 당연히 수비수를 제치기 위해 드리블을 할 수밖에 없다. 그러나 나보다 더 좋은 공간을 만들고 있는 동료가 있다면 당연히 공은 그에게 가야 한다. 그러한 공간을 만들기 위해서는 항상 전후좌우를 살펴야 한다. 뒤까지 봐야 한다는 건 앞의 수비수를 돌파하기 전에 뒤에서 들어오는 동료가 있는 게 확인되면 당연히 그에게 좋은 기회를 내주어야 하기 때문이다. 이럴 때 달리면서 뒤를 볼 수는 없지만 다른 동료가 이 상황을 보면서 콜을 해 주어야 한다. 나는 그렇게 배웠다.

그 좁은 공간에서 게임하게 되면 고도의 집중력이 요구된다. 난 처음에는 이 게임이 너무 공간이 없고 조금의 실수도 용납되지 않아서 힘들어 했지만 차츰 적응이 되면서 그 가치를 알게 되었다.

정확한 패스와 공간을 확보하기 위한 개인기가 합쳐져야만 이 게임을 잘해 낼 수 있었고 이런 훈련은 후에 우리가 좋은 결과를 만드는 데 크게 도움이 되었다.

선배들은 개인 돌파를 하고 싶어 한다는 걸 잘 알고 있기에 우리 수비는 공을 가진 선수를 에워싸는 협력 수비를 감행했다. 공을 뺏기 위해 노력하지만 일단 위험 지역으로 들어오는 걸 밀어낸다. 선배들은 후배에게 밀리는 게 싫어 더 돌파하려 하고 우린 그럴수록 더 침착하게 협력 수비를 했다. 이러한 수비에 걸리면 누구도 빠져나오지 못한다. 패스도 힘들다. 결국 공을 뺏기게 된다.

우리가 공격할 때는 철저하게 원터치패스를 위주로 했다. 수비가 나에게 접근할 여유를 주지 않고 다가오기 전에 미리 좋은 위치의 동료에게 공을 보냈다. "공은 항상 사람보다 빠르다." 선배들이 아무리 달려도 우리가 원터치로 돌리는 패스를 당할 수는 없다. 개인의 능력이 아무리 탁월하더라도 축구는 결국 패스를 잘하는 팀에게 패하게 된다.

우리가 이겼다. 재범이와 경태가 만들어 내는 패스는 공간과 공간을 누비면서 때론 내게로 때론 재선이에게로 연결되었고 그것이 골로 연결될 수 있었다. 선배들은 봐줬다고 하지만 나는 동료들이 자랑스러웠고 정말 잘했다고 생각했다.

7월이 끝날 무렵까지 계속된 훈련은 무기력하게 물러섰던 영덕 춘계 대회의 기억을 지웠다. 하계 전지훈련을 가기 전까지 우리는 영덕에서의 우리가 아닌 새로운 우리가 되어 있었다.

나의 가장 큰 변화는 발로 축구를 하는 게 아니라 머리를 쓰는 축구를 하게 된 것였다. 스리백의 스위퍼를 보면서 포메이션에 대해 어느 정도 이해를 했고, 선배들과 경기를 함께 뛰면서 가졌던 '왜?'라는 질문의 답을 찾으며 축구에 대한 안목을 넓힐 수 있었다. 훈련하면서도 왜 이 훈련을 해야 하는가를 생각하게 되었고, 내게 더 필요한 게 뭔지 훈련을 마친 후에 생각하기도 했다.

동료들과의 의사소통이 중요함도 확실히 알게 되었다. 어느 정도 동료들의 속성을 파악하게 되면 보지 않고도 동료가 어느 공간으로 가고 있는 걸 느껴 감각적인 패스를 넣기도 했다. 이것이 팀워크란 것도 알게 되었다.

감독님과 코치님들의 가르침에 감사한 마음이 들었다.

3 그 여름의 기억

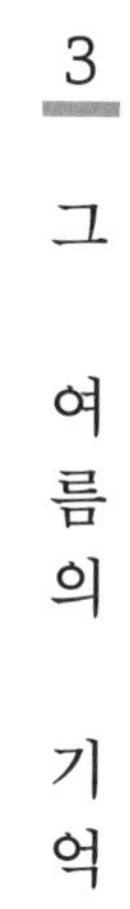

전지훈련

하계 훈련은 추계 대회에 참가하기 전 마지막 담금질을 하는 훈련이다. 아니 훈련이라기보다 연습 경기의 연속이다. 체력 훈련을 통해 보강된 몸으로 연습 경기를 계속해 경기 감각을 익히는 과정이다. 매일 경기가 이어지고 그 경기 속에서 부족한 부분을 찾아 보완하는 과정이다.

정읍으로 떠나기 전날 집에서 저녁을 먹으며 가족들과 여러 이야기를 나눌 수 있었다. 가족들과의 식사는 늘 내게 새로운 힘을 주고 지친 몸을 회복시켜 주었다. 그날 아버지는 특별한 말씀이 없으셨고 잘하라는 일반적인 말씀만 하셨다. 다음날 짐을 싸 들고 학교로 가기 전 어머니가 손을 잡으며 건강을 잘 챙기라는 부탁을 하셨다. 어머니는 늘 나의 건강을 걱정하셨다.

학교에 도착하니 동료들 모두 약간은 들뜬 표정이었다.

"성원아. 컨디션 어때?" 성오가 밝은 얼굴로 물었다.

"나쁘지 않아. 넌 어때?"

"나도. 괜찮아. 그런데 날이 너무 더워. 정읍은 남쪽인데 더 더울 거 아냐."

"그럴 수도 있겠네."

"이번에는 우리가 성적을 내야 하는데 걱정이다. 춘계 때는 그랬지만 이젠 뭔가 보여 줘야 하는데."

성오의 걱정이 이해가 되었다. 지난 춘계 대회에서의 패배를 지우지 않는 한 우리가 앞으로 전진하는 건 힘들 게 분명해 성오 역시 벗어나기를 원하는 것 같았다.

짐을 챙겨 버스에 싣고 자리를 잡았다. 이렇게 떠났던 지난겨울의 기억이 떠올랐다. 그때 왜 그리 서둘렀을까? 조쌤의 설명이 다시 떠올랐다. 밀집된 수비를 뚫기 위해서 중거리 슛을 쏠 필요가 있다는 말이 새삼 다가왔다. 분명히 어떤 의도가 있을 것 같았다. 생각을 거듭하면서 춘계 대회 마지막 경기였던 재현중과의 경기를 곱씹었다.

'무조건 밀어붙이는 게 능사는 아니다. 우리가 밀면 밀수록 상대는 더 단단하게 잠그는데 그것을 풀기는 더 어렵다. 그럴 때일수록 오히려 수비를 불러내 공간을 확보하는 축구를 해야 한다. 공간이 있어야만 우리가 침투하고 패스하고 슈팅을 할 수 있다. 그러기 위해서는 강하게 미는 축구보다 상대방의 약점을 이용하는 축구가 필요하다. 상대방의 약점이 보이지 않으면 상대방의 약점을 만들어야 한다. 약점을 만드는 게 흔드는 거다. 개인의 페인팅이 아니라 팀 전체의 페인팅으로 상대를 흔들고 속여 우리가 원하는 축구를 할 수 있도록 하는 게 정말 잘하는 것이다.'

생각이 여기까지 다다랐다. 이젠 동료들과 소통할 차례였다.

정읍은 생각한 것보다 더웠다. 경기장은 물론 더 더웠다. 그나마 더위를 피할 곳은 그늘이 있는 선수 대기실뿐이었다. 거기를 벗어나면 강렬한 햇볕이 뜨겁게 우리를 괴롭혔다. 그런 조건에서의 경기는 힘들고 어렵지만 상대 역시 같은 조건이기에 승리를 위해서는 고도의 집중을 필요로 했다. 또, 집중만이 우리의 플레이를 완성시킬 수 있었다.

나와 동료들은 여기에 오기 전까지 많은 이야기를 했고 서로가 어떤 위치에 있으면 어떻게 대응해야 하는지 알고 있었다.

첫 경기에서 우리는 많은 실험을 했다. 우리는 서로 약속한 플레이를 점검했고 조금만 더 다듬으면 충분히 통할 거라는 확신도 얻었다. 3:0 승.

일찌감치 세 골을 넣은 우린 더 이상 골에 집착하지 않고 오히려 우리의 공간 확보 능력을 점검하는 데 치중했다. 공을 소유한 동료보다 공을 소유하지 않은 동료들이 보다 유리하게 상대를 공격할 수 있는 위치로 이동하고, 공을 소유한 동료는 그런 동료들 중 가장 안전하게 공을 보낼 수 있고 가장 유리한 위치를 잡은 동료에게 패스하는 훈련을 계속했다. 처음에 긴가민가하던 동료들도 조쌤의 지시 아래 공간을 활용하는 패스에 집중하게 되었다. 조쌤은 우리가 전술을 잘 따르는 게 좋았던지 우리 경기를 큰 소리 없이 지켜보기만 했다. 감독님도 특별한 지시가 없었다. 저기 언덕 위에 부모님들이 보였고 아버지의 모습도 보였다.

"열심히들 했다. 운제, 오늘 후반의 플레이는 너희가 생각한 거냐?" 감독님께서 주장인 운제에게 물었다.

"네. 우리끼리 그렇게 하자고 했던 겁니다."

"왜 그랬지?"

"……."

"누구 설명할 사람?"

"……."

"전반전의 플레이는 좋았다. 특히 패스에 의한 돌파가 여러 차례 성공한 게 맘에 든다. 그리고 후반에 공간을 확보하려는 시도는 의미 있었다. 잘했다. 그 상황에서 골을 더 넣고 안 넣고는 중요하지 않다. 너희가 하고 싶은 축구를 하려 한 게 좋았다. 다음 경기도 오늘처럼 하기 바란다."

감독님이 칭찬을 하셨다. 처음 들어 보는 칭찬이었다. 동료들도 어리둥절해서 서로 얼굴을 쳐다보았다. 조쌤도 좋았는지 빙그레 웃기만 했다. 더 이상 다른 지시도 없었다. 찬 물수건으로 얼굴을 닦고 물을 마시며 열기를 식히고 있는데 언덕 위에서 아버지와 부모님들의 웃는 얼굴이 보였다.

두 번째 경기는 울산 혁성중과의 경기였다. 혁성중은 대회 우승도 여러 번 한 강팀이었다. 혁성중과의 경기가 시작되기 전 감독님과 전술 미팅이 있었다.

"혁성은 미드필더가 강하고 빌드업에 능하다. 우리와 거의 같은 스타일이다. 그리고 포메이션도 4-2-3-1을 쓴다. 아마 너희들이 저번 경기처럼 쉬울 거라 생각한다면 어려운 경기가 될 것이다. 앞선 경기에서 선배들이 어렵게 경기를 풀어 나가는 걸 보았으니 너희는 전의 경기처럼 너희 플레이에 집중하고 미드필드에서 물러서지 마라. 재건이는 두게임을 뛰어서 힘들겠지만 고생해라."

"재범이와 경태는 상대 공격이 넘어오지 않게 올려서 압박한다. 수비 라인도 운제와 선오가 하프 라인까지 올려 강하게 압박한다. 그렇게 되면 공간은 좁아지고 그럴수록 너희가 잘하는 패스에 의한 공간 전술을 유지할 수 있다. 성원이와 재선이는 슈팅도 좋지만 연결 플레이를 신경 써라. 둘만의 연결이 아니고 윙어와 미드필더와의 연결이 이어지면 다양한 공격 루트가 만들어질 수 있다. 양 풀백과 윙어는 크로스도 크로스지만 중앙으로 들어오는 플레이를 시도해 봐라. 오늘 너희가 어느 정도인가를 확실히 알 수 있을 것이다. 잘해라."

조쌤이 이어서 지시했다. 연습 게임이지만 꼭 이기고 싶었다. 아니 우리의 플레이를 해 보고 싶었다.

"성원아. 공 주고 바로 올라가. 그리고 시운이와 민한이도 올라가. 재범이와 경태는 공 받으면 뒤로 돌리지 말고 바로 앞으로 전진시키자. 그리고 라인 올리자." 운제가 파이팅을 하기 전에 우리에게 말했고 모두 고개를 끄덕였다.

"수비는 책임질 테니 공격 잘해!" 선오도 한마디 거들었다.

내가 재범이에게 공을 보내며 경기는 시작되었다. 공방이 진행되던 중 민한이의 센터링을 막기 위해 두 명의 수비수가 붙으면서 우리가 다수로 공간을 점유하게 되었고 이것을 본 민한이가 골라인을 타고 들어오다 우리에게 강하고 낮게 크로스 패스를 했다. 그 순간 나는 슬라이딩을 하면서 발바닥으로 공을 밀었다. 쑤욱 하고 공이 들어가는 느낌! 골이다!

1:0

혁성중의 수비가 패스되는 공을 따라 쫓느라 정신없는 사이 우린 우리의 플레이로 골을 넣은 것이다. 경기 시작한 지 5분도 걸리지 않았다. 정말 기뻤다.

우리는 패스를 위한 패스는 하지 않았다. 그리고 후선에서 의미없이 돌리기 위한 패스도 하지 않았다. 후선에서 공을 돌릴 때는 상대 수비가 한쪽 방향으로 쏠리도록 했고 그래서 반대편에 공간이 생기면 바로 그 방향으로 공을 보냈다. 또, 중앙의 미드필더가 공을 소유하고 돌아서려 할 때 상대 수비가 밀착해 오면 중앙 수비수에게 공을 보내고 다시 리턴패스를 받아 안전하게 공을 소유했으며,

때로는 다른 미드필더나 내려온 공격수가 공을 받아 돌아서거나 다시 공간을 찾는 패스가 이어지는 형태였다. 거기에 양쪽 풀백이 오버래핑을 하면 공격 인원의 이점을 살리기 위해 중앙에 양 윙어와 공격수가 모여 센터링이나 크로스 패스를 활용하기도 했다.

두 번째 골은 재선이가 넣었다. 빠르게 들어오는 주선이의 크로스를 가볍게 방향을 돌려 넣었던 것이다. 주선이의 패스 감각과 재선이의 골 감각이 만든 작품이었다.

2:0

두 번째 골이 만들어지는 과정도 변함이 없었다. 계속 공간을 확보하기 위한 패스가 이뤄지고 그런 와중에 상대 위험 지역에 균열이 생기면 지체 없이 침투 패스가 나오고 전방을 향해 뛰어드는 공격수 중 누군가의 발에 공이 닿으면 골이 되는 우리의 플레이였다. 전반은 그렇게 끝났다.

"수고들 했다. 전반처럼 계속 공간을 이어 가는 패스로 경기를 푼다. 성원이와 재선이는 자리를 바꾸면서 상대 센터백을 흔들어라. 재범이와 경태도 상황에 따라 판단해 공격 일선까지 침투한다."

겨우 호흡을 가라앉히며 모여서 물을 마시는데 감독님이 새로운 전술을 지시하셨다. '내가 센터백을 끌고 내려오면 재선이에게 기회가 생기는 건 당연하다. 그런데 수비형 미드필더인 경태와 재범이까지 올라오면 수비가 비게 되는데 그때는 어쩌지'라는 생각이 들었다. 그렇지만 잠깐 생각을 해 보니 감독님은 전방 압박의 형태를 말씀하시는 것 같았다. 수비형 미드필더가 올라오면 그 공간은 센터백이나 좌우 풀백이 맡고, 만일 공을 뺏기게 되면 압박으로 공을 다시 뺏거나 상대 공격을 지연시키면서 우리의 수비 공간을 확보하면 되겠구나 하는 생각이 들었다. 동료들도 그렇게 받아들였을 거라 생각했다.

더위가 심했지만 체력 훈련 덕인지 버틸 만했다. 물을 많이 마시고 그늘에 기대어 앉았다. 부는 바람마저도 더웠고 하늘엔 구름 한 점 없이 햇볕이 쏟아지고 있었다. 하지만 동료들과의 호흡이 맞는 게 충분히 더위를 이겨 내는 힘을 주었고 이런 과정이 즐거웠다. 가능성이 보였다.

심판의 휘슬이 울리지 않았다면 깜박 잠이 들 수도 있을 정도로 힘들었지만 휘슬 소리에 자리를 박차고 일어섰다. 동료들도 일어서서 후반전을 준비하기 시작했다. 여전히 날은 뜨거웠다.

후반전은 수비 라인을 하프 라인까지 올리고 공격에 집중했다. 감독님의 지시에 따라 경태와 재범이의 공격 가담이 늘었고 양쪽 풀백도 오버래핑이 계속되었다. 우리의 공격에 혁성중은 수비를 완전히 내렸다. 그러다 보니 나는 수비수 사이에 끼어 도대체 공을 받을 수가 없었다. 그리고 우리 공격이 강화될수록 수비수 숫자가 늘어 공을 주고받을 수도 없을 정도였다. 이 상황에서는 좋은 기회를 만드는 것이 어렵다는 생각이 들어 재선이와 위치를 바꾸면서 수비를 흔들어 보기로 했다.

"재선아. 바꾸자. 내가 내려간다."

"알았어."

내가 위치를 이동하자 센터백이 순간 나를 따라 움직였고 나는 내려선 상태에서 좌우로 계속 움직였다. 공은 거의 우리가 소유하고 있었다. 미드필더와 수비진이 공을 돌리고 있었지만 전진 패스가 쉽지 않은 상태였다. 순간 내가 더 내려가 경태와 재범이 사이에 위치하자 혁성중 수비가 뒤로 물러났고 경태와 나, 재범이가 미드필더 위치에서 공을 돌릴 수 있었다. 전방에는 재선이만 움직이는 상황이 되었다. 내가 좀 더 내려서자 경태와 재범이가 전진했고, 내가 공을 소유하자 전방으로 속도를 냈다. 오른쪽에 시운이가 중앙으로 뛰는 게 보여 길게 패스를 시도했다. 그러자 수비수가 나오면서 시운이와 경합했고 공은 튕겨 재범이에게 갔다. 재범이는 가볍게 수비수를 등진 재선이에게 원터치로 공을 돌렸고 재선이는 오른발 바닥으로 공을 잡아 돌리는 척하더니 그대로 경태에게 밀었다. 그 사이 민한이가 뛰어들었다. 왼쪽에서 민한, 경태, 재선이가 나란히 수비를 깨고 들어가면서 경태가 슈팅을 하자 골키퍼가 손바닥으로 걷어 낸 공을 민한이가 헤더로 골을 넣었다.

3 : 0

나는 내려서 있었기에 그 과정을 잘 볼 수가 있었고 동료들의 호흡에 주먹을 불끈 쥐었다. 다른 동료들도 가볍게 박수를 치면서 기뻐해 주었다. 동료들과의 호흡이 맞는 느낌이 무척 좋았다.

혁성중은 간혹 역습에 나서기도 했지만 강력하진 않았고, 이미 세 골을 넣은 상태라 우린 적극적인 공격보다는 훈련한 내용을 적용해 보는 데 주력했다. 혁성중이 4-2-3-1에서 거의 4-4-2의 형태로 전환해 내려서고 페널티 에어리어 근처에 밀집하자 공간이 보이지 않았다. 나와 재선이는 수비진에 둘러싸여 공을 받을 수 없었고 그렇다고 수비진을 벗어나면 수비진이 촘촘해서 뚫고 들어가기도 힘들었다. 혁성중 수비진은 나를 계속 밀어내려 했고 그 때문에 센터백과 말다툼을 벌이기도 했다.

뜨거운 햇볕과 공기로 모두가 지칠 즈음 경기는 종료되었다. 동료들의 얼굴은 벌겋게 달아올랐고 땀으로 범벅이 되어 있었다. 나 역시 마찬가지였다. 후배들이 물수건과 물병을 건네줘 땀을 닦고 물을 마시며 그늘에 주저앉았다. 물수건을 목에 걸자 시원함이 등줄기에 퍼졌다. 오늘 경기에서 많은 것을 배웠다. 상대 수비가 완전히 내려서서 뚫고 들어갈 공간이 없을 때, 그때 어떻게 해야 할 것인가에 대한 답을 얻었고 동료들과 손발을 맞추는 방법도 찾았다. 그늘에 드러누워 하늘을 보면서 큰 숨을 몇 번 쉬자 스트레칭을 하라는 조쌤의 지시가 들렸다.

스트레칭을 마치고 다시 그늘을 찾아 오늘 경기에서 배운 걸 다시 생각했다. 이제까지 패스로 경기를 풀어 나가는 건 확실히 알고 있었지만 그 패스가 만들어 내는 새로운 공간과 그 공간에 의해 만들어지는 공격 기회는 의미 있는 깨달음이었다. 수비 라인이 올라오면 뒷공간이 열리고 그 공간에 빠른 속도로 뛰어들어 전진 패스를 받으면 골키퍼와 1:1 상황이 되는 건 이미 알고 있었고 실전에서도 활용한 적이 있었다. 하지만 오늘처럼 밀집된 지역에서도 패스와 움직임으로 공간을 만들 수 있고 또 그 공간에 침투해 득점 기회를 잡는 건 새로운 경험이었다. 이렇게 움직이고 패스를 하기 위해서는 동료들과의 약속된 플레이 그리고 정확한 패스가 이루어져야 한다. 거기에 더해 좁은 공간에서도 수비수를 제칠 수 있는 개인기도 필수다. 동료들과 경기 전에 약속된 플레이를 정하고 그러한 훈련을 미리 해 보는 것도 꼭 필요하다. 머릿속에 오늘의 경기 내용을 정리하자 뿌듯한 느낌이 들었다.

저녁시간에는 동료들과 이야기할 수 있는 시간이 많았다. 같은 방 동료들과도 어울렸지만 다른 동료들과도 많은 이야기를 나눴다. 꼭 축구에 관련된 것만은 아니었다. 우리들 대부분이 평상시에도 그렇지만 전지훈련이나 대회 중에는 한약이나 특별한 약을 먹는다. 그것이 효과가 있는지는 모르지만 우린 그런 것도 이야기했고 여자친구에 대해서도 얘기했다. 이런 이야기를 나누는 게 방학 기간에 마음껏 놀지 못하고 더위와 추위 속에서 운동을 해야 하는 우리들의 스트레스 해소법이기도 했다.

지난 춘계 대회 이후 우리 2학년 팀은 많은 변화가 있었다. 신체적으로 성장하기도 했고 개인적인 기량이 좋아진 측면도 있었다. 하지만 우리에게 가장 큰 변화는 팀플레이였다. 물론 춘계 대회 전까지 팀플레이를 하지 않은 건 아니지만 그때의 패배 이후 우리는 팀에 개개인을 녹이는 플레이에 익숙해져 가고 있었다.

제갈 감독님은 축구란 총 없는 전쟁이라고 말씀하시곤 했다. 과거에 종족 간, 국가 간 전쟁은 총과 칼로 상대를 많이 죽여 승리한 쪽이 패배한 쪽을 지배했지만 현재는 축구의 승패가 국가 간 서열을 의미하기도 한다는 것이다. 남미의 브라질, 아르헨티나, 칠레, 페루, 콜롬비아 등은 예외로 하더라도 유럽이나 아시아는 축구 순위를 마치 국격인 양 여긴다고 하셨다. 그래서 요즘은 월드컵이나 유럽컵 그리고 아시안컵에 국가가 열중한다고 하셨다. 그리고 이러한 축구 전쟁은 단순히 축구 선수와 감독, 코치의 문제가 아니고 국가의 지원 역량 문제라고까지 말씀하셨다. 실제로 모든 국가가 축구에 정성을 쏟으며 지원 체계를 갖추고 있는데, 그런 정성과 지원 체계가 그 나라의 축구 실력을 만들고 있는 것이다.

동료들의 플레이는 '연결' 그 자체였다. 군더더기 없이, 좋은 위치에 있는 동료에게 패스를 하고 또 좋은 공간을 찾아 이동하고 또 패스하고 그러다가 골문이 열리면 과감하게 슈팅을 했다. 전에 네덜란드의 축구 선수 요한 크루이프의 축구에 대해 아버지께서 말씀하신 게 생각났다.(리누스 미헬스 감독에 의해 만들어진 공간과 압박, 오버래핑과 극단적 오프사이드 등이 현대 축구를 의미하지만 이를 실천한 선수는 크루이프다. 그는 FC바르셀로나에서 이러한 축구를 완성했다.) 크루이프 축구의 핵심은 공간과 패스였다. 선수는 포지션을 지키는 것도 중요하지만 포지션과 상관없이 유리한 공간을 차지해 패스를 받고 공을 몰지 않고 유리한 공간에 있는 동료에게 또 패스한다. 그리고 골문이 열리면 슈팅한다. 얼핏 당연한 것 같지만 그 유리한 공간이라는 개념이 애매해 이해하기 어려웠다. 하지만 감독님과 조쌤의 설명을 계속 듣고 실제로 경기 때 움직이면서 이러한 개념을 이해할 수 있었다. 아무리 빠른 선수가 드리블을 한다 해도 두 명의 수비수가 한쪽 방향으로 몰아 버리면 거의 대부분 공을 뺏기고 만다. 하지만 그가 드리블을 하기 전에 그보다 더 좋은 위치에 있는 동료에게 공을 보내면 그도 상대 수비수를 따돌린 후 다음 공간으로 이동하기 편하고 상대 수비는 공을 따라 이동하기에 지치고 힘들 수밖에 없다. 그래서 상대의 움직임이 둔해지면 수비에 구멍이 생기고 그곳을 깨고 들어가면 골을 넣을 수 있는 것이다. 여기에 더해 동료 중 누군가가 상대에게 공을 빼앗기면 그와 근처의 동료가 상대를 그 자리에서부터 압박해 다시 공을 뺏고 바로 공격을 재개한다. 설사 공을 빼앗지 못하더라도 상대 공격을 지연시킬 수 있기 때문에 우리의 수비 라인이 정비되어 방어할 시간을 갖게 된다. 좌우 풀백의 오버래핑은 현대 축구에서 당연한 것으로 이해되지만 이러한 오버래핑이 공간 창출과 포지션에 구애받지 않는 크루이프 축구의 주요 내용인 것도 명확하다.

주선이의 오버래핑은 그런 의미에서 보면 정말 멋있게 크루이프 축구를 구사하는 거였다. 수비수의 위치에서 공격이 전개되면 윙어의 위치와 미드필더, 때로는 공격수의 자리를 차지하며 공을 주고받고 골문이 열리면 과감히 슈팅을 시도했다. 어찌 보면 가장 넓은 지역을 자신의 영역으로 삼아 뛴다고 할 수 있다. 하지만 그렇게 뛰기 위해서는 얼마나 강한 체력과 공간에 대한 감각이 있어야 할까.

더블 볼란치(수비형 미드필더)를 수행하는 경태와 재범이의 공간감각과 패스 능력이 우리 팀의 핵심임은 확실하다. 자신의 포지션에 구애받지 않고 계속 공간을 찾아 이동하는 동료들을 관찰해 보니 누구든지 공간을 찾아 이동하고 패스를 주고받으며 상대 수비의 허점을 찾으면 순간적으로 패스를 찔러 주고 적극적으로 공격에 가담해 슈팅까지 시도했다. 상대 진영에서 공을 뺏기면 즉시 압박해 상대 공격을 저지하고 공을 다시 빼앗아 공격을 시도하기도 했다. 그러다가 어느 순간에는 센터백의 위치에서 수비를 하고 있기도 했다. 정말 대단한 동료들이다.

무더위에 진행되었던 정읍에서의 하계 훈련이 끝났다. 선배들도 동료들도 그리고 후배들도 건강하게 익은 얼굴로 짐을 싸고 있었지만 나는 지난 경기에서 다친 발목으로 인해 좋지만은 않았다. 지난 훈련 기간은 우리가 또 다른 성장과 변화를 할 수 있는 시간이었다. 각자 자신의 능력을 믿고 하던 플레이에서 팀을 믿고 하는 플레이로의 전환이 가장 중요한 변화였다. 개인의 역량을 최대한 발휘하기 위해서는 팀플레이에 집중하는 게 좋은 방법임을 알았고 특히 패스 플레이가 가진 특징과 장점을 확실하게 터득할 수 있었다.

패스 플레이는 명확한 목적이 있어야 한다. 목적 없이 공이 돌면 상대방에게 뺏기기 쉽다. 공의 종착역은 항상 골문이다. 우리가 패스 플레이를 하는 목적은 그 골문에 가장 편하고 안정적이며 확실하게 공을 넣기 위한 것이다. 특정 선수가 공을 드리블해 골문까지 가서 슈팅을 하는 건 가능한 일이지만 피치에 있는 다른 선수는 할 일이 없다. 더구나 그 선수가 상대 모든 선수들의 견제를 받게 되면 공을 빼앗길 확률이 높기에 항상 불안하게 지켜봐야 한다. 그리고 이렇게 축구를 하려면 축구를 할 필요가 없다. 축구는 팀 동료들과 협동해 11명이 20명의 능력을 발휘하는 경기인데 혼자 축구를 하는 건 축구가 아니다.

패스는 공격적일 수도 수비적일 수도 있다. 하지만 분명한 건 동료가 공을 안전하게 받고 컨트롤할 수 있도록 패스해야 한다는 거다. 나는 포지션이 패스를 받고 슈팅을 하는 위치라 동료들이 넣어주는 패스에 대해 나름 평가를 하는 습관이 생겼고 후에 내가 패스를 주로 하는 입장이 되었을 때 어떻게 할 것인가를 많이 생각하게 되었다. 전에 카카 선생님께 레슨을 받을 때 동료의 움직임에 따라 오른발이나 왼발에 맞추어 패스를 해야 하고(유소년팀의 단장님도 강조하시곤 했다) 아울러 롱패스를 할 경우나 전진 패스를 할 경우 동료가 뛰는 속도까지 감안해 패스를 해야 한다는 주문을 이해할 수 있었다. 이런 경우에도 당연히 상대 수비를 염두에 두고 동료가 안전하게 받고 컨트롤할 수 있는 곳으로 패스를 해야 한다. 패스는 내가 압박에서 벗어나고자 하는 게 아니라 동료가 좀 더 좋은 위치에서 공격을 전개하거나 수비를 할 수 있도록 돕는 것이다. 그래야만 동료가 다음 동작을 확실하게 수행할 수 있고 골문으로의 마지막 패스(슛)를 할 수 있는 것이다.

패스 플레이는 정형화된 몇 개의 길이 있어야 하고 이 길들을 활용해 다양한 길이 만들어진다. 흔히 말하는 창조적인 플레이는 이렇게 만들어지는 것이다, 빌드업한다는 말은 정형화된 길을 활용해 창조적인 길을 만들어 상대방의 골문에 다다르는 걸 의미한다. 골키퍼를 제외하고 피치에 있는 10명의 선수가 상대의 움직임에 대응하면서 상대방 골문으로 공을 넣기 위해 동료들과의 협력으로 길을 열어 가는 과정, 그것이 패스 플레이다. 이 과정에서 상대가 강하면 안전한 곳에서 공을 돌려 상대의 체력을 소진시키기도 하고, 상대의 틈을 엿보다가 상대가 힘과 집중력이 떨어지면 과감한 전진 패스로 최종 공격수에게 공을 전달하기도 하고, 때로는 롱패스로 상대의 뒷공간을 노리기도 한다.

다시 찾은 제천

정읍에서의 하계 훈련이 종료되었다. 하계 훈련을 마치면서 우린 제천으로 이동했다. 축구를 하는 내 또래들 모두가 지난 춘계 대회 이후 열심히 갈고 닦은 축구 솜씨를 뽐내기 위해 우리처럼 제천으로 모여들고 있을 것이다. 누구는 춘계 대회의 우승을 지키기 위해 또 누구는 춘계 대회에서 이루지 못한 우승이라는 꿈을 달성하기 위해! 몇 개의 그룹으로 나뉘어 우승을 다툰다고 해도 30개가 넘는 팀이 한 개 그룹을 형성하고 있으니 그 그룹에서 우승한다는 건 어렵고도 어려운 일이고 학교나 개인에게도 큰 영광이었다.

제천의 숙소에 짐을 풀고 바로 식사시간이 되어 내려갔다. 1, 2, 3학년이 다 모이니 50여 명의 인원이었다. 1학년들은 올해 입학해 지난 춘계 대회를 잘 모르지만 3학년이 우승한 것과 왕중왕전에서 준우승을 한 것은 다들 알고 있었다. 물론 우리 2학년이 8강에서 탈락한 것도. 50여 명의 인원이 식사를 하러 식당에 들어가자 근처의 다른 학교와 겹쳐 아수라장이 되었다. 많은 학교들이 가까운 곳에서 숙박을 하고 있어 식당들은 몇 개 학교씩 식사를 담당하고 있었다. 그러다 보니 가끔 다른 학교의 아는 친구들을 만날 수 있었다. 지난 대회에서 또 연습 경기에서 만났던 친구나 상대 선수들은 지나치면서 손을 내밀기도 하고 웃음을 보이기도 했다. 다들 반가운 표정들이지만 리그(정확한 표현은 Group Stage: 리그가 아닌 토너먼트 형식의 대회에서 예선전을 의미한다. 여러 팀이 돌아가며 경기를 하고 그중 성적이 좋은 팀이 대표가 되어 Knockout Stage에 진출한다)가 끝나면 이 중의 절반이 떠날 것이고 토너먼트(정확한 표현은 Knockout Stage)가 진행되면 패자 팀은 또 짐을 쌀 것이다. 우리가 춘계 대회에서 그랬듯이 말이다.

어수선한 가운데 식사를 마치고 숙소로 돌아가기 전 소화도 시킬 겸 근처를 걸었다.

"성원아. 같이 가자." 운제가 나를 불렀다.

"그래. 소화도 시킬 겸 좀 걷자."

아직 연습 경기에서 입은 부상이 회복되지 않아 다리가 불편했지만 그래도 걷기에는 큰 지장이 없어서 운제와 같이 숙소 근처를 걸었다. 여기저기 우리와 마찬가지로 다른 학교 선수들이 걸으면서 이야기를 나누고 있었다.

"운제야. 이번에는 우리가 잘할 수 있을까?"

"틀림없이 우리가 우승할 거야. 지금까지 우린 연습 경기에서도 전부 이겼잖아. 더구나 요즘 우리 패스 플레이가 최고인 것 같아. 우리가 우승할 거야. 너도 그렇게 생각하지 않아?"

"음, 그렇긴 한데, 춘계 때도 그렇게 생각하다가 졌잖아. 변수가 워낙 많아."

"그땐 바람도 우리 편이 아니었고. 지금은 더위와 싸워야 하는데 우리가 체력 훈련을 충분히 했으니 우승할 거야. 난 믿어."

운제는 늘 자신만만했지만 이번에는 특히 그랬다. 아마도 감독님이 이렇게 자신만만한 운제의 모습을 보고 주장을 시킨 게 아닌가 하는 생각이 들었다.

우리의 대진표가 발표되었다. 공교롭게 리그의 첫 상대가 선명중이었다. 작년 추계 대회에서 우리가 무릎을 꿇고 짐을 싸게 만든 그 선명이었다. 그리고 또 하나의 상대가 경기 광주중인데 그 학교는 상대해 보지 않아서 실력을 알 수 없었다. 일단 선명이 문제였다.

"다 모였나? 우리의 첫 상대가 선명이란 것은 다들 알 거고, 이제 어떻게 이길 것인가가 문제네. 운제! 어떻게 이길 거야?" 조쌤이 장난스럽게 운제에게 물었다.

"대충 해도 이겨요." 운제가 받아 넘겼다.

"대충 해도? 그러면 작년엔 왜 졌어?"

"글쎄요. 재수가 없었나 봐요." 운제가 웃으면서 대답했다.

"운제 너 이리 와. 일단 한 대 맞고 시작하자."

운제는 오히려 뒷걸음질을 했다. 훈련은 이렇게 시작되었다.

"선명은 나름 강호다. 너희가 작년에 이미 경험을 해 보았기 때문에 잘 알 거다. 선명을 이기는 방법은 아주 간단하다. 선명보다 한 골을 더 넣으면 이긴다. 맞지?"

조쌤의 설명이 계속되었다.

"경기에서 이긴 팀과 진 팀의 차이는 팀플레이의 차이다. 이긴 팀은 그들이 하려는 팀플레이를 하고 진 팀은 이긴 팀에 끌려다닌다. 지금까지 너희들은 많은 훈련과 연습 경기를 했다. 그리고 너희의 플레이를 만들어 왔다. 그렇게만 하면 된다. 더 잘하려 하면 오히려 팀플레이가 깨진다. 각자가 자기 포지션에서 하던 그대로 경기를 풀어 나가면 우리는 분명히 이긴다. 알았나?"

조쌤의 설명은 간단했지만 나는 그 말의 의미를 알 수 있었다. 나는 내 포지션에서 잘하면 되고 동료들은 동료들의 포지션에서 잘하면 된다. 더불어 때로는 스위칭을 하고 또 오버래핑을 하는 것도 그 포지션이기 때문에 하는 것이기에 그냥 우리가 하던 스타일 그대로 하면 된다. 자신감이 생겼다.

아침이라 그리 덥지는 않았지만 러닝을 시작하자 바로 열기가 올라오기 시작했다. 내일 오전에 경기가 있기에 감독님은 시간에 맞춰 훈련을 지시했고 그에 따라 오전 훈련이 진행되었다. 감독님은 우리 학교에서만 20년이 넘게 감독을 맡으셨고 수많은 경기를 통해 우승과 준우승을 경험하셨다. 그런 과정에서 감독님은 우승하는 방법을 알고 계신다는 소문이 파다했고 마음만 먹으면 언제든지 우승할 수 있다는 소문도 있었다. 하지만 우리는 그것이 소문이 아니라 철저한 관리와 준비의 당연한 결과라고 믿었다. 식사와 간식 그리고 음료까지도 관여를 하고 경기 시간에 맞춘 훈련과 상대 팀에 대한 분석, 그에 따른 선수 배치 등 실제로 감독님과 생활을 하다 보면 거의 모든 부분을 통제한다. 그리고 그것이 우승의 비법이란 걸 후에 알게 되었다.

오전 훈련의 대부분은 패스 훈련이었다. 기온이 점점 오르고 있어 지금 체력 훈련을 하는 건 도움이 되지 않는다고 판단하신 듯 계속 패스 훈련이 이어졌다. 감독님은 조쌤에게 훈련을 지시하고 얼마 후 사라지셨다. 이제까지도 그랬지만 아마도 상대 팀 경기나 훈련을 체크하러 가셨을 것이다.

나는 아직 정읍에서 다친 발이 불편해 훈련에 직접 참여하진 않고 가벼운 러닝만 하고 있었다. 이 정도면 뛸 수도 있겠지만 아직 부기도 가라앉지 않은 상황이고 조쌤도 상황에 따라 뛰게 할 테니 무리하지 말라고 하셔서 경기장 가를 가볍게 뛰고 있었다. 동료들의 훈련은 점점 강도를 높이고 있었다. 항상 그렇지만 시작할 때는 가볍게 시작되지만 시간이 지날수록 패스의 속도는 빨라지고 그에 따라 이동 속도도 빨라진다. 숨이 차서 잠깐 방심한 사이에 공은 비켜 간다. 조쌤의 목소리는 커지고 땀은 쏟아진다.

강도 높은 훈련이 마무리될 즈음 조쌤은 스트레칭을 하라는 지시를 내렸고 동료들은 지친 상태에서 스트레칭을 시작했다. 마무리 스트레칭은 훈련이나 경기를 치른 후 진행되는데, 긴장했던 근육을 풀어 주고 훈련이나 경기 때는 몰랐던 부상 부위도 파악할 수 있어서 많은 도움이 된다. 오전 훈련이 끝나고 시계탑을 보니 12시를 가리키고 있었다.

점심식사를 하고 오후엔 휴식이 주어져 저녁 시간까지 편히 쉴 수 있었다. 저녁식사 이후엔 산책까지 할 수 있었다. 하지만 내 머릿속에서는 내일 선명과의 경기가 떠나지 않았다. 작년 여기 제천에서 패할 때의 과정이 아직 그대로 기억에 남아 있어 어떻게 그것을 이겨 낼 것인가를 생각하고 있었다. 한 번 패한 팀에게는 무언가 지고 들어가는 느낌이 있다. 그것을 이겨 내려면 패했던 과정에 대한 분석으로 원인을 찾아내고 이를 극복하려는 준비를 철저히 해야 한다. 그러지 않고서는 같은 실수를 되풀이하게 된다.

아버지는 가끔 '머피의 법칙'을 말씀하셨다. "어떤 일을 하는 데는 여러 가지 방법이 있고 그 가운데 한 가지 방법이 재앙을 초래할 수 있다면 누군가가 꼭 그 방법을 쓴다."

그런데 이 머피의 법칙이 수비에서 자주 발생하곤 했다. 공격은 실패해도 다시 하면 되지만 수비는 실패하면 실점을 하게 되고 그것은 곧 패배를 의미한다. 그렇기에 수비는 항상 안정적으로 경기를 해야 함에도 한 번의 실수가 패배를 안겨 주는 것이다. 그런데 그런 실수가 되풀이되는 게 문제였다. 위기의 순간에 수비수는 자신도 모르게 전에 했던 행동을 되풀이하곤 한다. 그래서 이런 행동을 막기 위해서는 같은 상황을 극복하기 위한 훈련을 반복적으로 해서 그런 상황이 닥쳤을 때 반사적으로 처리할 수 있어야 한다. 물론 이는 공격 상황에서도 마찬가지지만 수비에서 더 치명적이기에 머피의 법칙은 새겨 둘 말이다.

"삑~."

선명과의 경기가 시작되었다. 우리의 포메이션은 4-2-3-1이었고 인성이가 원톱을 서고 그 밑에 재선이, 그리고 좌우로 민한이와 시운이, 수비형 미드필더에 경태와 재범이, 센터백 운제와 선오, 그리고 좌우 풀백에 주선이와 성오, 골키퍼는 재건이가 선발로 나섰다. 나는 부상으로 밴딩을 하고 상황에 따라 들어갈 준비를 하고 있었다.

선명중은 나름 충주FC의 유스팀이라는 자부심도 있고 작년에 우리에게 승리한 경험도 있어서 자신 있게 밀고 들어왔지만 동료들은 밀리지 않았다. 주장인 운제가 계속 라인을 올리라고 소리치며 수비진을 이끌었고 공격진도 강한 전방 압박으로 선명을 누르기 시작했다. 3분여가 흘렀을 때 우리의 압박을 견디지 못하고 공이 아웃되어 스로잉 공격이 시작되었다. 주선이가 스로잉한 공을 상대 수비가 가로채려 하자 재선이가 압박으로 공을 탈취했고 그 순간 인성이가 좌측으로 움직이면서 수비수가 따라붙어 공간이 보이자 재선이가 골문을 향해 드리블하다가 그대로 슈팅! 하지만 수비수를 맞고 공이 바운드되어 민한이에게 갔고 민한이도 슈팅! 그러나 다시 수비수 맞고 바운드된 공이 오른쪽 빈 공간에 있는 시운이에게 떨어졌다. 시운이는 침착하게 골문 왼쪽을 향해 오른발 발리로 공을 밀었다. "골인!"

1 : 0

동료들은 가벼운 세리머니를 했고 시운이의 첫 골을 축하해 주었다. 정말 멋진 골이었다. 시작한 지 얼마 되지 않아 찬스가 왔지만 그 상황에 침착하게 발리슛을 한 시운이가 대단해 보였다. 그러면서 그 짧은 순간 동료들의 포지션이 다시 떠올랐다. 센터백까지 하프 라인을 넘어 압박했고, 경태와 재범이 그리고 좌우 풀백까지 밀고 올라와 있었다. 우리가 좁은 학교 운동장에서 간격을 유지하며 정교한 패스 훈련을 한 게 경기에서 효과를 보이기 시작했고 압박과 협력 수비가 잘 이루어졌다. 승리할 거란 예감이 들었다.

첫 골을 넣고 방심한 사이 선오의 패스 미스로 공을 빼앗겨 선명 공격수가 재건이와 일대일 상황이 되었지만 재건이가 돌진해 공을 덮쳐 선방하면서 위기를 넘겼다. 이후부터는 동료들이 정확한 패스와 압박으로 경기를 우세하게 풀어 나갔다. 하지만 선명은 강팀이었다. 골을 만회하기 위해 밀어붙이기 시작했고 그로 인해 중앙에서의 싸움은 일진일퇴를 반복했다. 재범이와 경태가 상대를 누르려 좌충우돌하고 있고 재선이는 팽이처럼 수비수 사이를 누비고 다녔다. 선명은 좌우로 벌려서 윙플레이를 하려 했지만 주선이와 성오, 그리고 운제와 선오의 수비진을 뚫기는 쉽지 않았다. 그런 상황에서 운제는 계속 동료들에게 파이팅을 외치며 수비 라인을 조율했다. 동료들 모두가 자기 위치에서 최선을 다하고 있었다.

늘 경기를 뛰다가 지금은 동료들의 경기를 보고 있으니 동료들의 경기 운영이 참 매끄럽다는 느낌을 받았다. 원터치패스로 공이 이어지면 상대방은 그 공의 움직임에 따라 전체가 이동하면서 체력을 소진하게 되고, 누군가 체력이 소진되거나 방심해 움직이지 않으면 공간이 생겨 동료 중 누군가가 그 공간을 파고들고 공은 그곳으로 패스되었다. 마치 컴퓨터 게임을 보는 느낌이었다.

전반 마지막 즈음에 한 번의 위기를 맞았지만 운제, 선오, 성오의 협력 수비와 재건이의 선방으로 마무리를 했다. 재건이는 두 개의 결정적인 슛을 방어해 냈는데 지켜보는 입장에선 두 번 다 가슴이 철렁할 정도였다. 동료들의 얼굴은 벌겋게 달아올라 있었고 유니폼은 땀에 절어 있었다. 물을 찾는 동료들에게 시원한 물병을 주었다.

"성원이! 준비해."

감독님께서 나를 보며 지시하셨다. 순간 가슴속에 뜨거운 무언가가 올라오는 느낌이 들었다. 머리를 들어 하늘을 보았다. 작년 여름의 추계 대회 그리고 올해 춘계 대회 때의 기억이 스쳐 지나갔다. 무언가를 이루고 싶었지만 이루지 못해 맺혀 있던 것들! 이제 그것을 풀어 보고 싶었다.

발목에 밴딩을 한 상태로 몸을 풀기 시작했다. 밴딩한 부분이 부자연스럽기는 했지만 뛸 수 없는 상황은 아니었다. 관중석의 부모님들 사이에 아버지의 모습이 보였다. 손으로 원을 그리기에 머리를 끄덕여 괜찮다는 표시를 했다. 아버지도 머리를 끄덕이셨다.

후반전이 시작되었다.

시작하자마자 바로 찬스가 왔다. 중앙에서 공을 잡은 재범이가 올라오면서 페널티 에어리어 바로 앞에 있는 나에게 패스했다. 나는 수비수를 등진 상태에서 공을 받아 원터치로 들어오는 경태에게 그리고 경태는 센터백 사이를 돌파하는 나에게 2:1 패스를 뿌렸다. 내 앞으로 공이 오자 바로 슈팅을 시도하는 순간 센터백과 골키퍼가 함께 태클과 슬라이딩을 했고 공이 아웃되어 코너킥이 선언되었다. 순간 난 움츠렸다. 발목 부상에 대한 두려움이 과감한 플레이를 할 수 없게 했다. 동료들에게 말할 수는 없지만 발목이 정상일 때처럼 플레이를 할 수 없었다. 미안했다.

공방전이 계속 이어졌다. 민한이의 결정적인 슈팅을 골키퍼가 선방으로 막아냈다.

후반도 중반쯤에 이르렀을 때 상대 수비가 골키퍼에게 백 패스를 하는 걸 보고 나는 골키퍼를 압박해 들어갔다. 그러자 골키퍼가 당황했는지 길게 걷어 내지 못하고 바로 앞으로 패스하는 걸 민한이가 달려들어 공을 낚아챈 뒤 내게 보냈다. 공을 잡고 전진하며 슈팅 찬스를 노렸지만 센터백이 막아서는 걸 보고 다시 오른쪽을 보니 시운이가 들어오고 있어서 길게 공을 보냈다. 그 순간 재범이가 스타트를 시작했고 오른쪽 골라인 부근에서 시운이가 패스한 공을 재범이가 가볍게 슈팅해 두 번째 골이 들어갔다. 간결했다. 공은 계속 좋은 위치에 있는 동료들에게 보내졌고 동료들은 또 계속 좋은 공간을 찾아 공 받을 준비를 했다. 그렇게 연결되어 골이 완성되었다. 기뻤다. 상대 수비수가 밀집해 공간이 없는 것 같지만 우리의 압박이 상대의 실수를 유발하고 있고 우리에게 좋은 찬스가 생기고 있었다.

2:0

다시 선명의 반격이 시작되었다. 우리가 라인을 올린 상태에서 압박을 하면 뒷공간이 열린다는 걸 알고 있기에 선명은 좌우 윙어를 활용한 빠른 역습으로 우리 라인을 넘어서려 했다.

이런 상황에서 상대의 공격을 저지한 재건이가 킥을 했고 이를 시운이가 잡아 상대 진영에 내려가 있는 내게 보냈다. 공이 오는 순간 민한이가 중앙으로 들어오는 게 보였고 상대 수비도 보이지 않아 즉시 민한이에게 패스를 했다. 민한이가 수비를 돌파하려 했지만 어려워지자 옆으로 공을 몰다가 중앙에 있는 나에게 패스했고, 공을 잡고 돌아서는 순간 주선이가 빈 공간으로 올라오는 게 보여 수비를 등지고 길게 공을 패스했다. 공을 잡은 주선이가 수비 한 명을 제치고 센터링을 올렸고 그 공은 달려들던 민한이의 엉덩이에 맞고 골대 안으로 빨려 들어갔다. 두 번째 골이 들어간 지 얼마 지나지 않아 세 번째 골이 성공되었다.

3:0

동료들과의 패싱과 공간 점유는 환상적이었다. 그렇지만 불운이 닥쳐왔다. 후반전 20여 분이 지날 무렵 상대의 공격을 저지한 선오가 공을 길게 찼고, 재범이가 잡아 내게 넘겨준 공을 드리블하다가 상대 선수에게 걸려 다친 발목을 다시 다치게 되었다. 너무 심하게 아파 말도 못하고 발목을 잡고 있자 경기가 중단되었고 결국 바깥으로 나오게 되어 상만이가 교체로 들어갔다. 상만이가 시운이 자리로 가고 시운이가 재선이 자리로 이동했다.

동료들은 계속 공간을 창출했고 패스는 이어졌다. 선명의 공격이 강해졌지만 왠지 자꾸 끊겼고 연결이 제대로 되지 않았다. 선오와 운제가 잘 방어해 주었고 재범이와 경태, 성오와 주선이 역시 잘해 주었다. 경기는 그렇게 마무리되었고 우리는 지난해의 기억을 떨쳐 버렸다.

경기를 마쳤을 때 동료들 모두 온몸이 땀에 젖어 있었다. 선명중 감독님께 인사를 한 동료들이 보냉통에 담겨진 물수건과 음료수를 받아 들고 제갈 감독님을 중심으로 빙 둘러섰다.

"더운 날씨에 모두 수고했다. 충분히 물을 마시고 쉬어라."

늘 그렇지만 감독님의 말씀은 간결했다. 하지만 기분 좋게 수고했다는 말을 들어 본 지가 얼마만인가! 경기 내용이 좋지 않으면 감독님은 말씀을 아끼셨다. 일부 감독님들은 경기가 끝난 후 졌거나 내용이 좋지 않았을 경우 지친 선수들을 세워 놓고 오랜 시간 질책하곤 했는데 감독님은 그럴 경우 아무 말씀 없이 자리를 피하곤 했다. 그리고 경기에 대한 분석을 저녁식사 후 진행하곤 하셨다.

여름방학에 진행되는 추계 대회는 한낮의 온도가 30도를 넘어가기에 전후반전 중간에 쿨링 브레이크를 주지만, 경기가 끝나면 선수들은 병을 앓은 사람처럼 지치고 피로에 절게 된다. 이럴 때 충분한 물과 영양분을 공급받지 못하면 바로 몸에 무리가 오고 탈수증세나 피로 누적으로 쉬어야 하는 상황이 오기도 했다.

부모님들의 축하를 받으면서 버스에 올랐고 돌아오는 버스 안에서 몸이 회복된 동료들의 신난 이야기들이 오갔다. 특히 주장인 운제의 이야기는 우리 모두를 웃게 만들었다.

"전반전에 시운이가 첫 골 넣고 나서 우리가 밀렸을 때 내가 저쪽 공격수 놓쳤잖아. 아 그땐 하늘이 노래지데. 근데 그걸 재건이가 덮쳐서 막았잖아. 그땐 하늘이 다시 파래지데. 그 짧은 시간에 노란 하늘과 파란 하늘이 왔다 갔다 했어."

"나도 그랬어. 그자식이 빠르게 우리 사이를 치고 들어오는데 순간 놓쳤거든. 그런데 와! 재건이가 덮치는 거야. 죽다 살았어." 선오였다.

다른 동료들도 한마디씩 거들었고 그러면서 하나둘 잠에 빠져들었다. 많은 땀을 흘리며 승리하기 위해 노력하고 또 그 승리를 지키기 위해 최선을 다했기에 몸에 남은 기운이 거의 없어서 기절하듯이 잠에 빠져들었다. 그나마 나는 뛴 시간이 적었기에 이런 동료들이 지쳐 잠에 빠진 모습을 볼 수 있었다. 나도 간절했지만 동료들 모두 작년의 패배를 떨치고 승리하고 싶어 했던 간절했던 마음들이 다가왔다. 웃으며 말했지만 최종 수비를 맡은 운제와 선오의 마음이 깊이 느껴졌다.

관도, 적벽, 그리고 이릉대전

저녁을 먹고 살아난 친구들이 여유롭게 쉬고 있을 때 조쌤이 운제를 찾았고 곧이어 운제가 우리에게 숙소 앞으로 집합하라고 방마다 알려 주었다. 쉬고 싶은 마음을 접고 내려가자 감독님과 두 분 코치님이 이미 내려와 계셨고 의자와 화이트보드도 준비되어 있었다. 이제까지 여러 번 훈련과 대회를 위해 지방으로 다녔지만 저녁 시간에 이런 형태로 모인 적이 없었기에 우리 모두 어리둥절했다. 이어서 조쌤이 나섰다.

"오늘은 감독님께서 몇 가지 이야기를 할 것이다. 아마 너희가 축구를 하는 한 꼭 간직할 내용들이고 너희가 생활을 할 때도 필요한 내용들이다. 잘 경청해서 듣도록 해라."

이어서 감독님이 화이트보드 앞에 서서 이야기를 시작하셨다.

"오늘 어려운 경기를 잘 풀어 주었다. 너희들이 2학년이고 이젠 축구에 대해, 또 경기에 대해 어떤 생각을 가져야 할 때가 되어 생각을 좀 전달하고자 한다. 해마다 이맘때가 되면 너희 선배들에게도 같은 이야기를 했고 그중 일부는 내가 한 말을 새겨들어서 성공하고 일부는 흘려들어 실패하는 경우도 보았다. 그러면서 성공과 실패가 처음 시작할 때는 큰 차이가 아닌데 시간이 지나면서 차이가 벌어지고 결국 성공과 실패로 갈라선다는 것을 알게 되었다."

우리들의 분위기가 가라앉았다. 이제까지는 감독님께서 이런 이야기를 하시는 경우가 없었기에 동료들 모두가 겁먹은 듯이 주의를 집중했다.

"운제야. 오늘 경기 전에 어떤 마음으로 준비를 했니?"

운제가 질문을 받자 당황한 듯 머리를 만지다가 대답했다.

"오늘은 꼭 이기고 싶었습니다. 그냥 이기는 것만 생각했습니다."

"그랬겠지. 당연히 이기는 것만 생각해야겠지. 그럼 너희들 중에 이기는 것과 지지 않는 것에 대해 설명할 사람 있나?"

동료들 모두 답을 하지 못했다. 감독님이 어떤 대답을 기다리시는 지도 모르겠고 말 자체가 어려웠다. 잠시 시간이 흘렀다.

"나는 너희가 경기에 들어가면 나 역시 항상 이기기를 바라고 이길 수 있도록 경기 전에 전술을 짠다. 하지만 이기기 위해 전술을 짜도 내 뜻대로 되지 않고 밀리면 지지 않는 경기를 할 수 있도록 경기 중에 변화를 주곤 한다. 일단 지지 않아야 이길 수 있는 게 아닌가?"

모두 머리를 끄덕였다.

"잘 들어라. 지지 않는다는 건 일 대 영이건 이 대 영이건 우리가 상대보다 골을 넣지 못해 지는 걸 방지하는 건데, 여기에는 무승부도 포함한다. 잘 알겠지만 K리그에서도 승리하면 3점, 무승부면 1점, 패하면 점수가 없다. 다시 말하면 패하지 않고 무승부만 해도 최소 1점은 얻을 수 있다. 또, 토너먼트에서는 비기면 연장선으로 갈 수 있고 승부차기를 할 수 있다. 오늘은 너희가 경기를 잘 풀어 승리했지만 만일 너희가 또 밀렸다면 나는 비기는 전술을 구사했을 수도 있다. 아직은 예선이라 우리가 오늘 경기를 비긴다 해도 다음 경기를 이기면 본선에 오를 수 있기 때문에 무리할 필요가 없었다. 우리는 결국 마지막 결승에 올라 우승하는 게 목적이지 오늘 경기를 이기는 게 목적이 아니다."

감독님의 말씀은 당연한 말이었다. 그런데 왜 저런 말씀을 하는지 이해가 되지 않았다.

"너희들은 왜 축구를 하지?"

또 질문을 던지셨다. 모두가 답을 하지 못하고 서로를 바라보기만 했다.

"나 역시도 너희처럼 학교를 다니며 축구를 했고 지금은 축구 감독을 하고 있지. 하지만 너희만 할 때 나는 축구 감독이 아니라 정말 멋진 축구 선수만을 꿈꿨다. 물론 내가 축구를 할 때는 프로팀이 없었고 실업팀만 있었는데 그 팀에 간다는 건 하늘의 별 따기였다. 하지만 난 실업 선수가 되는 꿈을 갖고 축구를 했다. 그러기 위해서는 좋은 고등학교를 가야 했고 또 축구 명문 대학을 가야만 했다. 정말 힘든 일이고 확률이 낮은 게임이었다. 나의 많은 동료들이 나와 같은 꿈을 꾸고 같이 도전했지만 대부분은 중도에 포기할 수밖에 없었다. 아니 포기했다. 하지만 나는 포기하지 않고 죽도록 열심히 노력했고 그래서 지금 너희들 앞에 서 있을 수 있는 거다."

이 말이 끝나자 조쌤의 눈시울이 붉어지는 걸 얼핏 볼 수 있었다.

"너희 선배들 중에는 지금 프로팀에서 뛰는 사람도 있고 또 국가대표를 하는 사람도 있다. 나는 그들이 나와 같이 축구를 할 때 어떠했던가를 잘 기억하고 있다. 후에 말하겠지만 그들은 모두 비슷한 특징을 갖고 있었다. 그보다 지금부터는 너희들에게 축구에 대해서 이야기를 하고자 한다."

우리는 눈을 껌뻑이며 다음에 나올 이야기를 듣기 위해 감독님께 시선을 모았다.

"축구는 개인 운동이 아닌 단체 운동이다. 흔히들 원팀 원팀 하는데 그 원팀이 단체 운동임을 말하는 것이다. 원팀은 선수가 보이지 않고 선수가 모두 팀에 녹아들어야 가능하다. 원팀은 소속원 누구 하나가 잘한다고 해서 좋은 결과가 나오지 않고 팀원 모두가 자기가 맡은 역할을 소화해 주어야만 좋은 결과가 나옴을 의미한다. 지금까지 너희 선배들과 함께 많은 팀을 만나 경기를 했고, 때로는 승리하고 때로는 패하기도 했다. 물론 비기기도 했지만. 그 과정 중에 나는 축구라는 게 과거의 전쟁, 즉 칼과 창을 들고 싸우던 그런 전쟁과 같다는 생각을 하게 되었다. 물론 축구가 만들어진 배경에는 종족 간의 다툼이나 지역 간의 다툼이 있기도 하다. 하지만 그보다는 두 개의 팀이 칼과 창이 아닌 맨몸으로 둥근 공을 상대방 진영 골문에 넣음으로써 이기는 행위 자체가 전쟁에서 상대의 왕이 있는 성을 함락시키는 행위와 유사하다고 할 수 있다. 그래서 우리는 전쟁 용어인 전술을 빌려 와 축구 전술이라는 말을 쓰기도 한다."

감독님의 말씀은 계속 이어졌다.

"나는 이런 생각을 갖고 나서 너희들도 잘 아는 삼국지란 책을 몇 번이나 읽게 되었고 거기에서 우리가 하는 축구가 삼국지의 전투와 너무나 유사한 성격을 가졌음을 알게 되었다. 따라서 오늘은 그에 관한 이야기를 해 주려고 한다."

이건 정말 처음 듣는 내용이었다. 삼국지와 축구라니!

"삼국지를 한 번이라도 읽어 본 사람? 소설이 아니라 만화책으로라도."

민한이가 먼저 손을 들었고 몇몇이 손을 들었지만 대부분이 머리를 숙였다.

"그럼, 민한아. 삼국지에서 가장 큰 전투가 어떤 전투라고 생각하니?"

민한이가 잠시 생각을 하는 듯하더니 대답했다.

"감독님! 역시 적벽대전 아닙니까?"

"음, 그래. 적벽대전! 그렇지. 그럼 적벽대전을 좀 설명해 볼래."

민한이는 축구도 잘했지만 공부도 거의 상위권이고 늘 책을 보는 스타일이라 어떤 대답이 나올지 궁금했다.

"적벽대전은 조조의 위나라가 형주를 공격해 승리한 뒤 도망치는 유비군을 추격하다 유비와 손을 잡은 오나라를 공격하면서 벌어진 전투입니다. 이 전투에서 조조의 위나라는 오나라에게 화공을 당해 백만 대군이 거의 불에 타 죽고 물에 빠져 죽어 몰살당했고, 조조도 죽음 직전에 겨우 도망치다가 관우에게 잡혀 죽을 상황이었지만 예전 관우와의 관계 때문에 겨우 살았다고 알고 있습니다."

"아주 정확하게 알고 있구나. 민한이가. 맞다. 적벽대전은 민한이가 설명한 것이 거의 정확하다. 그럼 혹 삼국지의 3대 대전에 대해 알고 있는 사람?"

감독님의 질문이 더 어려워졌다. 이번에는 민한이도 손을 들지 않았다.

"어려운 내용이지. 그래, 어려울 거야. 하지만 오늘 내가 너희에게 알려 줄 이야기니 잘 듣고 시간이 되면 꼭 삼국지를 읽어 보기 바란다. 만화라 하더라도 내용이 잘 정리되어 있으니 꼭 읽고 느껴 보기 바란다."

감독님께서 물을 마시고 다시 말씀을 시작하셨다.

"삼국지에는 많은 군사를 동원한 한 나라의 명운을 건 전투가 몇 번 있었다. 그중 대표적인 것이 화북의 원소군과 조조군이 맞붙은 관도대전이고, 민한이가 설명한 적벽대전, 그리고 유비가 관우와 장비의 복수를 위해 오나라를 침공하면서 벌어진 이릉대전이다. 나는 이 세 차례의 대전을 몇 번이고 보고 또 보면서 각각의 전투가 우리가 하고 있는 축구와 너무나 비슷하고 그 승리와 패배의 요인이 같다는 것을 알게 되었다. 그래서 이것을 설명하면서 축구의 전술을 이야기할 테니 너희들이 잘 이해해 주기를 바란다."

한여름의 더위도 해가 지고 어둠이 깔리면서 선선한 바람에 꺾이기 시작했고 등이 켜지면서 우리가 모여 있는 등 주변에는 벌레들이 날아들었다.

"먼저 이릉대전을 이야기하겠다. 책마다 좀 다르게 설명하고 있지만 원소의 군사는 70만 명이고 조조의 군사는 7만 명이라고 써 놓은 책이 많다. 하지만 그건 좀 과장된 것 같고 아마도 원소의 군사가 훨씬 많았던 건 사실인 듯하다. 모든 면에서 원소군이 우위에 있었고 초반의 싸움에서도 조조가 패배해 위험한 상황에 이르게 된다. 물론 소설이어서 그렇지만 사정상 조조의 수하에 들어갔던 관우가 등장해 원소군의 맹장인 안량과 문추를 베어 전황을 바꾼 점도 컸지만 이후 승기는 조조 쪼그로 기울기 시작했다. 원소는 부하들을 믿지 못해 자신의 가족들만 챙기려 했고 이를 알게 된 부하들이 원소를 배반하고 조조의 편에 가세하게 된다. 결국 조조에게 간 부하가 앞장서서 원소군의 식량을 모두 불태우고 전의를 상실한 병사들이 도망가자 원소는 대패를 하게 되고 죽음에 이르게 된다. 반면에 조조는 부하들의 조언을 잘 듣고 적이지만 항복한 자를 받아들여 내부 조직이 단단해지면서 승리할 수 있었다. 원소는 자신의 가족과 가까운 사람들만 믿고 챙기다가 전체 조직에 균열이 생겼고, 그 사이를 침투한 조조군에게 패한 것이다. 나는 관도대전을 읽고 또 읽으며 아무리 강한 팀이라 하더라도 팀에 균열이 생기면 무너진다는 걸 알게 되었다. 우리도 그렇다. 너희 개개인의 능력이 좋지만 너희가 각각의 개인기만으로 상대를 제압하려 하면 너희는 결코 이길 수 없다. 아니 패한다. 조 코치가 훈련 중에 늘 사용하는 말이 연결이다. 그 연결에는 너희가 원팀이라는 의미가 담겨 있다는 것을 알고 있나?"

정신이 없었다. 관도대전 이야기를 하다 갑자기 원팀이라는 이야기가 나오자 우리 모두는 어리둥절하고 혼란스러웠다.

"연결은 패스를 의미한다. 물론 경기장 안에는 원소가 없다. 하지만 원소가 될 수도 있는 감독인 내가 너희들 중에 누군가를 편애하거나 아끼는 모습을 보이면 너희는 나의 지시를 잘 따르려 하지 않을 거다. 그러면 우리 팀은 패배할 것이다. 하지만 적어도 나는 너희 각각의 능력에 따라 상대방의 전력을 분석해 필요한 전술을 구상하고 포지션을 결정한다. 때로는 경기 중에도 너희의 포지션을 바꾸라고 주문한다. 그것은 변화하는 상대방 허점을 파고들어 상대의 강점을 차단하기 위한 것이다. 그러한 주문에 대해 너희는 나를 믿고 따르고 조 코치의 지시에 따라 계속 패스를 주고받으며 상대방을 제압해 간다. 그것은 너희 각자가 동료의 능력을 믿고 또 나와 코치들의 말을 믿기에 가능한 일이다. 내가 잘할 수 있음에도 나보다 더 잘할 수 있는 동료에게 기꺼이 기회를 제공하고 그렇게 해서 좋은 결과가 나왔을 때 함께 축하해 주는 너희들은 원팀이다. 만일 여기서 누군가가 내 지시를 어기고 자신만의 플레이를 하려고 하면 우리의 조직력은 무너지고 원소군처럼 패하게 된다. 나나 우리 코치진도 마찬가지다. 너희가 우릴 믿지 못하면 결국 우리는 균열이 발생하고 그로 인해 상대에게 틈을 보이게 된다. 상대는 그 틈을 파고들어 우리에게 패배를 안길 거고. 관도대전은 균열이 발생한 팀이 경기에서 패하게 된다는 교훈을 우리에게 알려 준다. 싸워서 패하는 게 아니라 스스로 자멸해 상대 팀에게 승리를 헌상하게 된다는 말이다. 이해할 수 있겠나?"

"……."

"오늘 너희는 더위에 지쳤지만 나와 코치진을 믿고 전술에 따라 잘 움직였고, 지쳤지만 자신의 역할을 다하기 위해 최선을 다했다. 만일 너희 중에 누군가가 지쳤다는 이유로 잠시라도 수비를 소홀히 하면 상대 팀은 그곳을 파고들 테고 그렇게 되면 우린 무너졌을 것이다. 하지만 오늘 너희들은 각자의 역할을 잘해 주었고 서로에게 좋은 기회를 만들어 주기 위해 노력했다. 그래서 결국 원팀이 되어 좋은 결과를 얻을 수 있었다. 이런 상태라면 우리는 적어도 어떤 상대를 만나도 결코 패하지는 않을 거란 생각이 든다."

문득 우리가 정말 잘했었나 하는 생각이 들었다. 그렇다면 작년의 추계 대회와 올해의 춘계 대회는 우리가 원팀이 아니어서 패했다는 건가? 순간 그렇구나 하는 생각이 스쳤다. 춘계 대회 재연중과의 경기가 떠올랐다.

"이젠 너희가 잘 알고 있는 적벽대전과 축구와의 재미있는 비교를 말하고자 한다. 좀 전에 민한이가 말했듯이 적벽대전은 유비가 촉나라를 세우기 전에 오나라와 손잡고 위나라의 백만 대군을 적벽에서 무너뜨려 승리한 전투다. 아마도 제갈공명의 이름이 본격적으로 널리 알려지게 된 거도 이 전투 때문이었을 게다. 조조의 백만 대군이 장강의 북쪽에 진을 치고 남쪽의 유비와 손권 연합군을 무너뜨리려 할 때 제갈공명과 오나라의 주유는 조조의 대군을 화공으로 공격하기로 한다. 하지만 화공은 바람의 방향을 이용해야 가능하다. 바람이 조조의 군대가 있는 쪽으로 불어야 화공을 할 수 있는데, 바람이 오히려 연합군 쪽으로 불고 있어서 공격이 지연되고 있을 때 제갈공명은 바람의 방향이 잠시 바뀌는 날짜를 파악하고 공격 개시일을 잡는다. 훗날 사람들이 알고 보니 실제 그렇게 바람의 방향이 바뀌는 날들이 있고 그 바람을 무역풍이라고 했다. 그런 바람을 이용해 화공이 시작되었고 조조의 대군은 거의 전멸해 조조도 겨우 도망을 갔다고 한다. 완벽한 승리였지. 우린 여기서 많은 것을 배울 수 있는데 누구 말해 볼 사람?"

잠시 조용했다. 그러다가 민한이 손을 들었다.

"감독님, 제가 생각하기론 조조가 백만 대군을 믿고 방심해서 미처 대비를 하지 않은 게 패인이라 생각합니다."

역시 민한이다. 훈련이 끝난 뒤 잠시의 틈만 있으면 책을 보고 수업 시간에도 열심히 공부하는 민한이는 의견 발표를 할 때도 항상 정확하게 자신의 의견을 말하곤 했었다.

"그래 좋은 지적이다. 조조는 분명 자신의 군대를 믿고 방심했던 게 사실이다. 관도대전에서 원소는 내분에 의해 망했지만 조조는 자신의 군대를 믿고 또 부하들도 잘 따랐지만 적에 대한 방심으로 패한 게 분명하다. 누구 다른 의견 있나?"

"바람이 바뀌는 걸 이용한 거요." 운제였다. "바람이 조조 쪽으로 불지 않았으면 화공이 불가능했잖아요. 어쨌든 바람을 잘 이용했기 때문에 이길 수 있었던 거지요."

감독님이 머리를 끄덕이셨다.

"그래. 정확한 지적이다. 그런데 제갈공명이 이용한 바람은 잠시만 분 것이고 그 외에는 조조가 화공을 하기에 유리한 상황이었는데 왜 조조는 화공을 하지 않았을까?"

감독님이 말씀을 하시면서 운제를 바라보자 운제는 답변을 하지 못하고 눈만 껌벅이고 있었다.

"지금 하는 이야기는 매우 중요하다. 왜냐하면 너희가 축구를 하는 한 앞으로 날씨라는 변수가 항상 작용을 하고 그걸 효과적으로 이용하는 팀은 승리하고 그렇지 않으면 패할 것이기 때문이다. 너희 모두 춘계 대회 16강전을 기억할 것이다. 재연과의 경기였지. 그때 너희는 나름 열심히 한다고 했지만 바람이라는 변수를 생각하지 못했다. 아니 생각은 했지만 그것에 어떻게 대처해야 하는지를 잘 몰랐을 것이다. 그때 첫 번째 골도 아마 롱패스가 바람에 잘려서 역습당한 거고 두 번째 골 또한 코너킥이 바람에 휘어져 들어간 거였지?"

다시 재연중과의 경기가 떠올랐다.

"전반에 불던 바람은 재연의 편이었고 후반엔 우리 편이었다. 그런데 경험이 없는 상태에서 전반전 바람은 재연의 공격력보다 더 매섭게 너희를 몰아쳤고 후반엔 이런 상황을 지켜본 재연이 대비를 잘했다. 재연이 밀집 수비를 통해 바람과 우리의 공격을 막은 건 상대였지만 칭찬할 만한 전술적 선택이었다."

생각해 보니 감독님의 말씀대로였다. 생전 처음 강한 바람을 맞닥뜨린 우리는 허둥지둥하다가 골을 먹었고, 그런 우리의 모습을 전반 내내 지켜본 재연중은 후반에 나름의 대비책을 세우고 경기에 나섰던 것이다.

"조조는 자기의 군사력만 믿고 승부를 했지만 군사력이 약한 연합군은 바람이라는 우군을 잘 이용했지. 거기에 더해 제갈공명은 오랜 시간 관찰을 통해 그 시기에 무역풍이 분다는 것을 알고 이를 이용하는 전술을 세웠고 대승을 하게 되었다. 전술의 승리! 자만의 패배! 이렇게 정리할 수 있지 않을까."

"아!"

우리 모두 한숨을 내쉬었다. 잠시 침묵이 흐르고 감독님은 우리와 각각 눈을 마주치셨다.

"지금은 어떤가? 지금의 날씨는 어떤가?"

"너무 덥습니다. 경기를 뛰면서 흐르는 땀이 한 바가지는 될 겁니다. 도대체 왜 이 더위에 대회를 하는지 잘 모르겠어요. 시원한 가을에 하면 좋을 텐데." 운제가 답변했다.

"그렇다. 여름에 더운 건 당연하고, 가을에 대회를 열고 말고는 대회를 개최하는 쪽에서 결정할 일이다. 우리가 대회를 선택해 참여했기 때문에 계절은 고려 사항이 아니다. 결국은 변수는 날씨이고 핵심은 덥다는 것이다. 적벽대전의 예와 같이 더위는 우리와 상대방에게 똑같이 주어져 있다. 그러면 우리는 더위를 어떻게 우리에게 유리하게 활용할 수 있을까?"

순간 우리는 서로의 얼굴을 둘레둘레 쳐다보기만 했다. 아니 더위를 우리에게 유리하게 활용한다니! 이게 무슨 황당한 말인가? 모두 그런 표정이었다.

옆에 있던 조강유 코치님이 빙그레 웃고 있었다. 정마량 코치님도 여유로운 표정으로 우리의 답변을 기다리고 있었다.

"……."

한참을 뜸들이다가 감독님이 다시 말씀을 시작하셨다.

"더운 것은 너희만의 문제는 아니다. 상대도 덥다. 여기서는 누가 더 더위를 타서 더 많은 땀을 흘리고 그래서 먼저 지치는가가 승패를 결정한다. 그렇다면 체력 싸움을 하는 상황에서 상대 체력을 먼저 소진시키는 팀이 승리하는 게 당연하지 아닐까? 이젠 이해할 수 있나?"

아직 누구도 답변을 하지 못했다. 어렴풋이 느낌으로는 다가오지만 꼭 이거라 답할 수 없는 그런 답답함!

"조 선생, 설명을 좀 하지."

갑자기 감독님이 조쌤을 호출했다.

"네? 선생님이 마저 하시죠. 제가 어떻게 선생님께서 하실 말씀을 대신 하겠습니까."

"아니야. 이건 조 선생이 아이들을 직접 훈련시켰으니까 자세히 설명해 줘."

"네. 그럼 제가 간단히 설명하겠습니다. 혹 제가 부족하거나 잘못 설명하면 말씀해 주십시오."

조쌤이 감독님의 말씀을 이어서 우리들에게 설명하기 시작했다.

"지금까지 감독님과 정 선생님 그리고 내가 여러분에게 계속 강조하고 또 강조한 훈련이 패스였다. 너희들은 지겨웠을지 모르지만, 그리고 아직은 불완전하지만 패스가 어느 정도는 되어 가는 것 같다. 누가 이런 말을 했지. 공은 사람보다 빠르다고. 오늘 경기에서 너희가 느꼈는지는 모르겠지만 선명은 많이 힘들었을 거다. 그것은 너희가 그리 많이 움직이지 않고 계속 패스 게임을 했을 때 상대 선수들 전체가 계속 공이 있는 방향으로 이동하고 또 이동하고, 너희의 패스 속도가 빠르면 거기에 맞추기 위해 빠른 속도로 이동을 해야만 했다. 하지만 상대적으로 너희는 유리한 공간을 선점하고 작은 움직임으로 공을 받을 준비를 할 수 있었다. 그것으로 이미 절반은 이겼던 거다. 후반에 선명의 공수 간격이 벌어지고 지쳐서 계속 공간이 열린 게 그것을 증명한다. 전반에는 체력이 있어 공을 계속 쫓아다녔지만 체력이 떨어지면 공간이 열리는 게 횡패스의 효과다. 과거에는 횡패스를 의미 없는 패스라며 멸시하기도 했지만 현대 축구에서 횡패스는 상대의 공간을 열기 위한 중요한 수단이 된다. 이젠 알겠나?"

순간 모두가 "아, 그렇구나!" 하는 탄성을 내뱉었다. 이젠 감독님과 정 선생님이 빙그레 웃으셨다.

"이젠 이해가 되는 모양일세. 전부 형광등인 줄 알았는데 다행이다. 그렇다. 너희는 패스를 통해 더운 날씨를 우리 편으로 만들었고 상대가 체력을 소진하게 했다. 아마도 선명은 다음 게임을 할 때도 체력에 문제가 발생할 것이다. 이 여름에 체력을 회복하려면 3일 이상을 쉬어야 하는데 대회 일정상 하루 쉬고 경기를 다시 하면 체력이 소진되는 시점이 앞당겨지게 된다. 반대로 너희는 체력에 여유가 있어서 경기를 풀어 가기가 쉬워진다. 다음 경기에서는 상대방도 이미 한 경기를 뛰었으니 비슷한 조건이지만 비교적 너희의 체력이 우세하니 우리가 유리하게 끌고 갈 수 있을 거다. 경기를 하나의 전투라 한다면 대회는 전쟁이라 할 수 있다. 많은 전투를 치르고 최후의 경기에서 승자가 결정되면 그 승자가 전쟁의 승리자, 즉 우승 팀이 되는 것이다. 그 우승팀이 되려면 마지막까지 뛸 수 있는 체력을 보유하고 있어야 한다. 그래서 너희에게 상당한 체력 훈련을 시켰고 패싱 게임을 통해 상대의 체력을 소진시키는 전술을 사용한 것이다. 물론 패싱 게임이 체력 소진만을 목적으로 하는 건 아니다. 오히려 중요한 건 횡으로 종으로 공이 빠르게 돌면 상대가 아무리 수비를 잘하려 해도 공간이 만들어질 수밖에 없다. 상대가 우왕좌왕하는 과정에서 우리는 항상 비워진 공간, 그곳을 두들기는 것이다. 알았나?"

우리 모두가 박수를 치면서 호응을 했다.

"나 역시 너희와 같이 선생님께 축구를 배울 때 이런 시간을 가졌다. 너희는 아마도 다시는 이런 이야기를 듣지 못할 수도 있다. 나 역시 선생님께 이런 이야기를 체계적으로 들은 이후로 다시 들어 보지 못했고 너희 선배들도 그랬을 거다. 하지만 이 이야기를 듣고서 너희가 앞으로 축구를 계속하는 한 선생님의 말씀을 꼭 명심하고 또 명심해야 한다. 선생님, 제가 혹 설명을 잘못한 부분이 있습니까?"

조쌤의 설명은 그렇게 끝났다. 갑자기 생각이 단번에 정리되는 느낌이 들었다.

다시 감독님의 말씀이 이어졌다.

“조 선생이 괜한 이야기를 하는구먼. 잘 들었지? 나보다 조 선생이 말을 더 잘하니 앞으로는 조 선생이 이 강의를 맡지.”

감독님께서 가볍게 웃으시며 분위기를 정리하셨다.

“그렇다. 축구는 상대가 있는 단체 운동이다. 그래서 우리를 생각하는 것도 중요하지만 상대방을 먼저 생각하는 게 더 중요하다. 지피지기면 백전백승이라는 옛말이 있다. 적을 알고 나를 알면 백 번 싸워 백 번 이긴다는 말이지. 제갈공명은 위나라와 오나라의 군대, 자연환경, 그리고 내부 사정 같은 것을 잘 알고 있었기에 위나라의 약점을 파고들어 화공으로 승리했다. 너희도 상대의 약점을 파고들어 이겨야 한다. 더 나아가 상대의 약점이 보이지 않으면 상대를 유인해서 약화시킨 후 공간을 만들고 그곳에 침투해 골을 성공시켜야 한다. 또한 너희는 비록 힘들어도 힘들어 보이지 않게 표정 관리를 해서 상대로 하여금 너희를 두려운 팀으로 느끼도록 만들기도 해야 한다. 이러한 전술과 정신이 결합해야만 전쟁에서의 승리, 즉 대회에서의 우승이 가능하다. 물론 너희 개개인의 전술 수행 능력인 피지컬과 개인기는 당연히 갖추어져 있어야겠지만! 자, 잠깐 쉬었다 하자.”

잠깐 쉬는 동안 감독님과 조쌤의 강의를 정리하기 위해 바깥으로 나왔다. 지금까지의 훈련과 경기 전 전술 지시, 그리고 경기 중에 우리에게 지시한 내용들이 마치 줄을 서듯이 이어졌고 나도 모르게 머리를 끄덕였다. 선오가 다가왔다.

"성원아, 이해가 돼?"

"글쎄, 완전히 다 이해가 되는 건 아니지만 감독님과 조쌤하고 운동하면서 막연히 무언가가 있을 거라 생각한 것들이 정리가 되면서 연결되는 느낌이 들어."

"그래. 나도 이제 어렴풋이 우리가 왜 그런 훈련을 하고 그런 전술로 경기를 했는지 좀 알 것 같아."

다시 감독님의 강의가 시작되었다.

"이젠 이릉대전에 대해 설명을 하고자 한다. 이릉대전은 시작부터 문제가 좀 있었다. 내가 생각하기로 삼국지는 이릉대전을 통해 매우 중요한 어떤 걸 우리에게 알려 주려 한다. 물론 중국의 문화와 우리의 문화가 달라 사실에 대한 평가가 달리 나올 수 있지만 배워야 할 점이 있는 건 분명하다. 이릉대전의 시작은 유비의 의동생 관우 죽음에 대한 복수였다. 물론 소설로 각색된 부분이 많은 삼국지이기에 유비와 관우, 장비의 도원결의를 중요시할 수밖에 없지만 개인적인 복수를 위해 전쟁을 한다는 건 나로서는 잘못된 판단이었다고 본다. 제갈공명도 만류했지만 유비는 관우의 복수를 위해 80만 명의 군사를 이끌고 오나라를 정벌하러 나서고 그 과정에서 무리수를 둔 장비마저 암살당한다. 아마도 시작부터 유비는 전쟁의 지휘자로서 필요한 평정심과 균형을 상실한 상태였을 것이다. 거기에 제갈공명은 촉나라를 지키기 위해 합류하지 못했다. 유비의 분

노를 가라앉히고 전술과 작전을 조율할 냉정한 군사가 없었던 게 문제였다.

초기 전투에서 유비의 촉군은 승승장구하게 된다. 이에 오나라는 육손이라는 장군으로 하여금 방어를 하게 한다. 육손은 무인은 아니지만 뛰어난 지략가였다. 그런데 이 육손의 방어 전술은 정말 배울 가치가 있다. 우리가 축구에서 중요시하는 수비 전술의 핵심이 여기에 있기 때문이다. 육손은 장군들에게 절대 진 밖으로 나가 싸우지 못하도록 했고, 이에 유비는 계속 싸움을 걸었지만 싸우지 않고 지키려고만 하는 오군에게는 어쩔 방법이 없었다. 이러는 사이 80만 대군을 유지하는 데 필요한 식량을 비롯한 보급품이 부족하게 되고 군사들은 뜨거운 날씨로 인해 피로해지고 병이 나기 시작했다. 아무리 초기 전투에서 거듭 승리한 촉군이라 하더라도 결국 육군은 후퇴해 시원한 산 밑으로 이동하고 수군은 장강을 따라 전진하게 된다. 이로 인해 80만 대군은 800리, 그러니까 100리가 40킬로미터니 800리면 400킬로미터, 즉 서울과 부산의 거리만큼 길게 늘어서게 된다. 재범이, 상대팀의 공수 간격이 벌어지면 어떻게 해야 하나?"

"그야 그 사이 공간이 텅텅 비어 있을 거고, 그러면 동료들이 침투해 자유롭게 움직일 수 있을 테니 빠른 패스로 연결하면서 전진해 골을 넣습니다."

재범이의 답변은 명쾌했다.

"그렇다. 아무리 강한 군대라도 분산되어 있으면 힘이 집중되지 않아 규모는 아무런 의미가 없다. 훗날 소련군이 핀란드를 침공했을 때 엄청난 수의 소련군이 핀란드의 산악 지형을 통과하기 위해 길게 늘어서자 핀란드군이 소련군을 분리 공격해 승리를 거둔 장작 패기 전술도 이와 같았다. 이것을 어려운 말로 모티 전술이라고 하지. 하여간 유비군이 길게 늘어서는 바람에 공간이 생기고 분리해 공격할 수 있게 되자 육손은 산 밑의 육군부터 쪼개어 화공으로 공격하기 시작해 유비의 80만 촉군을 전멸시킨다. 유비는 초기의 승리에 도취되어 오나라의 육손을 무시하고 하지 말아야 할 진형을 구축했다. 이에 대해 늦게 보고를 받은 제갈공명은 이렇게 설명했다. 수군은 강을 따라 내려가기는 쉬우나 거슬러 후퇴하기는 어렵고, 산 밑에 진을 치는 건 화공을 받을 수 있어 피해야 하며, 전선을 길게 늘어지게 하는 건 힘을 집중할 수 없으니 필히 촉군이 전멸하게 된다고.

실제로 제갈공명이 간파한 그대로 촉군은 전멸했다. 사실 유비는 의동생인 관우와 장비의 죽음으로 인한 복수심에 불타 전쟁을 일으키지 말아야 할 한여름에 전쟁을 시작했고, 초기의 승리에 취해 급하게 전진하면서 전선을 길게 형성해 힘을 분산했으며 오나라의 지연 전술에 효과적으로 대응하지 못했다. 결국 지휘관 한 사람이 판단을 잘못함으로써 촉군 전체가 전멸하게 된 것이다. 나는 이릉대전을 연구하면서 내가 감독으로 너희들을 지휘하는 한 가능한 한

이런 실수와 오판을 하지 않으려 노력했고 앞으로도 그렇게 할 것이다."

동료들 중 누군가 박수를 쳤고 우리 모두가 함께 박수를 쳤다. 감독님이 손사래를 쳤지만 잠시 박수는 이어졌다.

"그만. 너희들에게 박수를 받으려고 하는 말이 아니다. 지금의 말은 감독으로서의 책임에 대한 거고 두 분 코치 선생님들도 나와 같은 생각일 것이다."

정마량 코치님과 조쌤이 머리를 끄덕이셨다.

"다시, 전선을 늘어뜨리지 말라는 말에 대해 설명하고자 한다. 앞에 장작패기 전술, 즉 모티 전술에 대해 말했다. 그런데 이 전술이 축구 전술의 핵심이란 걸 연구하다 보니 알게 되었다. 누구 포메이션에 대해 설명해 볼 사람?"

"그건 공격과 수비 그리고 미드필더를 어떻게 배치할 것인가를 말하는 것입니다." 민한이가 말했다.

"음, 그래. 맞다. 그럼 그 포메이션엔 어떤 것들이 있나?"

"뭐 4-2-3-1도 있고 4-3-3도 있고, 또 AT마드리드가 쓰는 4-4-2도 있습니다." 이번엔 시운이가 나섰다.

"그래. 그 외엔?"

"……."

잠시 침묵이 흘렀다. 그 침묵은 나와 동료들이 아마 같은 생각이라는 걸 보여 주는 듯했다. 굳이 4-1-4-1을 이야기할 수 있을지 모르지만 감독님이 말씀하시고자 하는 것과는 다른 방향 같았다.

"너희가 배구나 야구를 보면 거의 위치가 고정되어 있다는 걸 알 수 있을 게다. 6인제 배구를 보면 6명의 선수들이 두 줄로 돌아가면서 서브를 넣고 공격과 수비의 임무를 수행한다. 야구도 투수가 있고 포수가 있고 각각의 위치가 주어져 있다. 하지만 축구는 골키퍼 외엔 자리가 정해진 게 없다. 또, 골키퍼라 하더라도 공격에 가세하기 위해 골문을 비우고 상대방 골문 앞에 간다 해서 전혀 문제가 되지 않는다. 그런 관점에서 축구는 한 팀을 11명으로만 규정하고 골키퍼에게는 페널티 에어리어 안에서 손으로 공을 잡거나 터치하는 걸 허용하는 것 말고는 선수들의 위치를 어떻게 해야 한다는 규정이 없다. 물론 오프사이드 규정에 의해 위치적인 제한을 받는다 해도 이것은 하지 말아야 하는 걸 규정할 뿐 어디에 위치해야 하고 무엇을 해야 하는지는 규제하지 않는다. 다시 말하면 11명의 선수를 어떻게 뛰게 할지는 각 팀이 알아서 하는 것이다. 그래서 축구는 더 어렵다. 초기 영국 축구에서는 수비의 개념이 거의 없어 대부분의 선수들이 공격수였고 수비수는 기껏 한두 명이었다는 기록도 있다. 하지만 축구가 발전할수록 수비가 강조되기 시작했고 개인기와 개인 돌파에 의한 공격보다 패스에 의한 연결로 공격하는 패턴이 자리 잡게 되었다. 아무리 개인이 뛰어나다 하더라도 전후반을 혼자서 공을 몰고 다니며 슈팅까지 연결하는 건 불가능했기에 개인의 체력을 효율적으로 쓰고 공격과 수비도 전문적으로 하기 위해 포메이션이라는 게 개발되기 시작했다. 혹시 너희들 중에 한 게임에서 한 선수가 평균 얼마의 시간 동안 공을 소유하는지 아는 사람?"

어? 이건 무슨 질문이지?

"한 10분 정도 되지 않습니까?" 운제였다.

"10분?"

"네. 한 10분은 소유하는 것 같습니다."

"음. 그러면 산수를 좀 해 볼까?"

"먼저 전후반 총 몇 분이지?"

"90분입니다."

"그럼 90분간 너희 몇 명이 뛰고 있지?"

"11명입니다."

"너희만 뛰니?"

"그럼 22명입니다."

"그래. 그럼 단순하게 90분을 22명이 나눠 가지면 몇 분?"

질문을 따라간 운제가 답이 막혔다.

"1인당 4분 정도입니다." 민한이였다.

"그래 1인당 4분 정도지. 그런데 공은 패스나 킥에 의해 계속 구르고 날아다니니 개인당 아마 3분도 소유하지 못할 거야."

갑자기 생각이 멍해졌다. '아닌데'라고 말하고 싶은데 감독님의 계산은 분명히 맞는 계산이라 뭐라 변명을 할 수가 없었다. 황당했다. 나만 그런 게 아니라 동료들 모두 서로를 보며 황당한 표정을 짓고 있었다.

우리가 그토록 체력 훈련을 하고 개인 훈련과 패스 훈련, 그리고 전술 훈련을 하는데 기껏 우리가 공을 소유하는 시간이 3분도 되지 않다니! 1,000미터를 뛰는데 3분 정도 걸리니 우리는 고작 1,000미터를 뛰기 위해 그 많은 훈련을 하는 건가?

감독님이 웃으셨다. 당연히 우리가 그럴 거라 생각하셨는지 잠시 지켜보다 다음 말씀을 이으셨다.

"조금 황당하지. 하지만 분명하다. 이런 사실은 과학적인 통계로 나와 있고 특히 잘하는 팀일수록 개인의 공 소유 시간이 짧고 팀의 소유 시간이 길다는 특징도 있다. 재미있는 통계지."

다시 우리를 보셨다.

"성원아, 네가 원톱인데 90분 동안 얼마나 공을 소유하고 있었다고 생각하니?"

갑자기 나에게 질문이 날아들었다.

"잘 생각해 보지 못해 모르겠는데 감독님 말씀을 듣고 보니 저는 동료들이 연결해 준 공을 바로 슈팅하거나 패스를 하다 보니 거의 소유하는 시간이 없을 것 같습니다."

"그래. 정신 좀 차렸네. 최전방에 있는 공격수가 공을 소유하는 시간이 길면 그 팀은 반드시 패한다. 왜냐하면 공을 소유하는 시간이 길다는 건 최전방 공격수가 슈팅 찬스를 잡지 못해 공을 계속 끌기만 할 뿐 슈팅을 하지 못하고 있다는 말이니까."

얼떨결에 답변했지만 실제로 재범이나 경태는 미드필더이기에 항상 공을 소유하면서 방향 전환을 시도하고 리턴을 받기에 오랜 시간 소유하고 있다는 느낌이 들었다. 감독님의 말씀은 분명히 맞는 말이었다. 좋은 패스가 들어오면 원터치로 방향만 틀어서 골을 넣기도 하고 두세 번의 터치로 슈팅을 하기에 아마도 내가 공을 소유하는 시간은 1분도 되지 않을 것 같은 생각이 들었다.

"나는 축구 포메이션에 대해 공부하면서 이것이 전투에 있어서 보병과 기병의 차이라는 것과 유사함을 알게 되었다. 보병은 말 그대로 걸어 다니면서 전투를 하는 병사고 기병은 말을 타고 다니면서 전투를 하는 병사다. 어떤 차이가 있나?"

또 모두 입을 닫고 있었다. 감독님의 말씀이 워낙 우리의 생각을 넘어가기에 이젠 답변할 자신감을 상실한 듯했다.

"옛날 보병은 갑옷을 입고 방패를 든 채 칼과 창으로 무장해 전투에 임했다. 이러면 얼마나 몸이 무거웠겠냐. 또 걸어서 이동을 하게 되면 쉽게 지치고 하루 종일 걸어도 50킬로미터를 전진하기 어려웠을 것이다. 실제 옛 기록에 의하면 임진왜란 때 왜군이 부산에 상륙해 거침없이 서울까지 오는 데 거의 20일이 소요되었다고 한다. 그 당시 왜군의 장군들은 말을 탔지만 병사들은 대부분이 보병이었기에 걸어서 서울로 와야 했고, 당시 도로로 부산에서 서울까지의 거리가 500킬로미터 정도였으니 매일 25킬로미터를 전진한 셈이지. 물론 중간에 전투가 있어 지체되긴 하였지만. 하여간 반대로 말을 타고 부산에서 서울로 달렸다면 얼마의 시간이 걸렸을까?"

또 이상한 질문이다. 어떤 말씀을 하려는 것일까?

"좋은 말로 달렸다면 아마 하루에 100킬로미터 정도를 달려 5일 정도면 서울에 충분히 도달한다. 물론 말을 탄 기병은 보병에 비해 거의 지치지 않겠지. 그런데 여기서 말을 한 마리만 타지 않고 계속 갈아타면서 달린다면 이틀이면 서울에 당도할 수 있었을 거다. 지친 말을 두고 새로운 말로 바꾸면서 달린다면 말이다. 예전에는 실제로 파발마가 있어서 급하게 지방에서 왕에게 전달할 사항이 있으면 역참이란 곳에서 말을 바꿔 타고 달렸다고 하며, 그때는 부산에서 출발해 이틀이면 한양에 도착했다고 한다. 차이가 많지? 그런데 이것은 너희가 축구를 할 때도 똑같은 현상이 발생한다. 누구 축구장의 길이를 아는 사람?"

"네. 길이는 90에서 120미터, 넓이는 45에서 90미터로 알고 있습니다. 표준은 길이가 105미터, 넓이는 68미터입니다."

역시 민한이다. 우리는 우리가 뛰고 있는 경기장에 대해서도 제대로 알고 있지 못했다.

"그래. 그럼 여기서 누가 가장 빠르지?"

"시운이요."

"선오요."

"성원이요."

감독님께서 질문을 던지자 동료들이 제각각 대답했다.

"그럼 시운이, 네가 공을 몰고 운동장 끝에서 끝까지 가는 데 얼마나 걸릴까?"

이건 또 어떤 의미? 감독님의 질문과 설명은 정신없이 진행되었다.

"그냥 달려도 12, 3초가 걸리니 공을 몰면 한 15초쯤 걸리지 않을까요?"

"그렇지. 그 정도 걸릴 거야. 그럼 우리가 킥을 하면 얼마나 걸릴까?"

아! 감독님의 질문은 저것이었구나.

"너희들도 이미 어느 정도 힘이 붙어 킥을 하면 공을 이쪽 끝에서 저쪽 끝까지 날려 보낼 수는 없어도 공이 중간에 바운드되어 굴러가면 2에서 3초면 충분히 갈 수 있을 것이다. 시운이보다 엄청 빠르지. 이는 마치 보병과 기병의 싸움과 같다. 만일 공을 폭탄이라 하면 보병이 들고 우리 진영에서 상대의 골문으로 뛰어가는 데 걸리는 시간보다 말로 달리면 몇 배나 빠르게 도달할 수 있다. 그럼 당연히 기병이 이기겠지. 포메이션은 기병을 이용하는 건 아니지만 역참 제도처럼 요소요소에 새로운 말을 두고 갈아타는 방법을 이용하면 훨씬 빠를 수 있기에 이 개념을 도입해 발전하게 된 것으로 나는 이해한다. 보병이 폭탄을 들고 뛰기 시작하면 이를 잡기 위해 상대편 군사들이 몰려들고 결국은 뺏기게 되지. 물론 뛰어난 주력과 피하는 기술을 가진 보병은 이를 헤쳐 나갈 수는 있지만 경기장에서는 불가능하다. 너희가 아는 호날두나 메시도 한 명 두 명은 어떻게 제쳐도 겹겹이 쳐진 그물 수비엔 방법이 없다. 하지만 그 폭탄을 기병이 운반하면서 역참에서 계속 말을 바꿔 탄다면 가장 빠르게 거침없이 달려 골문에 다다를 수 있게 된다. 물론 힘도 덜 들이고."

동료들이 고개를 끄덕였다. 나 역시.

"포메이션은 공이라는 폭탄을 상대의 골문에 가장 효과적으로 집어넣기 위한 전술적 배치이자 상대가 폭탄을 우리 골문에 넣는 것을 효과적으로 방어하기 위한 배치이기도 하다. 민한이! 삼국지를 읽었으니 장판교의 장비를 기억하지?"

"네. 조조의 대군을 장판교라는 다리에서 홀로 막아 조조군의 추격을 봉쇄했습니다."

"그래. 그 상황에 대해 장비의 뛰어난 무용담으로만 이해하는 것은 옳지 않다. 왜냐하면 더 중요한 건 장판교이기 때문이다. 장비는 조조의 대군을 막기 위해 강을 건널 수 있는 유일한 다리인 장판교를 막아선 것이고 또 그 장판교는 좁았다. 이는 무엇을 말하는 걸까?"

감독님은 또 우리를 어리둥절하게 하셨다.

"좁은 장판교는 여러 명이 통과할 수 없고 떨어지면 바로 강물이다. 강물은 수비벽이다. 수비수가 촘촘하게 서 있는 벽을 피해 가운데로 공격을 하려 하는데 앞을 누가 가로막는다. 보니 어마어마한 장비! 그 장비와 거의 일대일 싸움을 해야 한다. 그렇다면 당연히 무예가 출중한 장비가 이길 거고 조조군은 한 명씩 계속 희생될 것이다. 그러니 조조군은 어쩔 수 없이 물러설 수밖에 없었다. 탄탄한 수비벽을 쌓고 있으면 어떤 공격도 방어할 수 있다는 의미이고 바로 포메이션의 승리였지."

"포메이션에 대한 이해가 없으면 전술을 이해할 수 없다. 또 우리의 전술도 이해해야 하지만 상대의 전술적 포메이션도 이해하여야 한다. 그래야만 제대로 공격도 하고 수비를 할 수 있다. 알겠나?"

"네!"

모두가 큰 소리로 답했다. 확실하진 않지만 무언가 어렴풋이 포메이션이란 단어가 다가왔다.

"너희도 이미 여러 포메이션을 경험했다. 특히 우리는 4-2-3-1을 주로 사용했지. 그런데 왜 다른 포메이션이 아닌 4-2-3-1을 채택했을까?"

말문이 막혔다. 아니 그건 감독님이 선택한 거고 우린 거기에 따르면 되지 우리가 굳이 그 이유를 알아야 하나? 궁금했다. 그렇지만 동료들 누구도 여기에 답변하지 않았다. 아니 답변할 수 없었을 것이다.

"어렵지. 그래. 매우 어려운 질문이다. 나 역시 오랜 시간 포메이션을 공부했고 지금도 공부하지만 막상 경기에 임하기 전 우리의 포메이션을 결정할 때면 상당한 고민을 하게 된다. 앞에서도 말했지만 포메이션은 우리가 공격하기 위해서도 필요하지만 상대를 수비하기 위해서도 필요하기에 상대의 포메이션과 선수들에 대한 분석을 한 후에야 결정을 할 수 있다. 물론 잘 모르는 팀은 우리가 잘할 수 있는 포메이션으로 먼저 대응한 후 상대의 포메이션과 선수에 따라 변화를 주곤 하지."

순간 경기 중에 감독님이 우리에게 포지션을 변경하라고 지시했던 기억이 떠올랐다.

"자, 지금부터는 포메이션에 대해 설명을 시작하겠다. 잘 들어라. 먼저 수비 대형에 대해 말하겠다. 골키퍼는 일단 논외로 하자. 논외로 하기는 하지만 골키퍼도 수비수이기에 수비 대형을 설명한 후 붙여서 설명하겠다. 선오!"

갑작스레 호명된 선오가 손을 번쩍들며 대답했다.

"네. 저 여기 있습니다."

순간 웃음이 나왔지만 참아야 했다.

"선오의 포지션이 어디지?"

"센터백입니다."

"한글로는?"

"중앙 수비수입니다."

"그래. 선오와 운제가 지금 중앙 수비를 보고 있지. 물론 제원이도 있지만 2학년에서는 너희 둘이 중앙 수비를 맡고 있지. 그럼 중앙 수비수의 역할은 뭔가?"

"상대방 공격수가 골을 넣지 못하도록 방어하는 것입니다."

"그래? 그 답은 절반만 맞다."

선오가 머리를 긁적였다. 이상했다. 나도 초등학교에서 축구를 할 때 중앙 수비를 맡았기 때문에 선오의 답이 맞다 생각했는데 감독님은 절반만 맞다 하시니 말이다.

"선오의 말대로 공격수만 막는다면 뒤의 미드필더나 수비수가 골을 넣는 것은 막지 않겠다는 의미인가? 물론 아니겠지. 그럼 이렇게 생각해 보는 건 어떨까? 선오가 중앙 수비수라고 한 말을 잘 생각해 봐. 중앙을 수비하는 선수라는 의미가 아닌가?"

아! 그렇구나. 감독님의 의중을 조금은 알 것 같았다.

"축구의 방어는 지역 방어와 대인 방어로 나누어진다."

내 예상이 맞았다. 초등학교 때의 감독님이 수비를 알려 주면서 가르쳐 준 내용이다.

"지역 방어는 말 그대로 지역을 방어하는 것이고 대인 방어는 개별 선수를 방어하는 것이다. 지역 방어는 상대의 어떤 선수건 내 지역으로 오면 방어를 하는 방법이다. 그래서 선오는 중앙을 담당하니까 중앙으로 들어오는 어떤 선수건 간에 막아야 한다. 그렇게 생각하면 주선이는 왼쪽으로 들어오는 선수는 누구건 간에 막아야겠지. 성오도 당연히 오른쪽으로 들어오는 선수를 막아야 하고."

동료들이 머리를 끄덕였다.

"방어의 방법에 대해서는 길게 설명하지 않겠다. 이미 너희는 잘 하고 있으니까. 지역 방어는 내가 담당한 지역이 돌파당하지 않으며 내가 담당한 지역에서 상대방을 몰아내는 것이다. 그리고 상대가 실수를 하게 만드어 공을 빼앗는 것이다. 잘 알고 있지?

반면에 대인 방어는 상대 공격수나 미드필더를 우리 팀의 개개인이 담당을 정해 쫓아다니며 방어하는 방법이다. 예전엔 실제 대인 방어가 주된 수비 방법이었다. 예전에는 공격이 단조로웠기 때문에 이러한 수비 방법으로도 가능했었다. 하지만 축구의 부분 전술이 발달해 스위칭이라는 포지션 교체가 사용되면서 대인 방어는 혼란에 빠지게 되었다. 스위칭된 선수를 쫓아가다 보니 우리 선수들끼리 뒤죽박죽이 되었고 이를 극복하기 위해 지역 방어가 만들어졌다. 그리고 지역 방어가 지금은 대세가 되었다. 물론 그렇다고 대인 방어가 전혀 없느냐. 그렇지 않다. 상대방 특정 선수가 실력이 뛰어나다면 그 선수 하나를 우리 팀의 누군가가 전담해 수비하는 게 효과적일 수 있다. 그렇다고 무조건 쫓는 게 아니라 일정 구역 내에 들어오면 대인 방어를 하는 것이다. 이해했지?"

모두가 이해되었다는 듯이 머리를 끄덕였고 힘차게 대답했다.

"우리는 포백의 수비진을 쓴다. 중앙 수비 둘과 좌우 풀백. 그럼 혹 스리백에 대해 들어 본 사람?"

다 손을 들었다. 우린 축구 선수이고 축구에 관심이 많기에 휴일에 좋은 경기가 있으면 보러 다니기도 하고 중계방송을 보기도 한다. 그럴 때면 각자가 맡은 포지션의 선수들만 보는 게 아니라 전체 움직임을 보려고 노력한다. 그러다 보면 해설자나 아나운서가 수비

형태나 포메이션에 대해 설명하는 걸 자주 듣기에 정확하게는 모르지만 형태나 움직임에 대해서는 익숙했다. 그리고 이미 상반기 리그에서 내가 스위퍼가 되어 스리백을 가동한 경험이 있어서 동료들 역시 익숙한 수비 형태였다.

"설명해 볼 사람?"

모두 빠르게 손을 내렸다. 알고는 있지만 감독님 앞에서 자신 있게 설명하는 건 모두 꺼리는 듯했다.

"이젠 너희도 자신 있게 발표할 줄도 알아야 하는데……. 하여간 스리백은 중앙 수비수를 세 명으로 한다는 개념이다. 세 명의 중앙 수비수 중 한 명은 스위퍼고 나머지 두 명은 스토퍼다. 스위퍼는 청소부라는 뜻인데, 두 명의 스토퍼마저 뚫렸을 때 마지막 방어를 하기에 청소한다는 의미에서 스위퍼라고 한다. 그런데 이 스위퍼는 공격 시에는 전진해 공격에 가담하기도 하면서 자유롭게 움직이기 때문에 리베로라는 표현을 쓰기도 하지. 혹시 독일의 베켄바워란 선수를 알지 모르겠다. 그 선수가 있었기에 스위퍼의 역할을 정립할 수 있었고 그 이후로는 그에 버금갈 만한 선수가 없어서 흔히 영원한 리베로라고도 하지. 수비를 할 때는 최종 방어선이 되고 공격을 할 때면 최전방에서 상대를 공략했는데 골도 많이 성공시켜 그야말로 스위퍼의 모델이었다. 그런 스위퍼와는 달리 스토퍼는 말 그대로 상대의 공격을 스톱시키는 역할을 한다. 상대의 공격을 차단하는 역할을 맡는다. 이중의 중앙 수비벽을 쌓는 것이다. 스토퍼에 의한 1차 방어, 그리고 스위퍼에 의한 2차 방어! 성원이, 네가 몇 번 리그에서 스위퍼를 봤지?"

"네."

"그때 너는 공격에는 가담을 하진 않았지?"

"네."

"그런데 왜 공격에 가담하지 않은 거야?"

아니 감독님은 그때 공격에 가담하지 않은 걸 왜 지금 말씀하시지. 그때 경기 중에는 아무 말씀도 없으셨던 것으로 기억하는데.

"네. 그때는 미드필더와 수비 라인이 호흡이 좋지 않아 올라갈 수 없었습니다."

"그래. 미드필더와 수비 라인이 좋지 않았다! 무엇이 좋지 않았다는 거지?"

아차. 잘못 말했다.

"아닙니다. 제가 잘못 말씀을 드렸습니다."

그런데 감독님의 표정이 바뀌셨다.

"성원아. 내가 묻는 것은 수비 라인에 무엇이 문제였던가를 묻고 있는 거야. 네가 느끼고 생각하고 있는 그대로."

순간 내가 큰 실수를 했다고 판단했고 어떻게 이것을 모면할 것인지를 생각했다. 그러나 감독님의 다음 말씀은 나의 예상을 완전히 빗나갔다.

"성원아. 내가 묻는 것은 수비 라인의 문제를 묻는 거야. 선배들이란 걸 떠나서 문제를 말해 봐."

"……."

어떻게 선배들의 문제를 말하나. 이건 아닌데. 괜히 나 때문에 선배들에게 좋지 않은 일이 있을 것 같아 더더욱 말을 할 수 없었다.

"성원아. 네가 말을 하지 않으면 물론 네 선배들은 편할 수도 있겠지. 하지만 네가 문제점을 말하지 않으면 선배들은 문제를 수정하지 못하고 앞으로 계속 문제가 발생하게 된다. 네가 문제를 말하지 않는 게 거꾸로 네 선배들을 망치게 할 수도 있다."

감독님의 말씀을 들으면서 잠깐 생각을 했다. 그럴 수도 있겠구나. 잘못이 있으면 고쳐야지. 아니 그렇다고 하더라도 선배들의 꾸지람이 걱정도 되었다. 하지만 문제를 말하는 것이 옳다는 생각이 들었다.

"감독님. 선배는 속도가 느리지만 힘이 있고 제원이는 속도가 있지만 수비하는 방법에 문제가 있다고 생각했었습니다. 두 사람의 호흡이 맞아야 하는데 맞지 않아 공간을 열어 주는 상황이 자주 발생했습니다."

감독님이 잠시 말씀을 멈추셨다. 이윽고 모두에게 물으셨다.

"누구 다른 의견 없나?"

모두 조용히 감독님만 바라보았다.

"포백에서 두 명의 중앙 수비는 커맨더와 스토퍼로 나뉜다. 커맨더는 스리백의 스위퍼와 비슷한 역할을 하게 되지. 스리백에서는 두 명의 스토퍼가 있지만 스리백은 한명의 스토퍼를 두기 때문에 상대적으로 중앙 수비가 부족할 수 있고, 이런 부족함을 좌우의 풀백과 볼란치가 보완해 주어야 한다. 스리백에서 두 명의 좌우 윙백이 내려서면 파이브 백의 형태로 전환하게 되고 거의 공간이 만들어지지 않게 된다. 하지만 이러한 파이브 백도 미드필더 라인과 간격이 벌어지면 의미가 없다. 간격이 벌어지면 한 줄 수비가 되고 그럴 경우 상대가 한 줄만 돌파하면 골키퍼와 1:1 상황에 처하게 된다. 너희가 말을 하진 않지만 우리의 포백 수비 라인에 문제가 있음이 노출되었다. 성원이가 본 것이 거의 맞다고 할 수 있다. 하지만 더 정확하게 문제를 지적하면 우리는 협력 수비가 되지 않았다는 거다. 간격이 벌어졌고 상대가 침투해도 밀어내질 않았다. 모두가 공격만을 생각해 전진하다 보니 역습 시에 발 빠른 상대 공격수가 침투해 오면 번번이 당하게 되었다. 그리고 이것이 알려지면서 우리와 경기를 하는 팀들은 선수비 후역습 또는 좌우의 빠른 윙어에 의한 돌파를 시도했다. 그래서 리베로 경험이 있는 성원이를 스위퍼로 하는 스리백을 구사하게 되었던 거다."

감독님이 긴 설명을 마치고 물을 마시면서 우리를 둘러보았다.

"선배들의 실수를 감춰 주는 게 좋을 수도 있지만 그것이 문제가 될 소지가 있으면 빨리 공개하고 고치도록 노력해야 한다. 만일 그것에 대해 선배들이 문제를 제기한다면 그 선배는 축구를 할 자격이 없고 개인 스스로도 발전을 포기한 거라고 할 수 있다."

갑작스레 감독님의 표정이 굳어졌다.

"하나의 문제가 팀 전체에 해를 끼치면 그 문제는 제거되어야 한다. 너희는 제갈공명이 그토록 아꼈던 마속이라는 장수가 자기의 그릇된 판단으로 촉나라에 위기를 가져왔음에도 불구하고 이를 인정하지 않자 그를 사형에 처했던 일을 기억할 것이다. 그때의 일을 읍참마속이라 하지. 이는 아무리 중요한 사람이라 할지라도 팀의 화합에 해를 끼치면 제거해야 한다는 의미다. 그래서 나는 너희가 원팀이 되는 데 방해가 되는 걸 첫 번째로 제거할 작정이다. 병을 키우면 자칫 우리의 팀워크와 원팀이 위험할 수도 있기 때문에 차라리 지금 조금 아픈 게 낫다. 알았나?"

"네."

"다시 수비 라인에 대해 설명하도록 하지. 포백은 네 명의 수비수가 일자로 서게 된다. 반면에 스리백에서는 스위퍼가 스토퍼의 뒤에 서는 게 일반적이다. 지금 너희는 운제와 선오가 중앙을 담당하고 주선이와 성오가 각각 좌우를 담당하고 있지. 그리고 나는 수비 훈련을 할 때 항상 라인을 보라고 주문한다. 이유는? 주선이!"

"네. 상대에게 뒷공간을 내주지 않고 미드필더와의 간격을 유지해 상대 공격을 효과적으로 방어하기 위해서입니다."

"잘 알고 있군. 너희도 잘 알고 있겠지만 오프사이드라는 규칙은 축구의 신사다움을 확보해 주는 역할을 한다. 최소 두 명의 수비수를 보장하는 규정은 매우 신사적이다. 오프사이드 규칙이 없다면 아마 공격수 몇 명은 항상 골키퍼 앞에 진을 치게 되겠지. 그렇게 되면 축구가 얼마나 재미없어지겠니? 그 두 명의 수비수 중 한 명은 골키퍼이다 보니 수비수 중 나머지 한 명을 어떻게 배치하느냐가 중요하겠지. 그런데 한 명이 아닌 네 명의 수비가 동일한 라인에서 있다면 상대의 공격진은 그 네 명으로 만들어진 라인을 쉽게 넘어서지 못한다. 그것이 오프사이드를 이용한 수비 방법이지. 그런데 이 라인은 누군가 계속 관찰하면서 라인을 유지하게 해 주어야 한다. 만일 한 사람이라도 골키퍼 방향으로 처지게 되면 그만큼 상대 공격수가 오프사이드를 피해 더 깊이 들어올 수 있기 때문이다. 그런 의미에서 주선이의 설명은 정확하다.

또한 미드필더들과의 간격 유지는 매우 중요한 수비 방법이다. 나는 수비 라인과 미드필더 라인을 성과 비교하곤 한다. 4-4-2 진형을 생각해 봐라. 네 명의 수비수와 네 명의 미드필더가 두 줄로 서 있으면 상대 공격수들이 이 방어선을 뚫고 들어오기란 거의 불가능하다. AT마드리드의 4-4-2 진형은 대표적인 질식 수비 라인이다. 1차 방어선인 미드필더를 뚫고 전진하면 최소 두 명의 수비수가 다시 막아서고, 거기에 미드필더까지 합세해 압박을 가하면 아무리 뛰어난 공격수라 해도 움직일 수 없는 상황에 처하게 되다. 그런데 수비 라인과 미드필더의 간격이 벌어지면 그 공간에서 상대 공격수와 미드필더들이 자유롭게 움직일 수 있고, 그렇게 되면 수비의 방어력은 떨어지게 된다. 그래서 좁게 간격을 유지해야 튼

튼한 성이 만들어지는 것이다. 좌우 간격과 앞뒤 간격을 지속적으로 유지하기 위해서는 항상 주변을 봐야 하고 누군가 이런 상황을 통제해야만 한다. 특히 상대가 공을 몰고 다니면 여덟 명 중 누군가 앞으로 나서서 방어하려고 하겠지만 상대 공격수가 자신의 영역을 벗어나 다른 지역으로 이동하면 즉시 자기 자리로 돌아가야 한다. AT마드리드의 경기를 보면 여덟 명의 선수들이 마치 기계처럼 두 줄로 수비하는 것을 볼 수 있고, 또 앞으로 나섰다가도 바로 두 줄 수비로 내려와 맞추는 걸 확인할 수 있다. 이러한 수비를 수행하기 위해서는 오랜 훈련과 동료에 대한 믿음이 있어야 한다. 자기에게 지정된 수비 지역은 결코 내주지 않는다는 책임 의식과 그런 책임 의식이 서로 연결되어 강력한 수비벽을 만들게 되는 것이다, 물론 이러한 강력한 수비로 인해 상대적으로 공격력은 약화되는 경향이 있다. 하지만 전방에 위치한 두 명의 공격수가 빠르다면 좋은 결과를 만들 수도 있다. 너희가 알고 있는 AT마드리드의 그리즈만이 대표적인 선수지. 역습이 시작되면 총알처럼 상대 진영으로 침투해 골을 넣곤 하지.

다시 수비로 돌아가자. 좀 전에 누군가 이런 상황을 통제해야 한다고 말했다. 그럼 누가 이런 상황을 통제해야 할까? 이럴 때는 중앙 수비수 중 커맨더가 가능하면 전체 라인을 조정하는 게 좋다. 왜냐하면 그 자리에서는 전체 라인이 가장 잘 보이기 때문이다. 이해되나? 그래서 운제가 그 역할을 하고 있는 것이다. 물론 우리가

4-4-2를 쓰는 상황은 아니지만. 그런 의미에서 오늘 운제의 수비 라인 조율은 아주 훌륭했다. 이쯤에서는 박수를 쳐 주어야지."

동료들이 운제를 보며 박수를 쳐 주자 운제는 머쓱한 듯 머리를 긁적이며 두 손을 들어 감사를 표시했다.

"너희도 뛰어 봐서 알겠지만 오늘처럼 더운 날 자기 포지션을 소화하기도 어려운데 수비 라인을 관리하면서 계속 파이팅을 외치는 운제는 주장으로서의 역할도 잘해 주었다. 다만 아쉬운 점은 좀 더 빨리 좀 더 안전하게 공을 처리하면 좋았을 것이다. 공을 끌다 보면 항상 위험이 다가온다. 그래서 수비 라인에서는 가능한 한 빠르게 공을 미드필더나 공격진에게 보내야 한다. 골은 넣는 것도 중요하지만 지지 않도록 골을 먹지 않는 게 더욱 중요하다. 그래서 축구의 명언 중에 '공격이 좋으면 게임을 이길 수 있지만 수비가 좋으면 대회를 승리할 수 있다'라는 말이 있다. 알고 있지?"

그래. 그 말은 초등학교 때도 들었던 말이다. 그때도 감독님은 포워드인 나를 중앙 수비수로 전환하면서 팀을 위한 선택이라 했다. 처음엔 좀 아니었지만 그때도 스리백의 스위퍼를 보았고 덕분에 전국대회를 두 번 우승할 수 있었다. 기억으로는 내가 수비로 내려갔을 때 친구들이 나를 믿고 공격할 수 있었다고 했고 실제로 우린 뛰어난 공격력을 자랑하진 않았지만 쉽게 지는 팀은 아니었다.

"우리가 포백을 선택한 건 중앙 수비와 좌우 풀백과 더블 볼란치의 협력 수비가 잘 이뤄지기 때문이었다. 따라서 앞으로 누가 이 자리에 들어가든 운제의 컨트롤에 따라야 한다. 또, 운제와 교체로 누군가가 들어간다면 그 역할을 수행해야 한다. 그리고 이런 4백 2미드필더의 형태는 언제든 필요하면 응용할 수 있어야 한다. 왜냐하면 우리가 강팀과 맞붙었을 때 한 골 차의 승리를 유지하려면 양쪽 윙어가 미드필더로 내려서며 4미드필더로 전환해 수비벽인 성을 구축해야 하기 때문이다. 그래서 최근에는 4-4-2 포메이션은 흔하게 볼 수 있는 유형은 아니고 대개 승리를 지키고자 할 때 양쪽 윙어를 미드필더 자원과 교체해 기존에 쓰던 포메이션에서 전환해 이용하곤 한다.

이젠 미드필더에 대해 생각해 보자. 미드필더를 정의하기는 힘들다. 하는 일이 너무 많아서 할 일을 늘어놓으면 복잡하니 그냥 공격과 수비 사이에서 연결도 하고 공격도 하고 수비도 하는 포지션이 미드필더라고 표현하는 게 맞을 수도 있다. 하지만 미드필더는 그 정도 표현보다 더 중요한 역할을 한다. 공수의 완급을 조율하고 다양한 공격 루트를 창조하기도 한다. 여기에 좀 더 역할을 구분해 수비형 미드필더와 공격형 미드필더로 구분하기도 한다. 좀 더 치중해야 하는 역할을 앞에 붙여 준 거지. 수비형 미드필더는 주로 중앙수비 앞에서 1차로 방어를 하면서 공격으로 전환할 때는 시발점이 된다. 지금 재범이와 경태가 주로 서는 포지션이지. 말 그대로 둘은 상대의 공격을 막아야 하고 공을 탈취하든 포백에게서 공을 받건 간에 공격으로 연결하고 또 공격에 적극 가담하기도 해야 한다.

중앙 수비 앞에 있지만 상대가 측면 공격을 하면 적극적으로 측면 수비에 가담해 상대가 중앙으로 진입하지 못하도록 밀어내기도 해야 한다. 4-2-3-1이나 4-1-4-1에서 2와 1에 해당하는 선수가 수비형 미드필더인 볼란치다. 누구는 더블 볼란치를 수비에 치중하는 홀딩 볼란치와 공격 성향이 높은 앵커 볼란치로 구분하기도 하는데, 글쎄 나는 그렇게 운영하지는 않는다. 하지만 상황에 따라 하나가 좀 더 밑으로 내려와 중앙 수비 사이에 서면 자연스레 스리백이 형성되고 수비에 치중하는 모습을 보이기도 한다. 하지만 때로는 상대의 압박이 심할 때 안전하게 빌드업을 하기 위해 그렇게 하는 경우도 있다. 들어 봤을지 모르겠는데 축구 용어 중에 라볼피아나란 용어가 있다. 얼핏 보면 포백에서 스리백으로 전환하는 것 같지만 그것은 수비형 미드필더가 안전하게 공을 소유해 전방으로 공을 배급하고자 하는 목적으로 사용된다. 이 경우에 상대방이 우리 수비형 미드필더를 압박하기 위해 다가오면 상대의 중원이 길게 늘어지게 되므로 우리의 미드필더와 공격수들이 중원을 장악할 수 있게 된다. 그런데 이런 상황에서 중원을 장악하지 못하면 오히려 우리의 라인이 길어지고 간격이 벌어지게 되어 우리가 위험에 처하게 된다. 이해가 되나?"

점점 어려워지고 있다. 그러다 감독님이 마커를 잡으셨고 화이트보드에 그림을 그리기 시작했다. 4-2-3-1 포메이션이 그려졌다.

"자, 여기 수비형 미드필더가 있고 그 위에 공격형 미드필더가 있다. 우리는 세 명의 미드필더가 있지. 물론 4-3-3 진형에서도 세 명의 미드필더가 있다. 하지만 4-2-3-1 진형에서의 공격형 미드필더, 즉 공미는 좌우의 윙포워드와 비슷한 위치에 있게 된다. 여기에서 공미는 수미에서 올라온 공을 앞의 원톱 스트라이커나 좌우 윙포워드에게 전달하기도 하고 필요에 따라서는 직접 공격을 하기도 한다. 하지만 주된 역할은 수비와 공격을 이어 주는 역할이다. 수미에서 시작된 빌드업이 공미를 통해 최종 공격으로 이어진다. 잘 보면 4-2-3-1 진형은 마치 화살처럼 보인다. 원톱은 화살촉의 앞부분, 윙포워드는 화살촉의 뒷부분, 그리고 공미·수미·중앙 수비가 화살대를 이룬다. 좌우 풀백은 화살 깃의 모양이다. 그런데 실제로 좌우 풀백의 오버래핑에 의해 전체 화살의 방향이 바뀌는 걸 보면 내 비유가 맞을 것이다. 그리고 이 진형에서는 화살촉으로 힘이 몰려야 한다. 화살을 쏘았는데 화살촉으로 힘이 몰리지 않으면 화살은 목표물을 뚫을 수 없다. 그리고 흔들린다. 그래서 원톱은 뛰어난 피지컬을 갖고 있어야 하고 몸싸움에도 능해야 한다. 상대방을 등진 상태로 공미나 윙포워드와 2:1 패스로 공격 길을 여는 역할도 하게 된다. 이렇게 보면 4-2-3-1 진형은 상당히 수비적인 구조라고도 할 수 있다. 그런데 이 진형은 또한 결정적인 약점을 갖고 있기도 하다. 원톱과 중앙 수비 간의 길이가 늘어지게 되면 힘을 쓸 수 없고 그 사이에 상대가 침투하면 길이 막혀 공격과 수비 양쪽 다 어려워진다는 문제가 있다. 그래서 조 선생이나 내가 계속 수비 라인을 올리라고 주문하는 것이다. 공격이 전개될 때 공수 간의 간격이 벌어지면 공격진이 고립되고 숫자의 우위에 있는 상대에게 당할 수밖에 없다. 그래서 수비 라인이 올라가 공격을 적극적으로 뒷받침해야 한다. 이건 앞에서 이릉대전을 설명하면서 이미 알려 주었던 부분이다."

머릿속이 정리가 되고 있었다. 경기 중에 왜 감독님과 조쌤이 그렇게 지시를 했는지 이해가 되고 있었다.

"4-2-3-1이 좋은 진형인 건 너희들의 재능이 좋다면 경기 중에 수시로 진형을 바꿀 수가 있다는 점이다. 자 여길 봐라."

감독님은 화이트보드에 그려진 좌우 윙포워드를 지우고 수비형 미드필더 옆으로 자리를 내렸다. 바로 4-4-1-1의 형태가 되고 공격형 미드필더를 원톱의 자리 비슷하게 올리자 4-4-2가 만들어졌다. 다시 4-2-3-1로 만들고 공격형 미드필더와 원톱을 내리자 4-3-3으로 전환되었다.

"우리가 앞으로 경기를 해야 할 팀들은 우리가 잘 모르는 팀이 대부분이다. 또 안다 해도 매년 신입생이 들어오고 졸업생이 있어서 계속 선수들이 바뀌기 때문에 우린 항상 변화된 상대방에 따라 변화할 수 있어야 한다. 그러기 위해서 너희는 최소한 두 개의 포지션을 소화할 수 있는 능력, 멀티 포지션을 가져야 한다."

그래서 그러셨구나! 지금까지 경기 때마다 우리에게 경기 중에도 포지션 변경을 하고 위치를 수정했던 게 이런 이유였구나.

"4-3-3 진형은 너희가 잘 모르겠지만 충차와 비슷한 진형이다. 충차는 예전에 성문을 부수기 위해 만들어졌는데 거대한 통나무를 마차 위에 실어 놓은 모양이다. 이런 충차를 밀어 상대의 성문을 부수고 성을 점령한다. 이 충차는 엄청난 무게로 인해 전후좌우의 밸런스가 맞아야 정확한 방향으로 나아갈 수 있다. 이렇게 밸런스가 잘 맞기만 하면 충차는 가공할 위력을 갖게 되지. 4-3-3은 네 명의 수비 라인과 세 명의 미드필더, 그리고 세 명의 공격 라인이 공간을 점유하며 지속적인 패스를 통해 밸런스를 유지하다가 상대의 틈이 벌어지면 곧 바로 골문을 향해 돌진한다는 특징을 갖고 있다. 공간 확보와 패스를 통해 상대를 무너뜨리는 진형이고 그래서 상당히 수준 높은 선수들을 보유한 팀에서 많이 사용한다. 너희가 잘 알고 있는 레알마드리드나 바르셀로나가 주로 이러한 진형을 사용한다. 잘 알고 있지?"

"네."

"물론 너희들도 이 진형을 사용할 수 있다. 하지만 이 진형을 사용하려면 너희의 패스 속도와 정확성이 지금보다 좀 더 향상되어야 하고 거기에 더해 너희가 공간 확보에 대한 감각을 가져야 한다. 언젠가는 써 볼 때가 있겠지."

감독님은 많은 말씀을 하셔서 그랬는지 지쳐 보였다. 이윽고 마무리 발언을 하시며 길고 긴 강의를 끝내셨다.

"오늘은 여기까지 한다. 너희에게 필요한 이론은 얼추 절반은 한 것 같다. 너희들 중 누구는 왜 오늘 이야기를 빨리 해 주지 않았냐고 할 수 있다. 하지만 거기에 대해 이런 이야기로 마치고자 한다. 전에 책 한 권을 선물 받았는데 그 내용 중에 '고통의 진화'라는 어려운 말이 있었다. 말은 어렵지만 단순한 내용이다. 사람이 고통을 당하면 이를 이겨 내고자 하는 간절함을 갖게 되고, 그래서 방법을 찾아 이겨 내고 그러면서 진화한다는 내용이었지. 너희가 작년 여름 그리고 올 춘계 대회에서 고통스러워 했고 그 과정에서 승리에 대한, 또 우승에 대한 간절함이 있음을 확인했다. 그 간절함을 이루기 위해 체력 훈련의 고통을 이겨 내고 반복 훈련의 고단함을 이겨 내며 여기 이 자리에 왔고 오늘 좋은 내용의 경기를 보여 주었다. 그래서 오늘 너희들에게 이 이야기를 들려주게 되었다. 많은 도움이 되기를 바란다."

하늘을 보았다. 제천의 하늘은 맑았고 수많은 별들과 은하수도 보였다. 그리고 이제까지 보지 못했던 '축구'가 보이기 시작했다.

동료들이 자리에서 일어나 하나둘 흩어지고 있었지만 감독님과 조쌤이 들려준 많은 이야기들을 정리하려고 천천히 바깥으로 걸어 나갔다. 생각을 하고 싶었다. 그동안 막연하게 축구를 운동이라고만 생각해 왔는데 내가 하고 있는 축구란 게 이렇게 많은 걸 내포하고 있었다니, 아직 알아야 할 내용이 이렇게나 많다니 그동안 난 얼마나 축구를 잘못 알고 있었다는 건가. 그저 동료가 패스해 준 공을 상대의 골문에 넣는 게 전부라고 생각했던 나의 어리석음이여!

예선 통과

다음날 아침 예선 두 번째인 광주중과의 경기를 준비하기 위해 아침부터 부산을 떨었다. 오전 10시 경기라 이른 아침을 먹고 소화를 시킨 후 몸을 풀어야 했기에 조쌤이 아침부터 서두르라고 방마다 다니면서 재촉을 했다. 나는 선명중과의 경기에서 다시 부상을 당해 조금은 여유를 갖고 동료들이 준비하는 걸 도와주었다. 8시 조금 지나 곧바로 숙소에서 내려가 대기하고 있던 버스에 올랐다.

“야, 어제 감독님 말씀 대단하지 않았어?”

운제였다. 주장으로서 늘 파이팅 넘치고 재밌는 말을 많이 했기에 분위기를 잡는 데는 일가견이 있었다.

“맞아. 그런데 감독님이 책을 많이 보시나 봐. 나도 삼국지를 많이 읽었는데 감독님께서 말씀하시는 내용들은 이제까지 한 번도 생각해 보지 못한 것들이야.”

민한이가 거들었다. 민한이가 우리들 중 가장 공부도 잘하고 책을 끼고 살기에 감독님 말씀을 잘 알고 있었으리라 생각했는데 그렇지는 않았던 모양이다.

"그런데 왜 골키퍼에 대해서는 다음에 말씀하신다 하고 얘기 안 하셨지? 아쉽네."

재건이가 어제 감독님이 골키퍼의 수비 역할에 대해 말씀을 미룬 것이 아쉬운 듯 대화에 끼어들었다.

"자, 다 탔으면 출발한다."

조쌤이 우리 인원을 체크하고 운전대를 잡은 정 선생님이 들으시라고 일부러 큰 소리로 말씀하셨다.

8시 반을 조금 넘은 시간이었지만 이미 바깥은 열기가 올라오기 시작했다. 나는 발목 밑으로 밴딩을 하고 있었기에 몸을 풀지는 않고 그늘에서 동료들의 몸풀기를 지켜보았다.

가벼운 달리기로 몸을 예열하고는 바로 패스 훈련에 돌입했다. 어제 감독님의 말씀이 생각나 유심히 동료들의 패스 훈련을 지켜보는데 동료들의 훈련 태도부터가 바뀐 걸 느낄 수 있었다. 전에는 별 생각 없이 훈련을 소화하는 경향이 많았는데 오늘 패스 훈련은 불을 뿜고 있었다. 실수를 하면 바깥으로 나가야 하는데 동료들이 바깥으로 나가지 않으려 애쓰는 모습이 눈에 확연히 들어왔다. 움직임이 빨라졌고 패스의 속도도 높아진 것 같았다. 달라졌다. 곧이어 롱패스와 슈팅 훈련이 이어졌고 시간은 빠르게 10시를 향해 가고 있었다.

“우리는 전 경기와 같이 인성이가 원톱을 서고 밑에 재선이, 그리고 좌우에 민한이와 시운이, 수비형 미드필더에 경태와 재범이, 센터백 운제와 선오, 그리고 좌우 풀백에 주선이와 성오, 골키퍼는 재건이가 선발이다. 광주중의 게임을 보니 피지컬도 좋고 기술도 있어 보인다. 하지만 어제도 말했듯이 여름 경기는 날씨와의 싸움이다. 상대방이 뛰어다니도록 빠른 패스를 유지하고 가능한 한 너희는 뛰는 양을 줄여라. 그렇다고 뛰지 말라는 말이 아닌 줄은 너희가 더 잘 알겠고, 수비는 협력 수비를 유지해라. 상대팀 양 윙어가 제법 속도가 있다. 재범이와 경태는 절대 물러서지 말고 하프 라인 위에서 경기를 풀어라. 그리고 하나 더. 여름의 뜨거운 날씨에선 공의 속도가 빨라진다. 축구공의 내부 공기도 팽창하고 더위로 인해 공기가 가벼워지기 때문에 킥을 하면 공이 뜨거나 필요 이상으로 멀리 가니까 힘 조절이 필요하다. 이상.”

감독님의 지시는 늘 간결했다. 그것은 세부 사항을 조쌤에게 맡긴다는 의미이기도 했다.

“감독님께서 포지션에 대해서는 말씀을 하셨고 그럼 이제 작전을 설명하겠다. 광주는 양 윙어에 의한 측면 돌파가 주된 공격 루트다. 윙어의 속도가 빠르고 나름 기술도 좀 있는 것 같다. 수비의 피지컬도 좋다. 다만 속도가 느리다는 단점이 있다. 자 그러면 어떻게 공략을 할까?”

"광주가 양쪽 윙어가 빠르다면 우린 저와 경태 그리고 재범이와 성오가 협력 수비로 봉쇄하면 될 것 같은데요." 주선이였다.

"그래. 그럼 그렇게 해. 다만 절대 센터링이나 크로스를 하지 못하게 해야 해. 알았어?"

"네."

네 명이 동시에 대답했다. 이럴 땐 늘 우리가 군인 같다는 느낌을 받는다.

"그럼 공격은 어떻게 할 거야?"

"인성이랑 재선이가 중앙 수비를 끌고 다니고 시운이와 민한이가 그 공간을 침투하는 건 어떨까요?" 경태였다.

"그래도 되지만 중앙 수비를 인성이가 좌우로 끌면 재선이와 우리가 2:1로 침투하는 것도 좋을 것 같은데요." 재범이다.

"시운이와 민한은 좌우 풀백을 흔들고 중앙 공격으로 간다. 그렇게 하려면 재선이가 시운이와 민한이에게 리턴패스로 풀백이 좌우로 빠지게 한 후 들어간다. 인성이는 중앙 수비를 막는다. 알았나?"

"네."

자신감 있는 대답이었다.

광주중은 수비 라인으로 내려섰다. 거의 4-5-1의 진형으로 좌우 윙어까지 미드필드로 내려간 수비로 하프 라인을 쉽게 넘어서지 않았다. 우리가 밀고 올라가는 것까지는 가능한데 그 다음이 어려웠다. 재범이와 경태의 패스는 번번이 수비 라인에 걸렸고 좁은 공간의 밀집 수비는 동료들의 침투를 허용하지 않고 있었다. 몇 번의 역습이 있었지만 협력 수비로 충분하게 방어할 수 있었지만 수비보다는 공격이 문제였다. 전반전은 그렇게 끝이 났다. 이미 날씨는 움직이지 않아도 땀이 날 만큼 뜨거웠고 동료들이 지친 모습으로 들어오고 있어서 물수건과 물병을 건네주었다.

"뭔 수비가 구멍이 없네."

경태가 물수건을 받아 들며 짜증 섞인 말을 던졌다. 그러자 다른 동료들도 한마디씩 거들면서 분위기가 가라앉았다. 조쌤이 앞으로 나서자 동료들이 조쌤을 중심으로 빙 둘러앉았고 감독님이 중앙에 서셨다.

"수고들 했다. 그런데 상대가 그렇게 내려섰는데 계속 몰아치기만 하나? 우리가 올라오려는 상대를 누르는 것과 상대가 스스로 내려앉는 상황은 다르다. 상대가 우리에 대해 이미 파악하고 내려선다는 건 우리 공격에 대해 이미 방어할 준비를 했다는 것이지. 이릉대전을 생각해 봐라. 자칫 우리가 먼저 지칠 수 있다. 이럴 때는 오히려 우리가 조금 물러서 상대가 진을 풀고 올라와 공간이 만들어지도록 해야 한다. 재범이와 경태는 조금 내려서고 여유를 가지고 공을 돌려라. 그러다 공간이 생기면 들어가고 광주가 내려서면 다시 물러서서 공간을 만든다. 그리고 미드필더진에서 아니다 싶으면 운제에게 공을 주고 상대가 올라오면 운제가 롱 킥으로 시운이와 민한이를 겨냥한다. 조 선생!"

감독님의 지시를 이젠 정확하게 이해할 수 있었다. 어제의 강의가 이렇게 실전에 적용되고 있었다. 감독님이 자리를 비켰다.

“만만치 않지? 저렇게 내려서면 어렵긴 하다. 하지만 감독님이 지시한 것처럼 공간이 없으면 우리가 공간을 만들어야 한다. 자칫 그 상태에서 계속 두들기다간 우리가 지치고 역습에 당할 수 있다. 특히 윙어들이 뛰지 않는 게 후반에 역습하기 위해 힘을 비축하는 것이 아닌가 싶다. 수비는 이 부분을 특히 주의해라. 그리고 경태와 재범이는 뒤로 물러나 공을 안전하게 돌려라. 어쩌면 광주는 무승부가 목표일 수 있다. 그러기에 광주가 진형을 허물고 뛰쳐나오게 만드는 게 관건이다. 필요하면 시운이와 민한이도 내려와라. 상대가 방심하도록 해야 한다. 운제는 좌우 측면을 잘 봐라. 시운이와 민한이가 내려오면 좌우 풀백이 올라올 것이다. 그때 시운이나 민한이를 콜하고 바로 때려라. 그 다음은 어떻게 해야 하는지 잘 알지?”

조쌤의 보충 설명이 이어지고 난 후 동료들은 드러누워 얼굴에 수건을 덮고 잠시 휴식을 취했다.

후반전이 시작되었다. 경태와 재범이는 내려섰고 감독님의 지시에 따라 공을 돌리기 시작했다. 나는 광주중의 움직임을 계속 살폈다. 광주중이 조금씩 전진하는 게 보였고 그러면서 공간이 조금씩 보이기 시작했다. 재범이가 완전히 내려서 운제와 선오 사이에 있고 경태가 그 위에 있었다. 공은 계속 우리가 소유하고 있었고 전후

좌우로 공을 계속 돌리면서 광주가 좀 더 올라오기를, 그리고 그 사이에 공간이 열리기를 기다렸다. 그리고 마침내 광주의 미드필더가 하프 라인을 넘어왔고 재빠르게 경태가 그 공간을 향해 뛰었다. 공은 재범이가 시운이에게 그리고 다시 경태에게 전달되었고 경태는 왼쪽에서 민한이가 뛰는 걸 보고 민한이에게 연결했다. 인성이와 재선이는 중앙에서 상대 수비수들과 자리싸움을 해 주었고 민한이는 그 공간을 파고들었다. 중앙 수비수 중 하나가 민한이를 막기 위해 발을 뻗었고 민한이가 걸려 넘어지는 모습이 마치 슬로우 모션처럼 눈에 다가왔다. 휘슬이 울렸다. 주심이 페널티킥를 찍었다.

경태가 공을 페널티킥 포인트에 놓고 뒤로 물러섰다. 늘 그렇지만 페널티킥이나 승부차기는 부담이었다. 하지만 경태가 자신 있게 출발했고 공은 골키퍼의 슬라이딩 방향과는 반대 골문에 깊숙이 박혔다.

1 : 0

경기장에 있던 동료들이 경태를 둘러싸고 축하했고 우리도 벤치에서 박수를 보냈다.

한 골을 뒤진 광주중은 무승부를 만들기 위해서라도 올라올 수밖에 없을 거라 생각하고 유심히 관찰하던 중 광주중의 벤치에서 올라가라고 지시하는 소리를 들을 수 있었다. 그 지시가 내려지자 광주중의 전체 라인이 올라오기 시작했고 그러자 공격과 미드필더 그리고 수비의 간격이 당연히 벌어졌다. 공간이 생기자 동료들이 적극적으로 침투했고 거기에 맞춰 빠른 속도로 공은 동료들의 발을 따라 구르고 날았다. 공이 한 번 움직일 때마다 광주중 대부분의 선수들이 따라서 움직였고 이런 움직임은 뜨거운 열기와 함께 선수들의 체력을 고갈시키고 있었다.

인성이와 재선이가 광주중 중앙 수비수 앞에서 계속 움직이며 공을 받을 준비를 하고 있었다. 재범이는 성오가 전진하는 걸 보고 그 앞 방향으로 패스했고 이를 받은 성오는 상대 미드필더를 살짝 제치고 오른쪽 사이드라인을 타고 달리는 시운이에게 길게 공을 뿌렸다. 공은 거의 골라인 근처에서 시운이에게 잡혔고 시운이는 지체 없이 중앙으로 공을 보냈다. 재선이였다. 꼭 있어야 할 자리에 있는 재선이의 발에 공이 걸려들었고 재선이는 당연하다는 듯 무심하게 툭 골문 안으로 밀어 넣었다. 골키퍼가 넘어지면서 팔을 뻗었지만 이미 공이 지나간 후였다.

2:0

부모님들의 응원 소리가 높아졌다. 시간이 얼마 남지 않았고 우리는 우리의 패스 게임을 계속 유지했지만 광주중은 실점을 만회하기 위해 거의 킥 앤드 러시로 나왔다. 그것은 오히려 우리가 바라는 상황이었다. 광주중의 진형이 무너지고 선수들은 거친 숨을 내쉬고 있었다. 그리고 거의 후반 마지막 즈음 광주중 골키퍼의 골킥이 재범이의 발에 잡혔다. 동시에 재선이와 인성이가 광주중 수비 라인을 돌아 뛰려 하자 재범이가 재선이 방향으로 길게 공을 패스했고 재선이는 빠른 속도로 공을 낚아채 골키퍼와 1:1 상황을 만들었다. 저건 골이라는 생각이 순간적으로 스칠 때 재선이는 속임 동작으로 골키퍼마저 제치고 가볍게 골문으로 공을 밀어 넣었다.

3:0

팔짱을 낀 감독님의 얼굴에 잠깐 웃음이 스치더니 물을 마시러 터치라인으로 나오는 경태에게 말씀하셨다.

"그만 공 돌려! 전진하시 말고!"

경태가 무슨 의미인지 몰라 머쓱한 표정을 지었다.

"더 이상 몰아치지 말고 그대로 끝내라고."

"아! 네. 알겠습니다."

경태가 감독님 말씀의 의미를 알아차린 것 같았다. 감독님은 세 골 차이 정도면 더 이상의 골은 의미가 없고 오히려 상대에 대한 예의가 아니라는 생각을 가지신 듯했다. 전에도 연습 게임에서 세 골 정도의 차가 발생하면 더 이상의 공격을 자제하고 시간을 끌거나 수비적인 전술(공격진 교체 등)로 전환하셨다. 이런 상황에서는 바로 선수 교체를 하는 게 일반적인데 오늘은 경기가 거의 끝나 가는 상황이라 굳이 교체를 하지 않고 경기를 마칠 생각을 하신 것 같았다.

얼마 후 주심이 휘슬을 불었고 경기는 그렇게 끝이 났다. 우리는 예선 조 1위로 16강 진출을 확정했다. 작년의 추계 대회와 올해의 춘계 대회를 만회할 기회가 다가오고 있었다.

동료들이 광주중 감독님과 코치진에게 인사를 하고 감독님을 중심으로 둘러서자 감독님께서는 가볍게 수고했다는 한마디만 하시고 자리를 뜨셨다. 이어서 조쌤이 동료들에게 경기 후의 스트레칭을 지시했다. 동료들은 목에는 물수건을 걸고 물을 마시면서 벌겋게 달궈진 얼굴과 몸을 식혔고 이어서 축구화를 벗고 경기장 바깥에서 스트레칭을 시작했다. 경기 전의 스트레칭도 중요하지만 경기 후의 스트레칭도 중요하다. 경기 중에는 긴장해서 몰랐던 부상이 스트레칭 중에 발견되기도 하고 스트레칭을 통해 혹사된 몸을 정비하는 것이다. 나와 벤치에 있던 동료들은 계속 물을 나눠 주며 동료들과 눈을 마주쳤다.

정리를 마치고 버스로 이동할 때 부모님들이 환한 표정으로 우리들의 승리를 축하해 주셨다. 부모님들 역시 응원을 하시느라 얼굴에 땀이 흐르고 있었다. 역시 승리는 좋은 것이다.

Knockout stage

저녁 시간에 우리의 16강 상대가 대신중이라고 조쌤이 알려 주었다. 들어보지 못한 팀이었다. 조쌤 역시 한 번도 상대해 보지 못한 팀이고 감독님께서 우리가 경기를 마친 후 이어진 대신중의 경기를 보고 오셨다고 알려 주었다. 그날 저녁은 특별한 일 없이 휴식을 취할 수 있었다. 부상을 입은 발의 부기가 쉽게 가라앉지 않고 있었다.

다음 날 아침식사를 마치고 쉬고 있을 때 운제가 방을 돌며 10시까지 버스에 탑승하라고 알렸다. 다행히 우린 내일 오전 10시 첫 경기로 16강전을 치르게 되었다. 그래서 아마도 감독님은 훈련 시간을 10시에 맞추신 것 같았다. 감독님은 늘 생체 리듬을 말씀하시며 다음 날 경기 시간에 맞춰 훈련을 하도록 했다. 미리 다음 날 경기의 날씨 등을 경험하게 해 적응하도록 하는 것이다. 그리고 대회 기간 중에는 고기류나 기름진 음식을 가능한 한 먹지 않게도 하셨다. 혹시나 있을 배앓이나 식중독 등을 방지하기 위함이었는데, 오랜 기간 대회를 치르면서 얻은 경험이라 하셨다.

훈련은 거의 같은 형태로 진행되었다. 나는 발에 밴딩을 한 상태로 동료들이 훈련하는 경기장 주변을 걷거나 가볍게 뛰는 정도로 몸을 풀었다. 어제보다는 부상 부위가 나아진 것 같았고 통증도 많이 줄었다. 훈련이 거의 끝날 즈음 감독님이 오셨고 조쌤이 동료들의 훈련을 종료하면서 집합을 알렸다.

학부모회 총무님인 재건이 어머님은 늘 우리와 같이 계시며 우릴 챙기셨고 어머님 몇 분도 거의 우리와 생활을 같이하시며 간식이며 세탁 등을 도우셨다. 오늘도 총무님과 어머님 두 분이 함께 물과 음료수를 나르는 걸 보고 내가 따라가 물통을 들자 정색을 하시며 부상자는 그냥 쉬라고 하셨지만 음료수 박스를 나르면서 감독님의 말씀을 들을 수 있었다.

"내일 경기는 골이 나면 적극적인 공격보다 안정되게 공을 돌리며 확실한 찬스가 아니면 체력을 소진하지 마라. 16강전부터는 체력 싸움이 시작된다. 어느 팀이 상대적으로 체력을 비축해 마지막에 힘을 쓰는가에 따라 우승이 결정된다. 우리도 이미 삼일 만에 두 경기를 소화했고 상대팀도 같다. 이미 체력을 많이 소진한 상태다. 그런데 내일 경기에서 전력을 다하고 나면 다음의 8강, 4강, 결승을 장담할 수 없다. 그러므로 내일 경기는 많은 골 차를 생각하지 말고 한 골이라도 먼저 넣으면 가능한 한 공을 돌리며 체력을 아껴라. 그렇다고 어영부영하라는 건 아니고 치치빠빠 하라는 말이다. 칠 때 치고 빠질 땐 확실히 빠져서 공을 돌리며 조절하라는 거다. 알겠나?"

"네."

동료들이 일제히 대답을 했고 전체가 버스로 이동해 숙소로 돌아왔다. 오후에는 아무런 일정 없이 휴식을 취했다.

다음 날 아침 식사 시간이 7시이므로 부지런히 몸을 움직여 동료들과 식당으로 향했다. 감독님은 훈련 전 또는 경기 시작 두 시간 전에 식사를 완료해야만 위에 부담을 주지 않고 충분히 소화가 되어 에너지로 쓸 수 있다며 식사 시간을 정하시곤 했다.

"성원아. 몸이 근질근질하지?"

"그래. 뛰고는 싶은데 발이 아직은 좀 아닌 것 같아서 답답하다."

경태가 묻고 내가 대답했다.

"그런데 우리가 공을 돌리면 대신중 애들이 덤벼들지 않을까? 대신도 지면 탈락인데. 작년에 우리도 엄청 덤볐잖아."

"그랬지. 그런데 생각해 보니까 우리도 그때 엄청 지쳐서 제대로 된 패스도 어려웠던 것 같아. 그땐 엉망진창이었잖아."

"맞아. 그랬던 것 같아. 먼저 골을 먹으면 급하게 움직임만 많아지고 그러면 더운 날씨에 오히려 더 지치는 것 같아. 그러지 않으려면 가능한 빨리 골을 넣고 감독님 말씀대로 체력을 아끼고 대신중 애들을 지치게 하는 게 방법일 거야."

"그렇게 하려면 어찌 되었든 우리가 먼저 골을 넣어야 하잖아. 그러니 초반에 기습으로 빨리 골을 넣고 여유롭게 공을 돌리는 게 좋을 것 같아. 그러다가 상대가 지치면 또 기습하고. 그러면 우리는 체력을 아끼고 걔네들은 엄청 힘들어 할 거야."

버스에서 내리면서 우리를 기다리신 부모님들을 뵐 수 있었다. 부모님들께서는 여름휴가를 우리 경기 일정에 맞춰 잡고 함께 내려오셔서 응원을 하셨고 그중에 아버지와 어머니의 모습도 보였다. 아버지는 내가 부상으로 경기를 뛰지 못하는 걸 못내 아쉬워 하셨지만 어머니는 계속 부상 걱정을 하셨다. 괜찮다고 말씀드려도 더운 날씨에 붕대를 감고 있으니 불편하지 않을까 걱정을 하셨다. 다른 동료들의 부모님들께서도 잠깐 말씀들을 나누며 같이 걸었고 이윽고 우리를 기다리고 있는 경기장으로 들어섰다.

늘 그렇지만 경기장에 들어설 때면 가슴에 울컥한 그 무엇이 올라오곤 한다. 지난번에 이루지 못한 것에 대한 아쉬움, 이번에는 꼭 이기자는 다짐 등이 어우러져 마음을 다지게 만든다. 동료들이 몸을 풀기 시작했고 나는 경기장 주변을 걷기 시작했다. 그러면서 대신중 선수들을 관찰해 보니 피지컬로도 우리에게 앞선다는 느낌은 없었고 오히려 동료들이 우세하다는 생각이 들었다. 아침 9시가 좀 넘은 시간이었지만 제천의 온도는 이미 걷기에도 덥다는 느낌이 들었다.

동료들이 가벼운 달리기를 마치고 패스 훈련을 시작했다. 이미 달리기로 몸이 예열된 상태에서 좁은 공간에서의 패스 훈련은 숨이 막힐 듯이 진행되었고 공은 속도를 붙이면서 계속 돌고 있었다. 조쌤의 목소리도 점차 커지고 동료들의 숨소리도 거칠어지면서 경기 시간은 다가오고 있었다.

경기 초반부터 대신중은 내려섰다. 내려선 팀을 공략하는 건 상대 팀의 수비력에 따라 때론 대단히 어려운 상황을 맞이하곤 한다. 수비력이 강한 팀이 내려서면 공간이 보이지 않고 거기다 거칠게 나오면 공략이 힘들어진다. 대신중이 그랬다. 거의 5-4-1의 포메이션을 구축한 대신중은 예상외로 선수들이 빨랐고 두 줄 수비가 흔들리지 않았다. 특히 센터백은 탄탄해 인성이와 재선이가 몸싸움에서도 고전을 했고 경태와 재범이는 계속 공을 돌리며 공간을 찾았지만 쉽게 전진하지 못하고 있었다. 전반전은 그렇게 끝이 났다.

땀을 흘리며 발갛게 달아오른 얼굴로 들어온 동료들이 물수건을 목에 두르고 땀을 훔치며 둘러서자 감독님이 지문을 던졌다.

"수고들 했다. 수비가 상당히 강하구나. 이럴 땐 어떻게 하는 게 좋지?"

하지만 더위 속에 겨우 숨을 진정시키는 동료들에게 그런 질문이 제대로 들릴 것 같지 않았고 이를 지켜보던 조쌤이 나섰다.

"감독님. 제가 전달하겠습니다."

"그래. 조 코치가 좀 해 봐."

그렇게 조쌤에게 맡겨 놓고 감독님은 뒤쪽으로 물러나셨고 바로 조쌤이 동료들 앞에 섰다.

"비슷한 상황이야. 날은 더워지고 너희도 지치지만 상대는 아마 더 지치지 않았을까? 특히 좌우의 미드필더와 풀백들이 많이 지친 것처럼 보인다. 전체 수비 라인을 하프 라인 밑 우리 영역으로 내리고 상대가 올라오도록 공을 돌린다. 그 상황에서 상대 풀백들이 올라와 공간이 보이면 경태와 재범이는 주선이와 성오가 오버래핑 할 수 있도록 상대편 뒷공간으로 바로 때린다. 당연히 시운이와 민한이는 상대 미드필더를 전진시키기 위해 뒤로 물러서고 주선이, 성오와 비슷한 위치에 서서 중앙 쪽으로 움직여 흔들어라. 그리고 뒷공간으로 공이 뜨면 지체 없이 인성이, 재선이와 함께 중앙으로 들어가 성오와 주선이가 올린 공을 공략해다. 상대는 지쳐 있고 너희도 지쳐 있지만 아마도 너희의 체력이 좀 더 나을 것이고 그 상태라면 충분히 가능하다. 특히 인성이는 바로 헤더를 노리지만 말고 상황에 따라 재선이나 후선에 연결해라. 그리고 문전에서는 간결하게 해라. 슈팅을 아끼지 말고. 알았나?"

중앙의 밀집 수비를 뚫기보다는 사이드를 공략한 다음 크로스를 통한 공격을 주문하고 있었다. 동료들이 머리를 끄덕이면서 대답을 하자 충분히 쉬라면서 조쌤도 자리를 비켰다.

후반전이 시작되었고 우리는 교체 없이 전반전 그대로 동료들이 나섰지만 대신중은 두 명을 교체 투입했다. 대신중 선수들이 많이 지쳐 교체한 게 아닐까 하는 생각이 들었고 그것은 경기가 진행되면서 선수들의 속도와 수비 라인이 무너지는 걸 보고 확인할 수 있었다. 물론 동료들도 지쳐 있었지만 상대 선수들은 공이 움직이는 방향으로 뛰는 것조차 힘들어 하는 모습을 보였다. 그러는 사이 동료들이 조쌤의 지시에 맞춰 좌우 사이드를 공략했고 결국 인성이의 헤더로 결승골이 만들어졌다.

1 : 0

골을 넣은 후 동료들은 굳이 골을 더 넣으려는 움직임보다는 안전하게 공을 돌리면서 빈 공간이 생기면 침투하곤 했다. 그렇게 경기는 종료되었다. 후반 마지막 즈음엔 대신중 선수 중에 경련을 일으키는 선수도 발생해 지연이 되기도 했지만 동료들은 비교적 덜 지친 표정으로 걸어 나왔다. 다들 덤덤한 표정이었지만 관중석 부모님들의 박수와 칭찬에 손을 흔들기도 하면서 걸어 나와 감독님을 중심으로 둘러섰고 나 역시 그 자리에 끼어들었다.

"다들 수고했다. 몸에 이상 있는 사람? 없나? 그럼 스트레칭하고 빨리 휴식을 취해라."

감독님께서 말씀을 마치고 자리를 뜨자 조쌤이 동료들을 데리고 이동해 스트레칭을 한 후 숙소로 돌아갈 수 있었다.

16강의 관문을 통과했다. 하지만 이제부터였다. 우리가 두 번의 추계와 춘계 대회를 겪으면서 넘지 못했던 8강전이 다가오고 있었다. 버스 안은 에어컨이 돌고 있어서 시원했고 더위에 지친 동료들은 하나둘 잠에 빠져들었다. 12시를 넘은 제천의 날씨는 아스팔트에서 아지랑이가 올라오고 나뭇잎마저 더위에 지쳤는지 늘어져 있었다. 경기를 뛰지 않은 나는 옆의 동료들 얼굴을 둘러보았다. 아직도 열기가 가시지 않아 벌겋게 달아오른 얼굴을 보니 오늘 경기가 얼마나 힘들었는지를 알 수 있었다. 상대 선수들이 후반 마지막에 경련을 일으킬 정도였음에도 동료들이 쓰러지지 않고 경기를 마친 게 다행이었지만 지금의 체력으로 하루의 휴식을 취한 후 다시 8강전 경기를 치르는 건 꽤 힘들 거란 생각이 스쳤다. 그리고 내 발의 부상도 어느 정도 가라앉은 것 같아 빨리 경기장으로 돌아가 지금의 동료들처럼 승리의 기쁨을 만끽하고 전투의 흔적 같은 벌건 얼굴로 저렇게 잠들고 싶었다. 선수는 항상 경기장 위에 있어야 하고 또 뛰어야 한다. 뛰지 못하고 벤치에 머물러 있는 건 얼마나 답답한 일인가.

8강전

된장국과 계란프라이가 있는 아침밥을 느긋하게 먹고 산책을 나섰다. 경기 기간 중에는 감독님의 주문에 따라 우린 단순하게 음식을 섭취해야 했다. 소화가 잘되고 배탈 가능성이 없는 음식물 위주로 식사를 했고 이것은 대회를 마칠 때까지 이어졌다. 밥을 먹고 돌아서면 다시 배가 고파지는 우리들에겐 간식이나 군것질마저 통제되는 상황이 답답하고 아쉬웠지만, 대회 기간 중 누구 하나가 배앓이를 하게 되면 단체로 움직이는 우리에게 곧 전염이 되어 팀 전력에 심각한 누수가 있기에 음식물은 간결하게 먹을 수밖에 없었다. 전날의 경기 후유증인지 동료들의 얼굴에 지친 기색이 역력했다. 내가 나서는 걸 보자 주선이와 선오가 따라나섰다.

"어쨌든 8강에는 왔네. 그런데 중래중은 어떤 팀이야? 알어?"

선오가 우리의 8강 상대로 확정된 중래중에 대해 물었지만 나나 주선이도 그 학교에 대해 아는 게 전혀 없어서 멀뚱히 선오의 얼굴을 쳐다보기만 했다. 대개 8강에 올라오는 팀이면 대충 이름을 들어 본 팀인데 중래중은 어디에 있는 학교인지도 알지 못했다.

"조쌤에게 물어보자. 조쌤은 알고 있겠지?"

"그럴 거야. 산책 마치고 물어보자."

나와 주선이가 말을 주고받자 선오도 머리를 끄덕이며 천천히 걸음을 옮겼다.

"너희 체력은 괜찮아?"

동료들이 걱정되어 물었다.

"힘들어. 어제 땀 흘린 게 아마 한 바가지는 될 거야. 끝에 저쪽 애들이 먼저 쓰러져 시간을 벌었기에 망정이지 하마터면 내가 먼저 근육이 올라올 뻔 했어."

주선이는 어제 경기에서 수비와 오버래핑으로 많은 거리를 달리고 스퍼트가 자주 있었던 것을 알기에 그 말의 의미를 이해할 수 있었다. 그리고 은근히 걱정이 되었다. 오늘 중에 충분히 체력이 회복되지 않으면 내일 경기가 꽤 어려울 수 있을 거란 생각이 들었다.

"너희가 체력이 빨리 회복되어야 할 텐데 걱정이다. 내일은 12시 경기잖아. 제일 더울 땐데."

내가 걱정스레 말을 건네자 선오가 힘 있게 답했다.

"회복되겠지. 그리고 우리만 지친 게 아니잖아. 아마 중래중도 우리만큼 아니 우리보다 더 지쳐 있을 거야. 우린 그래도 공을 많이 돌렸잖아."

산책을 마치고 숙소로 돌아오자 동료들 대부분이 방에서 다시 잠을 청하고 있었다. 선오와 주선이도 자기 방을 찾아 들어갔고 나는 좀 더 여유가 있어서 이 방 저 방을 기웃거렸다.

"성원아. 이리 와 봐."

조쌤이었다. 어슬렁거리는 나를 발견한 조쌤이 나를 불렀고 나는 천천히 조쌤에게로 걸어가면서 무슨 일로 나를 부르셨을까 하고 생각했다.

"너는 체력에 여유가 있으니 돌아다니는구나. 그런데 그것도 오늘까지네."

"무슨 말씀이세요. 그럼 내일은 저도 뛰는 겁니까?"

"아마도 내일은 총력전이 될 것 같다. 감독님이 중래중 경기를 보고 오셨는데 쉽지 않은 팀이라 말씀하시더구나."

"감독님께서 쉽지 않다면 상당히 강한 팀이겠네요."

"그래. 공격력은 특별하지 않은데 수비만큼은 단단한 팀이라고 말씀하셨다. 강하게 수비하는 게 아니라 마치 촘촘한 그물을 친 것처럼 우리가 쉽게 돌파하기 어려운 팀이라고 하시네."

"어떤 수비기에 그런 말씀을 하실까요?"

"성원이 너도 전에 수비를 해 봐서 알겠지만 수비를 할 때 강하게 막는 팀과 끈끈하게 막는 팀이 있는데, 처음에는 강하게 막는 팀이 어려운 것 같지만 시간이 지날수록 끈끈하게 막는 팀이 훨씬 더 어렵다는 걸 알게 되지. 끈끈하다는 것은 돌파했다 생각하면 또 수비가 나타나고, 내가 무언가를 해야겠다고 움직이려 하면 방해하고 돌아서면 또 수비가 있고, 누군가 말하기로는 늪 수비라고도 하지. 마치 사람이 늪에 빠져 허우적거리며 나오려 하면 점점 더 늪 속으로 빠져들어 가는 형태의 수비야. AT마드리드가 바르셀로나나 레알마드리드와 붙으면 마치 그물 속에 가둔 것처럼 메시나 호날두도 수비진 안에서 제대로 움직이질 못하잖아. 그런 것을 주로 늪 수비라고 한다."

"그런 수비는 협력 수비 아닙니까?"

"협력 수비? 그래 협력 수비지. 그런데 늪 수비는 협력 수비가 한 번으로 끝나는 게 아니라 계속 이뤄지는 거야. 촘촘한 간격을 유지하며 공간을 주지 않고 끊임없이 움직임을 방해하는 수비지. 그리고 가끔은 수비 지역을 하프 라인까지 올리기도 해. 공격하는 입장에서 하프 라인을 넘자마자 상대 수비가 두세 명씩 붙어 귀찮게 하고 공간을 주지 않으면 패스를 하기도 그렇고 개인 돌파를 하기도 아주 난감한 상황이 되지."

"그렇게 하려면 체력이 많이 소진되잖아요?"

"그렇기는 하지. 상대가 우리가 하고자 하는 모든 공격 방법에 대해 대비를 하고 끈끈하게 붙으면 승리를 장담할 수 없게 된다. 거기에 선수들이 절대 물러서지 않고 자기 자리를 지키며 역할을 한다는 정신력이 더해지면 공략이 더 어려워진다. 만일 그런 와중에 역습을 허용하면 자칫 패배로 이어질 수도 있다."

"중래가 그렇게 강합니까?"

"감독님이 수비력을 인정할 정도면 분명 수비에 관해서는 상당한 수준의 팀일 거야. 그래서 아마 내일은 너도 투입해야 할 상황이 올 수 있어."

"아니 뛰라 하시면 뛰겠지만 제가 아직 좀 그런데……."

"성원이 너도 수비를 해 봐서 알겠지만 수비는 고도의 심리전이잖아. 상대로 하여금 준비한 걸 못하게 방해하고 멘탈을 붕괴시켜 정상적인 경기 운영을 못하게 하는 게 수비의 최종 목적이야. 그냥 공 한 번 뺏는 게 수비는 아니지. 공을 뺏는 건 그런 수비의 결과물일 뿐이야. 상대가 가고자 하는 방향으로 가지 못하게 하고, 상대가 공을 보내고자 하는 방향으로 보내지 못하게 하고, 상대가 서로 연결하지 못해 고립되도록 하는 게 수비의 기본이다.

상대의 수비가 가고자 하는 방향으로 가지 못하게 하는 건 상대가 가고자 하는 방향에 우리 수비가 서 있어서 방해하고, 상대가 공을 보내고자 하면 보내고자 하는 방향으로 공을 제대로 차지 못하도록 해 실수를 유발하고, 상대가 연결을 위해 둘러보지 못하도록 계속 몸싸움을 하고 협력해 가두어 버리는 것이다.

수비는 공을 소유하고 있는 선수만을 방어하는 게 아니다. 공을 받으려고 준비하는 선수가 공을 받지 못하게 하고, 공간을 찾으러 움직이는 선수에게 공간을 내주지 않으며, 공을 소유한 선수를 돕기 위해 접근하는 선수를 막는 게 수비다. 이해하지?"

조쌤이 수비에 대해 짧게 말씀하고 있지만 내 머릿속엔 불이 번쩍했다. '그래. 수비는 이렇게 하는 거지, 맞아. 그렇지.' 머릿속은 박수를 치고 있었고 전에 수비를 했던 기억들이 영화의 스크린에서처럼 나열되었다.

"그런데 성원아. 이렇게 수비를 제대로 하는 팀을 만나면 어떻게 해야 하지?"

아직 과거의 수비 기억들을 정리하고 있는 나에게 조쌤이 질문을 던졌지만 그 질문에 답할 준비가 되어 있지 않았다.

"잘 생각해 봐라. 푹 쉬고."

조쌤은 결정적인 질문을 던지고는 사라지셨다. 나는 겨우 수비에 대한 기억을 정리하고 마지막 질문에 대한 답을 찾기 위해 다시 생각에 빠져들었다. 하지만 그에 대한 답은 쉽게 떠오르지 않았고 오히려 기분 나쁜 늪 수비에 대한 긴장감만 높아지고 있었다. 상대에 대한 정보가 확실하고 그에 대한 대응 전술이 확정되면 걱정이 없어진다. 하지만 상대에 대한 정보도 없고 따라서 그에 대한 전술도 없이 그냥 싸우게 되면 싸움을 붙기 전까지 긴장감이 높아진다. 상대에 대해 정보도 별로 없는 상태에서 이상한 소문만 있으면 긴장은 더 높아진다. 상상 속에서 상대가 점점 더 무서운 존재가 되기 때문이다. 그래서 그럴 때면 생각을 하지 않으려 노력하고 음악을 듣거나 다른 생각에 집중하려 애를 썼다. 하지만 조쌤이 중래중에 대해 이미 늪 수비의 팀이라 말해 준 게 쉽게 잊히지 않았고 계속 그 늪 수비를 헤쳐 나갈 방법에 대해 생각하게 되었다. 그리고 그런 생각은 점심시간이 되어 다시 동료들이 식당을 향해 움직일 때까지 계속되었고, 여전히 괜한 긴장감만 높아지고 있었다.

"너. 뭔 생각을 그렇게 하냐?" 재범이가 말을 걸었다.

"응. 별거 아니야. 잘 쉬었어? 컨디션은 좀 올라와?"

"아직. 어제 땀을 너무 흘렸어. 여름엔 경기하고 나면 최소 이틀은 쉬어야 하는데 이건 뭐 격일로 경기를 하니 몸살 나겠어."

"그건 그래. 가만히 있어도 힘든데 우리처럼 이틀에 한 번씩 경기를 하면 남아나질 않지."

"성원아. 중래중에 대해 아는 거 없어?"

"……."

"너 뭐 아는구나?"

"사실 조쌤이 중래중에 대해 좀 전에 알려 줬어. 그런데 좀 그래."

"뭐가 그래? 말해 봐."

"조쌤이 중래가 늪 수비를 하는 팀이래."

"늪 수비!"

"그래. 늪 수비."

"아니 그러면 내일 경기가 꽤 힘들겠는데? 늪 수비 하는 팀이 8강까지 왔으면 나름 한 방도 있다는 거 아니야?"

"그렇겠지. 어쨌든 이겼으니까 올라왔을 거고."

점심을 먹으면서도, 그리고 오후 훈련을 시작하기 전까지도 그 불안감은 이어졌다.

오후 훈련은 3시 즈음에 시작되었다. 감독님은 여전히 경기 시간에 맞춰 훈련을 진행하셨고 우리도 그런 훈련 스케줄을 당연하게 생각했다. 러닝과 스트레칭으로 몸을 풀었을 때부터 이미 온몸은 땀범벅이 되었고 높은 온도로 인해 숨을 쉬는 것도 힘들 정도였다. 그런데 내일은 이 시간에 경기를 해야 했다. 이런 날씨에 늪 수비라면 내일 경기가 매우 힘들 거란 생각이 들었다.

"내일은 우리가 속도를 좀 높여야 할 것 같다. 이제까지 우리는 가능한 한 공을 소유한 상태로 상대 진영에서 공간을 확보해 침투하고 연결하면서 공격했다. 하지만 내일 우리가 만나게 될 중래중은 수비가 아주 질긴 팀이다. 내일 붙어 보면 느끼겠지만 중래의 수비는 끈질기고 절대 공간을 주지 않는다. 거기다 너희에게 거리를 주지 않고 계속 붙어 움직임도 자유롭지 못하게 할 것이다. 상대 위험 지역으로 가면 중래의 수비는 밀집 형태가 되고 공간은 거의 없을 수 있다. 이런 수비를 뚫기 위해서는 공격 속도를 높여야 하고 전진 패스와 스루 패스를 늘려야 한다. 흔히 이런 수비 형태를 늪 수비라고 하는데, 정확한 표현은 압박 수비라 할 것이다. 우리가 어떤 전술적인 움직임을 하려 하면 그런 움직임을 사전에 차단하고 방해하기 위해 하프 라인 부근부터 압박해 올 것이다. 이런 압박을 피하기 위해서는 빠른 전개가 답이다. 압박이 오기 전에 패스가 이루어져야 하고 공간을 막기 전에 공간을 장악해야 한다. 한마디로 한 발 먼저, 한 박자 먼저로 생각하면 된다. 이렇게 하려면 미드필더인 재범이와 경태가 계속 전방의 공간과 동료들의 움직임을 파악하고 공을 잡는 즉시 뿌려 주어야 한다. 중래의 압박이 오기 전에 움직이고 상대가 밀집 수비를 구축하기 전에 슈팅이 이뤄져야 한다. 그리고 절대 신경전에 말리지 마라. 날씨마저 더운데 상대가 계속 붙으며 건드린다 해서 반응을 보이게 되면 그건 상대를 이롭게 할 뿐이다. 계속 냉정하게 경기에만 집중해라. 오늘은 전진 패스와 스루 패스를 중점적으로 연습하도록."

감독님이 답을 내셨다. 속도였다. 축구에서 빠르다는 건 대단히 의미 있는 장점이다. 상대가 대비하기 전에 우리가 먼저 움직이고 패스의 속도를 높여 상대가 막지 못하도록 하는 건 매우 효과적이다. 그러나 그걸 알면서도 하지 못하는 건 팀원 전체가 빠를 수 없고 또 빠른 패스는 그만큼 실수를 유발하기 때문이다. 우리가 원터치패스 연습을 많이 한 이유도 패스의 속도를 높이기 위함이었다.

곧이어 패스 훈련이 진행되었다. 경태와 재범이가 공을 주고받다가 앞의 재선이와 인성이에게 빠르게 전진 패스를 하는 훈련이었다. 전진 패스가 시작되면 좌우 윙어인 민한이와 시운이도 중앙 공격에 가세했고 주선이와 성오 역시 하프 라인을 넘어 전진했다. 이때 운제를 비롯한 포백이 이를 막아서면 실전 상황과 유사한 훈련이 진행될 수 있었다. 전진 패스와 동시에 공격진이 일사분란하게 움직이고 마무리를 하며 만약 공을 뺏기면 즉시 수비 대형으로 전환하는 반복 훈련은 한낮의 더위로 인해 동료들을 무척이나 힘들게 했다. 그럼에도 조쌤의 목소리가 계속 커지면서 속도를 주문하고 있었고 동료들의 얼굴은 벌겋게 변하고 있었다. 그간의 체력 훈련과 경기로 검게 그을린 얼굴인데도 열이 오른 모습이 역력했다. 하지만 조쌤은 동료들의 사정을 봐주지 않고 훈련 목적이 달성될 때까지 몰아쳤고, 내가 보기에도 나아졌다고 느낄 때쯤 훈련을 마쳤다. 경태와 재범이가 물을 들이키고는 옆의 벤치에 쓰러졌다. 곧이어 다른 동료들도 그늘을 찾아 물수건으로 얼굴을 덮고 누웠다. 짧은 훈련이지만 지독한 훈련이었다.

다음 날 점심식사를 하고 중래와의 경기에 대해 이런저런 생각을 하고 있을 때 운제가 다니면서 집합을 알렸다. 연습복을 입고 유니폼과 축구화를 챙겨 들고 버스가 있는 곳으로 천천히 걸어갔다. 다행히 부상 부위가 많이 가라앉아 있었고 계속된 아이싱이 도움이 되었는지 통증도 없었다.

"성원아. 발목은 어때?" 성오였다.

"응. 많이 좋아진 것 같아. 오늘은 뛰어도 될 것 같아."

"그래. 잘 됐네. 들어 보니 중래중이 수비가 만만치 않다고 하는데 그래도 네가 들어오면 이길 것 같아."

"그래. 그렇게 봐 주니 고맙네. 그런데 내가 훈련을 제대로 하지 못해 걱정이다. 조쌤도 뛸 준비를 하라고 하긴 했지만."

"감독님도 속도를 말씀하셨으니까 너도 단단히 준비를 해야 할 거야."

성오의 말이 고마웠다. 그래도 동료가 나를 인정해 준다는 건 흔들리는 나의 멘탈을 안정시키는 데 도움이 되었다.

버스가 도착한 곳은 제천의 매포생활체육공원에 있는 축구장이었다. 시골 마을 같은 분위기에 축구장이 있어서 좀 특이한 느낌이 들었다. 축구장 너머로는 냇물이 흐르고 주변은 산으로 둘러싸여 있었다. 문득 이런 곳에서 캠핑을 하면 좋겠구나 하는 생각이 들었다. 선수 생활을 하면서 방학도 없이 늘 대회만 다녔기에 TV를 통해 가족들과 캠핑하는 모습은 무척 부럽게 느껴지기도 했다. 이런 생각을 깨운 건 부모님들의 환영이었다. 부모님들이 버스에서 내려 경기장으로 이동하는 우리를 향해 천천히 다가오면서 손을 흔들고 계셨다. 아버지와 어머니도 활짝 웃으며 나를 반겼고 나도 손을 흔들어 반가움을 보였다. 경기장으로 방향을 돌려 들어가면서 진행되는 경기를 보았다. 우리가 4강에 오르면 저 두 팀 중의 승자와 맞붙게 될 것이다. 순간 마음속으로 꼭 이겨 저 두 팀 중 승자와 붙고 싶다는 생각이 들었다.

조쌤이 부상 부위를 체크했고 나는 문제없다고 답변했다. 그러자 일단 러닝만 하라고 지시해 천천히 경기장 주변을 걷기 시작했고 동료들 중 선발은 몸풀기를 시작했다. 한낮의 뜨거움은 한풀 꺾이고 있었지만 달구어진 지면은 오히려 더 후끈거렸다. 우리가 뛰는 축구장은 대부분 인조 잔디 구장인데 이렇게 더운 날은 인조 잔디가 달구어져 쉽게 가라앉지 않았다. 그래서 조금 늦은 시간에 경기가 있어도 더위를 피할 수는 없었다. 조금 걷자 땀이 배기 시작했다. 오후 2시를 조금 넘은 시간에 달구어진 지면에서 올라오는 열기는 빠르게 몸에 스며들었고 몸에는 열이 빠르게 올라가고 있었다. 뛰고 있는 동료들은 이미 얼굴이 벌겋게 변했고 숨소리도 거칠어져 갔다.

앞선 경기의 전반전이 끝나자 동료들이 공을 차면서 경기장으로 나섰다. 경기가 계속 이어지면 첫 경기를 하는 팀은 충분히 공을 다룬 후 경기에 들어가 괜찮지만 다음 경기부터는 공을 만질 수 있는 시간이 앞 경기의 전반과 후반 사이 조금밖에 주어지지 않았다. 물론 시설이 좋은 곳은 보조 구장이 있어서 충분히 연습할 시간이 있지만 대부분의 경기장은 보조 경기장이 없었다. 동료들의 패스 훈련과 킥 그리고 슈팅 훈련을 지켜보았다. 물론 나도 경기장 주변을 걷거나 가볍게 뛰면서 몸을 풀었다.

전 경기는 정원중의 승리로 끝났다. 경기장 주변을 돌면서 지켜본 정원중도 수비가 강한 팀이었다. 후반전의 정원은 전반의 득점을 지키기 위해 내려섰지만 그렇다고 공격을 주저하지는 않았다. 단단히 지키면서 속공으로 상대가 쉽게 올라오지 못하게 견제하고 있었고 수비진도 매우 견고했다. 특히 정원의 센터백은 중학생으로는 드물게 185센티미터는 넘을 듯한 신장과 체격을 갖고 있었다.

일반적으로 중학생이 그 정도의 키와 체격이면 속도가 느린 게 일반적인데 정원의 센터백은 속도도 빨랐다. 아마도 감독님과 코치님들도 계속 정원의 경기를 지켜보고 계실 테고 나처럼 정원의 수비진, 특히 센터백들에 대해 관찰하고 계실 거라는 생각이 들었다. 정원의 수비는 제갈 감독님의 수비 형태와 비슷했다. 지역 방어를 기반으로 힘으로 상대를 밀어냈다.

중래중의 선발과 동료들이 인사를 나누고 각각 자기 진영으로 가서 둥그렇게 스크럼을 짜 경기를 준비하고 있었고 주심은 시계를 보며 휘슬을 입에 물었다.

"삐익~!"

중래중의 킥으로 경기가 시작되었다. 중래중이 자기 진영에서 공을 돌리며 올라올 준비를 하는 동안 동료들이 중래중 진영으로 올라갔고 곧 양쪽의 선수들이 엉켰다. 중래중 선수들은 머리를 아주 짧게 치고 노란색 상의를 검정유니폼 하의 속으로 집어넣어 조금은 어색한 복장을 하고 있었지만, 그런 모습이 상당히 강한 인상을 주었고 검게 그을린 얼굴과 함께 묘한 분위기를 연출했다. 우리도 그렇지만 거의 대부분의 선수들이 경기 시작 전 복장 검사를 할 때는 유니폼 상의를 하의 속에 넣은 상태로 점검을 받지만 경기장에 들어서면 곧바로 상의를 꺼내 편하게 한 후 경기에 임하는데, 중래중은 처음의 상태를 그대로 유지하고 있고 거기에 머리마저 그런 상태니 대기석에 있는 나조차도 상대가 상당히 강하고 거칠 거란 느낌을 받았다. 어쩌면 내 동료들도 같은 느낌이 들었을 것이다.

잠깐 사이 동료들이 밀고 올라갔고 공을 잡은 시운이가 오른쪽 사이드라인 부근에서 크로스를 올린 순간 상대 수비가 가로막으면서 골라인 아웃이 되었고 코너킥이 주어졌다. 시작하고 얼마 지나지 않아 얻은 코너킥을 민한이가 차기 위해 자리를 잡았고 동료들도 공격을 위해 전진했다. 특히 운제는 몸싸움을 즐기는 스타일인지라 깊숙이 자리했고 재범이는 상대 골키퍼의 바로 앞에 섰다. 다른 동료들은 조금 떨어진 곳에서 민한이의 킥을 기다렸다. 이윽고 민한이가 찬 공이 골문 한가운데 지점으로 떨어지자 운제가 헤더를 위해 점프했지만 상대 수비가 헤더로 걷어 냈고, 이 공이 뛰어들던 경태와 수비수 사이로 떨어졌다. 순간 경태가 오른발로 골문을 향해 가볍게 공을 미는 듯했는데 그 공이 여러 수비수와 골키퍼 사이를 지나 골문 안으로 빨려 들어가는 게 보였다. 골이었다. 경기 시작 후 5분이 지나기도 전에 골을 넣은 것이다. 동료들이 경태를 중심으로 환호했고 대기석에 있던 나와 동료들도 벌떡 일어나 경기장의 동료들에게 박수를 보냈다. 관중석에서는 부모님들의 박수와 격려의 목소리가 어우러졌다.

1:0

반면에 격정적으로 응원을 하던 중래중 응원단이 조용해졌다. 경기를 하다 보면 응원단의 응원이 들리지 않을 때도 있지만 어느 순간에 응원 소리가 지친 몸과 깨진 멘탈을 일깨워 다시 뛸 수 있는 힘을 주곤 한다. 그때마다 응원에 감사했다. 특히 우리가 골을 먹은 상황과 상대에게 몰릴 때 들려오는 응원의 함성은 큰 도움이 된다.

다시 경기가 진행되었다. 동료들은 첫 골이 쉽게 들어가자 서두르는 게 보였다. 경태와 재범이의 전진 패스가 좀 무리하다 생각될 만큼 늘었고 좌우 사이드의 돌파도 늘었다. 하지만 중래중의 수비는 견고했다. 중래중은 라인을 내리고 감독님께서 말씀하신 수비, 끈적한 수비를 하기 시작했다. 우리 공격수가 자기 영역에 들어오면 거리를 두지 않고 밀착하며 압박을 했다. 이렇게 밀착을 당하면 동료에게 패스하는 게 위험하기에 쉽게 공을 연결하기가 어려워진다. 보통의 경우라면 상대 공격수와 일정 간격을 두고 수비를 하는데 중래중의 수비는 한두 걸음을 사이에 두고 밀착하는 형태였다. 동료들의 움직임이 부자연스러워졌고 패스에 의한 연결이 자주 끊어졌다.

"성원이. 준비해."

조쌤이 나를 보며 콜을 했다. 이제 전반전이 25분 정도 지났는데 교체를 하는 건 무언가 작전이 먹히지 않고 있다는 의미고, 이런 생각은 동료들의 연결이 끊어지고 공격이 어려운 걸 보았기에 감독님의 의도를 읽을 수 있었다. 내가 빠르게 준비를 마치고 선수증을 들고 교체 확인을 한 후 경기장에 진입하기 위해 나서려 하자 감독님이 말씀하셨다.

"성원아. 공간을 만들고 연결해. 그리고 인성이와 함께 수비 라인을 흔들어."

간단한 주문이셨지만 어려운 주문이었다. 답을 하고 돌아섰지만 순간 많은 생각이 들었다. 그러면서도 교체를 위해 하프 라인 옆에 서서 기다렸다. 성오가 나와 교체되었다. 시운이가 성오의 자리로 가고 재선이가 시운이의 윙어 자리로 이동한 후 내가 재선이가 맡고 있던 공격형 미드필더 자리로 들어갔다. 하지만 실제로는 투 톱에 가까웠다. 중래중의 수비 라인이 끈질기고, 특히 중앙에서 공격할 경우 겹수비를 구축해서 방어하기에 감독님은 나에게 힘과 스피드로 열어 보라는 주문을 하신 거라 생각했다. 인성이와 재선이의 연결이 원활하지 않은 건 재선이가 빠르고 재치 있지만 수비수가 밀착하며 붙자 제 역할을 못한다고 판단하신 듯했다.

시운이의 스로잉으로 경기가 다시 시작되며 나는 상대 수비 라인의 가운데로 들어섰다. 발에 밴딩을 해서인지 뛸 때 아프지는 않았고 다만 약간의 불편함이 있었다. 몸싸움이 시작되었다. 벤치에서 본 것처럼 나에게도 수비는 밀착했지만 나는 역으로 수비수를 밀면서 공간을 확보하려 했다. 그러면서 자리를 계속 이동해 언제든지 공을 받으면 돌아설 수 있도록 수비 사이의 공간을 보고 있었다. 쉽지 않았다.

중래중의 수비는 계속 움직이면서도 간격을 유지했고 미드필더와 최종 수비 간의 간격도 벌어지지 않았다. 선수 개개인이 뛰어난 수비를 하는 게 아니라 선수들이 자기 자리를 정확히 지키면서 공격하는 우리가 돌아서지 못하도록, 또 패스가 연결되지 않도록 방해하고 있었다. 또한 오프사이드를 위해 최종 수비 라인이 일자가 되도록 유지하고 있었다. 센터백 중의 하나가 이런 수비를 유지할 수 있도록 계속 지시를 내렸고 선수들은 그에 따라 정확하게 움직였다. 경태와 재범이가 나에게 공을 보냈지만 돌아서려 하면 수비가 계속 막아서고 쉽게 물러서질 않아 다시 공을 돌려야 했다. 그렇게 전반이 종료되었다.

물수건을 목에 걸치고 물병을 들어 물을 마시며 벌겋게 열이 오른 동료들과 그늘을 찾아 자리에 앉자 감독님이 말씀하셨다.

"수고들 했다. 중래의 수비가 봤던 것보다 더 탄탄하구나. 특히 수비 간격이 정확하게 유지되어 웬만해선 뚫기가 만만치 않겠다. 저런 수비를 깨는 방법은 몇 가지가 있다. 우선 우리가 신장의 우위를 점하면 중앙에 공격 자원을 투입하고 좌우에서 크로스를 올리는 것, 중거리 슛, 그리고 중앙 돌파다. 물론 중앙 돌파가 쉬운 건 아니지만 과감한 중앙 돌파는 돌파되면 좋고 아니면 상대의 파울을 유도할 수 있다. 후반에는 인성이와 성원이가 센터백 사이에 서고 좌우에서 계속 공을 올린다. 재범이와 경태는 틈이 보이면 슛을 때려라. 중래는 우리가 내려선다고 해서 라인을 깨고 나오지는 않을 거다. 거꾸로 우리가 지치기를 기다려 역습을 할 테니 역습 시에는 중앙으로 들어오지 못하도록 밀어내고 가능하면 공을 걷어 내라. 공을 뺏기 위한 동작이 실패하면 자칫 골키퍼와 일대일 상황을 만들어 줄 수 있다. 역습은 일단 차단해 우리가 진형을 갖추는 시간을 버는 게 수비 방법이다. 알았나?"

"네!"

일제히 대답했다. 감독님이 자리를 비키고 조쌤이 나섰다.

"감독님이 공격 부분에 대해 설명을 하셨으니 보충 설명을 하겠다. 중래 수비는 겪어 봐서 너희가 더 잘 알 거고 깨는 작전도 이해를 했겠지. 그러면 먼저 크로스는 주로 윙어나 풀백이 좌우에서 올린다는 건 알고 있겠지만 그 올리는 위치와 공의 높낮이, 그리고 공의 속도에 따라 다른 결과가 나온다는 것도 알고 있나?"

"……."

대답이 어려웠다. 크로스는 늘 하는 거지만 그것을 이론으로 설명하기는 쉽지 않았다.

"시간이 없으니 간단히 하겠다. 크로스를 올리는 위치, 즉 어디에서 크로스를 하느냐에 따라 구분이 되는데 일반적인 크로스 지역인 상대편 진영 코너 근처에서 하는 레이트 크로스와 달리 하프 라인 넘어 페널티 에어리어와 하프 라인 사이에서 상대 수비와 골키퍼 사이로 뛰어드는 우리 공격수를 타깃으로 올리는 크로스를 얼리 크로스라고 한다. 말 그대로 조금 빠른 위치에서의 크로스다. 상대가 오프사이드를 위해 포백 라인을 올린 상태이거나 공격을 위해 수비 라인이 올라선 경우 골키퍼와 수비 라인 사이가 넓어져 있고 우리가 역습 상태에 들어갔을 때 상대가 수비 진형을 구축하기 전에 우리 공격수가 수비 라인을 파괴할 수 있을 경우 주로 대각선으로 크로스를 올리는 경우다. 이 상황에서 우리 공격수가 공을 잡기만 하면 골키퍼와 바로 1:1 상황이 된다. 여기서 중요한 것은 정확성이다. 라인을 깨는 공격수와 골키퍼가 잡을 수 없는 공간으로 정확하게 꽂혀야 한다. 주선이와 시운이가 이 역할을 담당한다. 물론 재선이와 민한이도 기회다 싶으면 바로 올려라. 일반적인 레이트 크로스는 이미 상대의 수비가 들어와 우리 공격수와 섞여 있을 때나 우리가 신장의 우위를 갖고 있을 때 주로 이용한다. 물론 공을 띄우지 않고 낮게 깔아서 킥을 시도할 수도 있다. 상황에 따라 판단해서 이용해야 한다. 감독님께선 인성이와 성원이가 충분히 제공권을 확보할 수 있다고 판단하신 것 같다. 세 번째 크로스는 컷백 크로스다. 윙어나 풀백이 공을 치고 들어가다가 골라인 근처에서 급히 방향을 바꾸어 들어오는 우리 공격수에게 공을 보내는 걸 컷백 크로스라고 하지. 너희도 잘 알겠지만 빠른 윙어나 풀백이 사이드라인을 타고 들어와 다시 골라인을 타다가 쇄도하는 우리 공격수에게 공을 보내고 공격수가 가볍게 인사이드로 밀어 넣어 골을 성공시키는 장면을 많이 보았을 거다. 민한이와 시운이가 빠르니 이것도 충분히 가능하다. 여기에 더해서 재범이와 경태는 칩킥도 고려해 봐라. 인성이와 성원이가 센터백보다 헤더 능력이 되니까. 이해되었나?"

"네."

머릿속에서 그림이 그려졌다. 아마도 후반에는 나와 인성이의 머리를 겨냥한 공이 계속 올라올 것이다. 그 공들 중에 내 머리로 중래중의 골문에 멋지게 골을 넣고 싶어졌다. 편하게 다리를 뻗고 그늘에서 긴장을 풀었다. 동료들도 지쳤는지 말도 하지 않고 늘어져 있었다. 이윽고 휘슬이 울렸고 우리는 자리를 털고 일어나서 감독님을 중심으로 원을 그렸다. 잠시의 휴식이지만 몸이 회복되는 게 느껴졌다.

"잘 쉬었나? 후반전은 공격도 해야 하지만 더 중요한 건 패하지 않도록 경기하는 것이다. 잘 알겠지만 16강전부터는 녹아웃 스테이지, 즉 지면 짐을 싸는 경기다. 짐을 싸지 않고 결승까지 가는 게 목표다. 큰 점수 차로 이기든 한 점 차로 이기든 승부차기로 이기든 이기는 게 중요하다. 예선에서는 본선에 올라가는 여러 경우를 대비해 약한 팀을 상대로 많은 득점을 해서 골득실을 대비하기도 하고 본선 상대를 선택하기도 하지만 본선에서는 오직 이겨야만 한다. 한 골을 넣고 지킬 수도 있지만 불안하기에 한 골을 더 넣으려 하는 것이다. 수비에 자신이 있으면 바로 내려앉아도 된다. 하지만 한 골을 더 벌리는 게 안전한 승리를 보장하므로 공격을 하는 것이다, 그리고 광주와의 경기는 이미 잊었을 테고 지금 중래와의 전반도 잊어라. 중래도 분명 후반에는 다른 모습으로 나올 것이고 우리도 다른 전술을 사용한다. 새로운 전술만을 생각하고 수비는 다시 말하지만 역습에 철저히 대비해라. 운제는 역습이 시작되면 바로 수비 라인에 라인 유지와 밀어내기를 콜 해 줘라."

감독님의 주문이 끝나고 우리는 중앙으로 이동해 바뀐 진영으로 들어가 원을 그렸다. 우리만의 독특한 전통, 상대팀이 파이팅을 한 후 파이팅을 하기 위해! 중래중이 먼저 파이팅을 외치고 우리도 파이팅을 외친 후 포지션으로 이동했다. 인성이가 후반 킥오프를 위해 자리를 잡고 나와 재범이와 경태가 센터서클의 우리 진영에 둘러섰다.

인성이의 킥오프로 경기가 시작되었다. 나는 인성이와 함께 센터백과 나란히 움직이면서 크로스를 받을 준비를 했다. 중래중은 여전히 내려서서 4-4-2의 포메이션을 유지했고 전반과 같이 단단하게 간격을 유지했다. 하지만 중래중은 공을 소유하면 즉시 좌우의 윙어가 역습에 가세해 빠르게 공격하는 게 보였다. 중래중의 입장에서도 골을 넣어야만 비기고 승부차기라도 해 볼 수 있기에 그럴 거라 생각했다. 하지만 그런 상황은 운제가 감독님의 지시대로 라인을 유지하고 경태와 재범이가 가세해 중앙으로 들어오지 못하게 하며 사이드라인으로 밀어내 차단했다. 오히려 우리가 공을 뺏으면 얼리 크로스로 바로 나와 인성이를 겨냥했다. 몇 번의 공방전이 진행됐지만 중래중 수비진도 우리의 작전을 알았는지 최종 수비 라인은 쉽게 전진하지 않고 골키퍼와의 공간을 허락하지 않았다. 10여 분이 지나자 나에게 결정적인 찬스가 왔다. 주선이가 좌측 사이드에서 얼리 크로스로 올린 공이 정확하게 내 머리에 걸렸고 골문으로 빨려들어 갔지만 골키퍼가 점프를 하면서 걷어 내 크로스바를 넘겨 버리고 말았다. 너무나 아쉬웠다. 그 순간 주심의 휘슬이 울렸다. 감독님이 인성이를 빼고 다시 성오를 투입했다. '인성이 대신 성오라면 내가 원톱 최전방이고 재선이가 다시 공격형 미드필더로, 그리고 시운이가 오른쪽 윙어로 올라오겠지'라고 생각한 순간 성오가 내 곁으로 오며 말했다.

"성원아. 내가 최전방이야. 인성이와 교대야."

잠시 어리둥절했지만 감독님이 말씀하신 수비벽 깨는 방법 중 중앙 돌파가 떠올랐다. 성오는 탄탄한 피지컬을 갖춰 오른쪽 풀백을 보지만 가끔 상대 공격수가 강하면 중원에서 상대 공격수를 강하게 압박하는 수비형 미드필더를 보기도 했다. 그런데 성오를 원톱으로 기용한 것은 중앙을 돌파하든지 아니면 파울을 얻든지 하려는 작전일 거라 생각했다.

"깨는 거야?"

"그래. 깨래."

말이 통했다.

"재범이와 경태! 성오에게 연결해."

감독님의 지시가 떨어졌다. 생각한 그대로였다. 이렇게 되면 두 개의 공격 루트, 즉 내 머리를 겨냥한 크로스와 성오의 중앙 돌파로 나눠지게 되고 상대 수비는 예상치 못한 성오의 등장에 당황해 흔들릴 거란 생각이 들었다. 나는 수비를 더 흔들어야겠다고 생각해 움직임을 더욱 활발히 했다.

골킥으로 경기가 진행되면서 상대 미드필더가 공을 잡아 빠른 속도로 우리 진영으로 들어왔고 이를 경태가 자른 후 선오에게 연결했다. 이윽고 재범이를 거쳐 나에게 온 공을 재범이가 다시 올라오기에 내주고 전방으로 뛰는 순간 재범이가 칩킥으로 공을 띄웠고 재선이 앞에 떨어졌다. 재선이가 바운드된 공을 가슴으로 성오에게 밀자 성오가 그대로 슈팅했다. 잠깐의 장면이지만 마치 짜 놓은 각본처럼 공이 연결되어 중앙이 열렸고 슈팅까지 이어졌지만 아깝게 공은 왼쪽 골포스트를 살짝 비켜 나갔다. 정말 아쉬웠다.

다시 기회가 왔다. 공방전 중에 성오가 돌아서는 것을 막기 위해 중래중 수비가 성오를 밀면서 파울이 선언되었고 성오가 프리킥을 준비했다. 프리킥은 성오가 전담할 정도로 정확성과 속도를 갖고 있기에 30미터 정도의 거리는 충분히 승산이 있었다. 직접 골문을 노릴 거라 예상하고 혹시나 있을 리바운드볼을 잡기 위해 오른쪽 페널티 라인으로 대시하자 프리킥이 내 머리를 향할 거라 예측했는지 상대편 수비수 두 명이 앞뒤로 나를 가렸다. 성오의 킥이 골문 오른쪽으로 날아들었고 궤적으로 보아 골이라는 생각이 든 순간 공은 골키퍼의 손을 맞고 튀어 올랐고 민한이가 떨어지는 공을 발리로 다시 올렸다. 골키퍼는 몸을 날리며 펀칭을 했고 그 공이 나를 향해 날아와 바로 점프하며 공을 헤더로 찍었다. 골이라고 생각했는데 센터백이 발을 뻗어 거의 들어가는 공을 걷어 냈다.

"아!"

관중석에서 탄성이 울렸다. 성오의 프리킥과 나의 헤더가 아쉽게 들어가지 않자 관중석에서 탄성이 터져 나온 것이다. 나 역시 너무 아쉬웠지만 중래중 센터백의 수비 능력은 정말 대단했다.

후반 중반이 지나자 중래중이 공격에 나서 라인을 올리고 중앙으로 공을 계속 투입했다. 중래중 공격수는 피지컬도 좋지만 속도가 빨라 바로 운제랑 선오와 맞부딪히는 상황이 두 번 발생하자 감독님의 지시가 떨어졌다.

"경태, 내려서! 수비 라인 뒤로 좀 물리고. 경태가 먼저 공격수를 잡아라."

경태에게 홀딩 수비형 미드필더를 맡기고 전체 수비 라인을 뒤로 물려 중래중 공격수를 방어하면 중래중이 올라올 공간을 주게 되고, 중래중이 올라오면 오히려 우리 공격수들은 상대의 빈 공간에서 움직이기가 쉬워진다. 중래중 입장에서도 수비로 내려앉기만 하면 결국 패하니 공격할 수밖에 없었다. 이는 위기이자 기회였다. 우리 수비 입장에서는 위기이지만 공격 입장에서는 공간을 벌리고 침투할 수 있기 때문이었다. 마치 성에서 계속 수비만 하던 위나라 군대가 식량이 떨어지자 성문을 열고 결사 항전을 하는 상황과 같다. 결사 항전에는 자칫 방심하면 상대가 당할 수 있다. 우리는 이기고 있기에 느긋함에 빠져 있지만 상대는 싸움에 져서 죽든 굶어 죽든 어차피 마찬가지이기에 그 간절함이 강할 수밖에 없다. 우리 역시 2월 영덕에서 살아남기 위해 얼마나 덤볐던가.

경태가 홀딩 수비형 미드필더로 내려가자 파이브백 형태로 돌아가기 시작했다. 물론 경태가 완전히 내려선 것은 아니지만 센터백 바로 앞에서 계속 상대 원톱을 상대하자 센터백인 운제와 선오가 여유를 갖고 수비를 하고 있었다. 주선이와 시운이도 조금 내려가고 오버래핑을 줄이자 공격에 나선 중래중이 공격도 막히고 수비도 어정쩡한 상태가 되었다. 경태만 내려섰는데 수비 전체가 두터워진 느낌이고 또 그렇게 수비가 되고 있었다. 중앙으로 공격해 들어오면 경태가 앞으로 나와 1차로 붙어 몸싸움을 하며 중앙으로 들어오지 못하게 막고 좌우로 밀면 운제나 선오 중 하나가 올라와 더 밀고, 그러면 좌우 풀백인 주선이와 시운이가 협력해 들어오지 못하게 방어했다.

뒤에서 지켜보는 입장이지만 동료들의 수비가 탄탄하게 유지되고 있다는 느낌을 받았고 나도 저런 수비는 뚫기 어렵겠다는 생각이 들었다. 나 역시 수비에 가담해 공을 소유하고 있는 상대 공격수나 미드필더를 압박하면 대부분 상대가 실수를 해서 우리가 공의 소유권을 가져올 수 있었다. 결국 수비는 감독님이나 조쌤의 설명과 같이 상대가 하고자 하는 걸 못하게 하는 것이었고, 그렇게 하면 상대는 거의 대부분 실수를 했다. 상대방의 공격을 끊으면 그것은 바로 역습의 기회가 되었다. 역습은 상대의 공격을 막고 바로 상대를 공격하는 형태이다. 반면, 기습은 우리가 공을 소유한 상태에서 상대가 예상치 않은 공격 루트를 통해 상대방을 기만하는 공격이다.

중래중이 공격을 위해 라인을 올리고 수비와 공격 간의 사이가 벌어지면서 우리 수비 라인이 상대의 공을 탈취하면 곧바로 얼리 크로스나 중앙 돌파로 역습에 나섰다. 하지만 우리 체력도 문제가 되었다. 체력이 떨어지면서 속도가 느려졌고 패스의 정확도가 낮아지면서 공격에서도 연이어 실수가 나왔다. 나 역시 볼 컨트롤에 어려움을 겪었다. 숨쉬기가 어려울 정도로 온도는 올라갔다. 중간에 물을 마실 수 있는 쿨링 브레이크(Cooling Break) 시간이 주어졌지만 잠깐뿐이었다. 오직 빨리 끝나기만을 기다렸다. 그렇게 경기는 종료되었다. 중래중 감독님과 코치님들께 인사를 하고 우리 쪽으로 걸어오는데 부모님들의 박수 소리와 칭찬이 쏟아졌다. 아버지가 보여 가볍게 손을 흔들자 박수를 쳐 주셨다.

"정리하기 전에 마지막 10분간 너희가 무엇을 했는지 생각해 봐라. 조 선생 정리해."

나와 동료들 모두 어리둥절했다. 수고했다는 말을 들을 것으로 생각했지만 감독님의 말씀은 사실 우릴 혼내는 내용이었다. 나름 열심히 했다고 생각한 나도 감독님의 말씀이 이해가 되지 않았다. 감독님은 바로 자리를 비우셨고 조쌤이 설명해 주셨다.

"마지막 10분 동안 너희는 전부 축구를 하기 싫은 상태였다. 아니 너희는 선수가 아니었다. 정신을 놓고 패스는 연결이 되질 않고 수비도 협력이 되지 않았다. 그럼에도 너흰 날씨와 1점 차를 핑

계로 대충 경기를 했다. 만일 감독님이 말씀하시지 않았다면 나라도 혼을 냈을 거다. 너희는 지금 전후반 70분 경기를 하는데 마지막 10분 동안 거의 뺑 축구를 했고 중래가 지치지 않았다면 너희는 분명 골을 먹었을 거다. 너희 모두가 지쳤다는 핑계로 너희의 책임을 동료에게 떠넘겼다. 내가 수비하지 않아도 동료가 할 것이라 생각하고 뛰지도 않고 멍하니 쳐다보고만 있었다. 재건이가 선방하지 않았다면 이 경기는 너희가 졌어. 알아? 그리고 공격도 크로스가 올라가면 뛰어야지 걸어가? 아무리 날이 덥다고 해도 그렇지. 너희가 한 팀 소속이라 말할 수 있어?"

조쌤이 잠시 말을 끊었다.

"다른 단체 운동도 그렇지만 축구는 단합과 팀을 위한 헌신을 정말 필요로 한다. 대부분 단체 운동도 포지션이 있고 그 포지션에 맞는 역할을 해 줘야만 팀이 돌아간다. 더군다나 축구는 정해진 포지션 외에 다른 포지션도 수행해야 하는 경우가 많이 발생한다. 어쩌면 축구는 포지션이 없다고 말할 수도 있다. 다만 포메이션이 있을 뿐이다. 이는 전술을 수행하기 위한 포지션이지 만일 동료가 그 포지션을 수행할 수 없는 상태라면 다른 동료가 그 포지션도 맡아 주어야만 한다. 다른 단체 운동은 누군가 퇴장을 당하면 다른 선수로 교체되지만 축구는 교체가 아니라 그냥 퇴장만 당한다. 그러면 상대보다 적은 선수로 경기를 해야 하는데 이때 퇴장당한 선수의 빈자리는 상대방이 공략하기 가장 좋은 공간이 된다. 그래서 공간을 주지 않으려면 나머지 선수들이 조금 더 뛰어 공간을 주지 말아야 한다. 그런데 오늘 너희의 마지막 10분은 거의 움직임이 없었다. 지쳤다는 이유로! 그럴 때일수록 더 파이팅을 하고 동료들을 챙겨야 하는데 전부 나만 챙겨 달라고 버티는 것 같았다. 동료애도 없고 팀에 대한 헌신도 없었다. 그렇게 해서 너희가 4강을 넘어 결승에 가서 우승할 수 있겠어? 또 설사 우승을 한다 한들 무슨 의미가 있겠니. 그래서 감독님이 언짢아하신 거다. 물론 나도 그렇지만."

나는 물론 동료들 모두 말을 할 수 없었다. 체력을 아끼기 위해 공을 돌리고 시간을 끄는 것과 체력이 떨어진 상태에서 멘탈마저 무너진 건 전혀 다른 상황이다. 내가 느끼기에도 마지막 10분 정도는 넋을 놓고 있었다. 그리고 그때 감독님이나 조쌤이 우리에게 집중하라고 계속 외치던 게 기억났다. 우리가 지쳐서 팀플레이가 되지 않고 있는 걸 지적한 거였다. 조쌤의 지적을 들은 후 물수건을 뒤집어쓰고 뒤쪽의 대기실에 주저앉았다. 동료들도 나처럼 말없이 대기실에 자릴 잡았다. 얼굴이 검붉게 달아올라 있었다.

감독님이나 조쌤의 질책을 생각해 봤다. 우리가 지쳐 있었던 건 분명히 맞고 거기에 이기고 있다는 생각이 겹쳐 방심한 것이다. 만일 그 상황에서 중래중의 누군가가 빠른 선수로 교체되어 우리 진영을 휘저었다면 우린 당할 수도 있었을 것이다, 그렇게 생각이 되자 한숨이 저절로 나왔다.

축구에서 승부를 결정하는 3요소, 즉 피지컬과 전술 그리고 멘탈

중 우리는 마지막 10분간 멘탈이 붕괴되었던 것이다. 피지컬은 개인의 능력이고 전술은 감독님과 코치님들의 몫이라고 하더라도 멘탈은 경기를 하는 나와 동료들의 하나 된 정신력이다.

물론 정신력으로만 싸울 수는 없다. 하지만 피지컬이나 전술이 엇비슷하다면 결국은 이기고자 하는 단합된 정신력을 가진 팀이 승리할 수밖에 없다. 우리가 극장 골이라고 하는 경기 마지막의 골들은 이기고자 또는 지지 않고자 하는 팀이 만들어 내는 것인데, 그 과정을 보면 거의 모든 선수가 마지막 남아 있는 힘을 모으고 집중했을 때에만 가능한 일이었다.

정리를 마치고 부모님들과 인사를 한 후 버스에 올랐을 때 다들 말이 없었다. 아마도 대부분 나와 같은 생각을 하고 있을 거라 생각을 했다.

"성원아." 옆자리에 앉은 운제가 나를 불렀다.

"왜?"

"감독님과 조쌤이 지적하신 거, 어떻게 생각해?"

"……."

"나는 정확하게 지적하셨다고 생각해. 내가 뒤에서 보니까 다들 공이 오면 뛸 생각을 않고 그냥 두더라고. 그래서 나와 선오만 공을 걷어 내려 악을 썼지만. 만일 막판에 중래가 빠르고 힘 있는 선수만 있었다면 우린 승리하지 못했을 수도 있어. 그런데 그땐 나도 힘이 들어 정신 차리라고 소릴 지르지도 못했어."

나는 머리를 끄덕여 동의한다는 표시를 했다. 그리고 다시 생각에 잠겼다. 몸은 몹시 힘들지만 쉽게 잠들지 못했다.

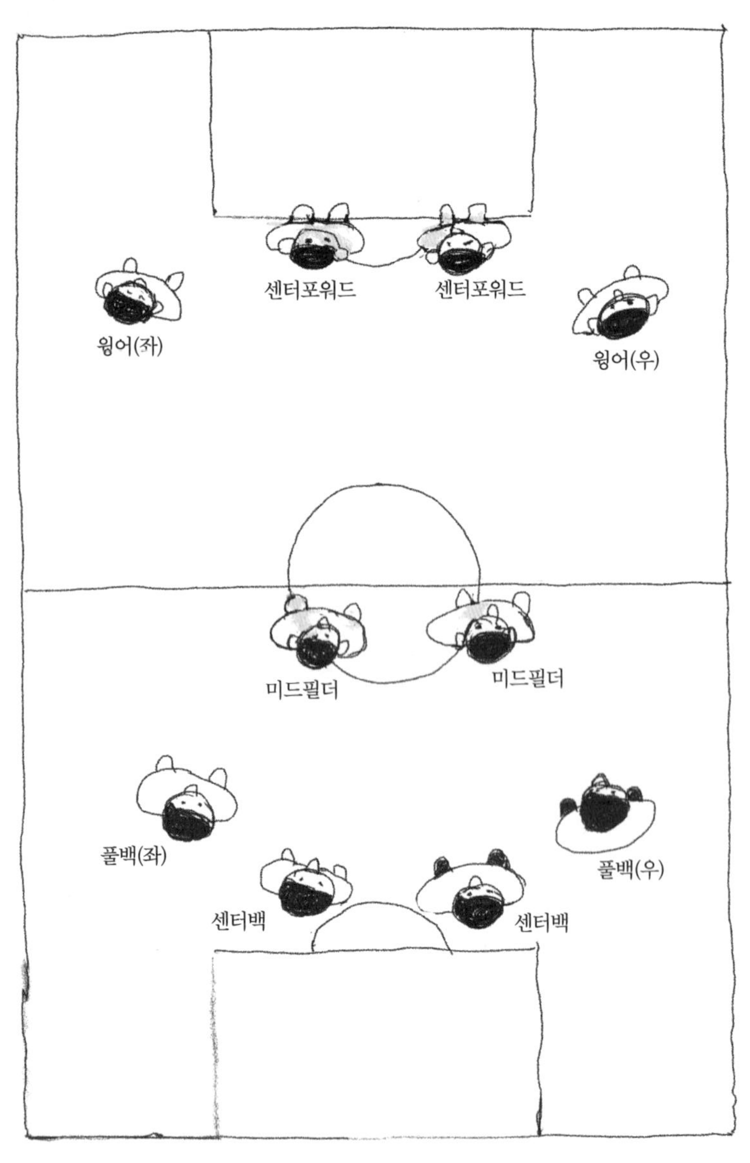

4-2-4 포메이션

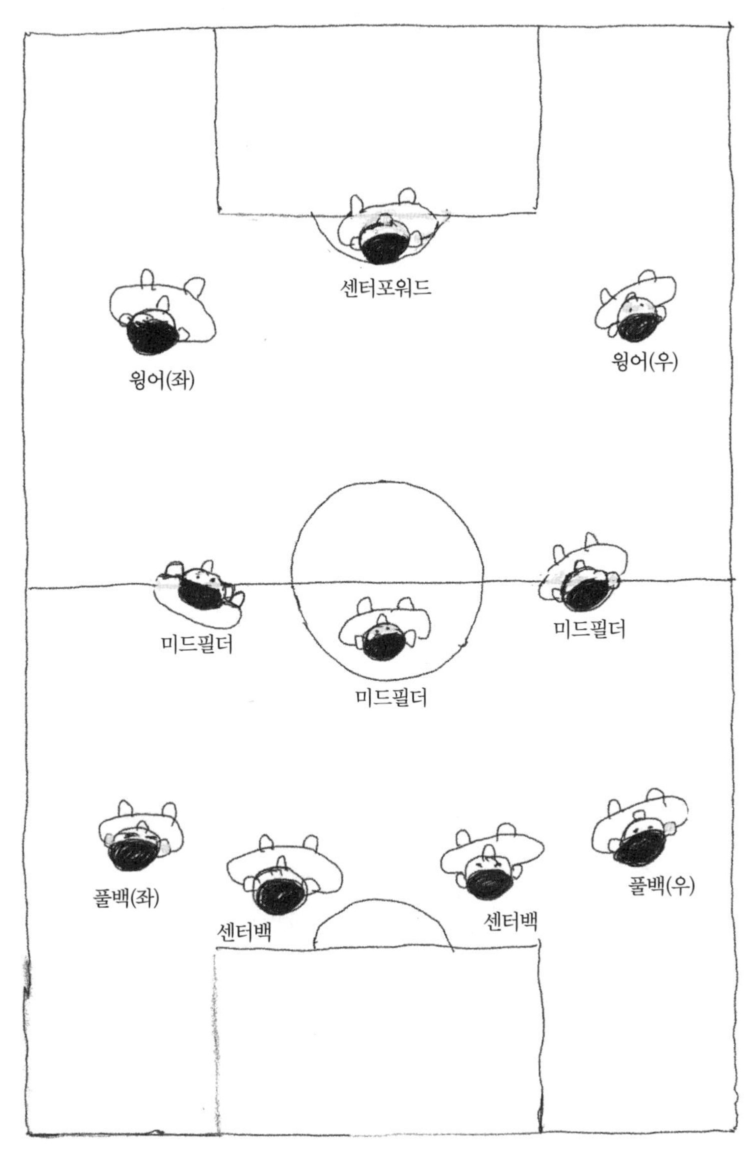

4-3-3 포메이션

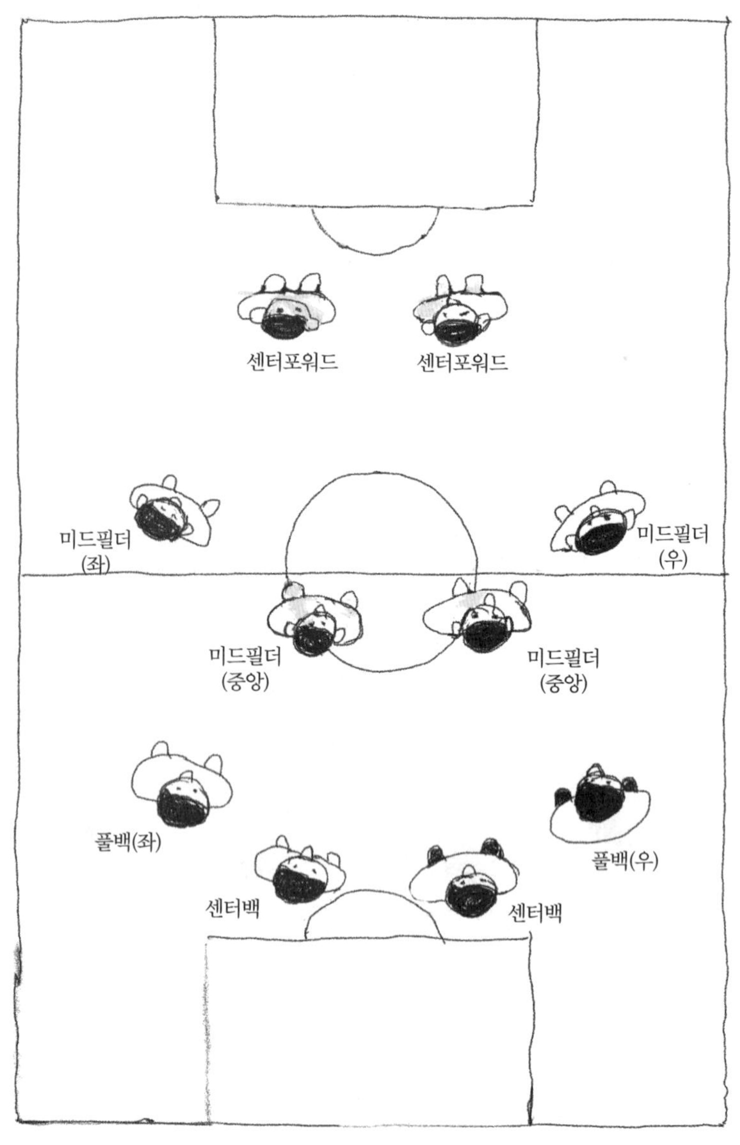

4-4-2 포메이션

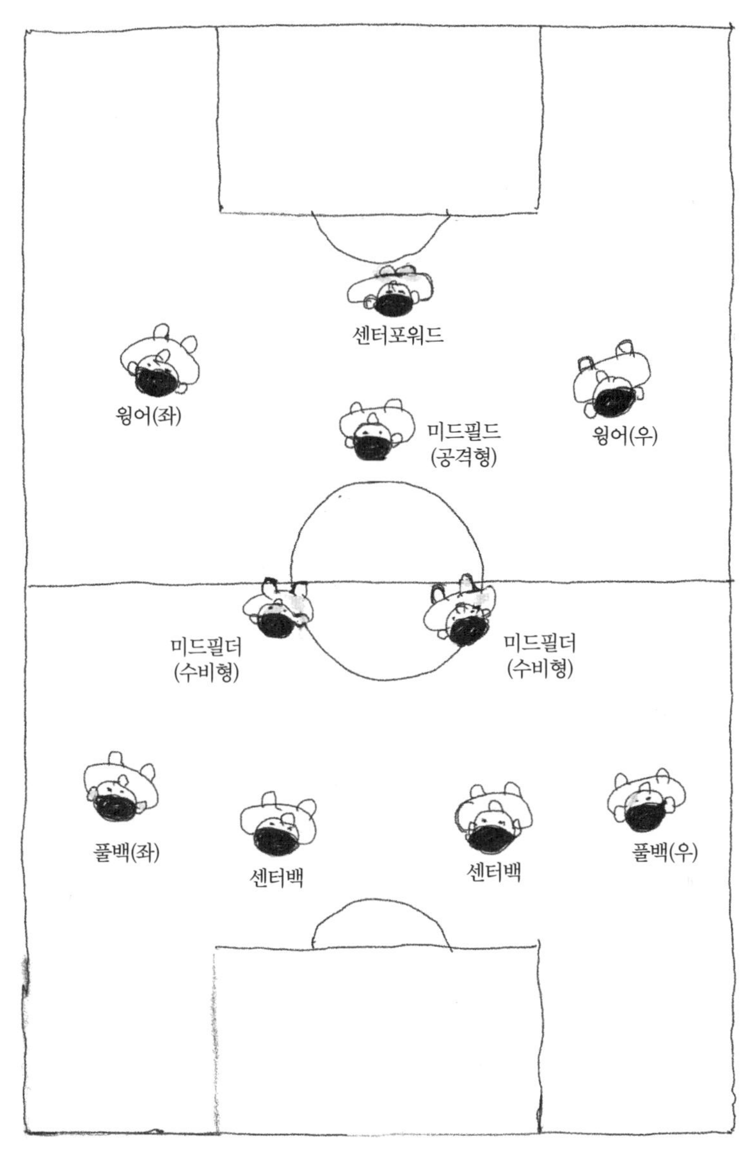

4-2-3-1 포메이션